書下ろし

謀略の海域

傭兵代理店

渡辺裕之

祥伝社文庫

目次

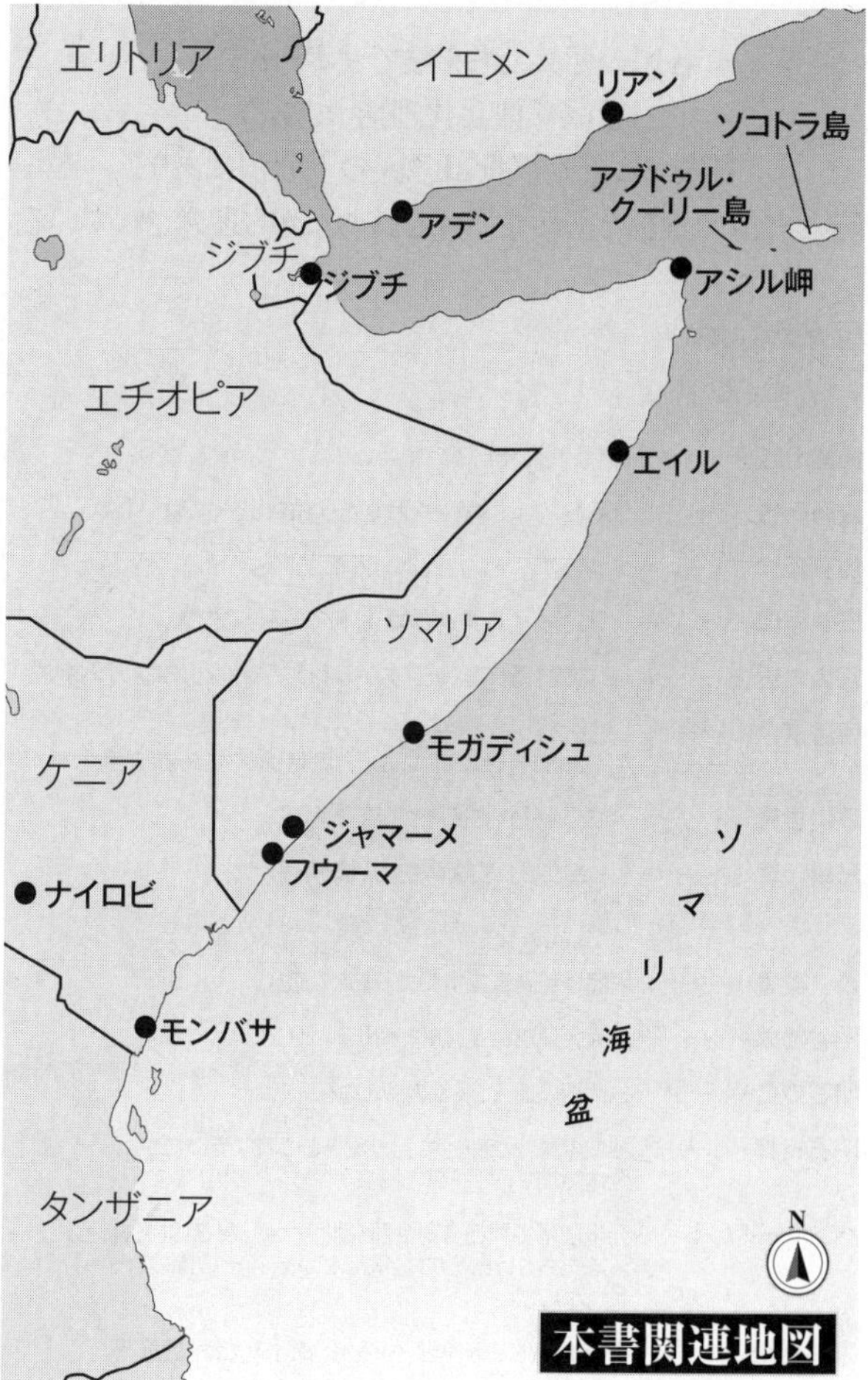
エリトリア
イエメン
リアン
ソコトラ島
アブドゥル・
クーリー島
アデン
ジブチ
ジブチ
アシル岬
エチオピア
エイル
ソマリア
モガディシュ
ケニア
ジャマーメ
フウーマ
ナイロビ
ソマリ海盆
モンバサ
タンザニア
N

本書関連地図

各国の傭兵たちを陰でサポートする。
それが「傭兵代理店」である。
日本では東京都世田谷区の下北沢にあり、
防衛省情報本部と密接な関係を持ちながら運営されている。

【主な登場人物】

■傭兵チーム

藤堂浩志《とうどうこうじ》……………「復讐者《リベンジャー》」。元刑事の傭兵。

浅岡辰也《あさおかたつや》……………「爆弾グマ」。爆薬を扱わせたら右に出るものはいない。

加藤豪二《かとうごうじ》……………「トレーサーマン」。追跡を得意とする。

田中俊信《たなかとしのぶ》……………「ヘリボーイ」。乗り物ならば何でも乗りこなす。

宮坂大伍《みやさかだいご》……………「針の穴」。針の穴を通すかのような正確な射撃能力を持つ。

寺脇京介《てらわききょうすけ》……………「クレイジーモンキー」。
Aランクに昇級した、向上心と底無しの体力を持つ傭兵。

瀬川里見《せがわさとみ》……………「コマンド1」。自衛隊空挺部隊所属。

黒川《くろかわ　**章《あきら》**……………「コマンド2」。自衛隊空挺部隊所属。

森《もり》　美香《みか》……………内閣情報調査室情報員。藤堂の恋人。

池谷悟郎《いけたにごろう》……………傭兵代理店社長。防衛省出身。

明石妙仁《あかしみょうじん》……………古武術の達人。藤堂の師となる。

明石柊真《あかししゅうま》……………妙仁の孫。父を失った怒りを浩志に向けていたが、
今は師として慕っている。

ヘンリー・ワット………元米陸軍犯罪捜査司令部(CID)大尉。現在は中佐に昇進。
浩志たちと行動を共にしたことがあり、その際のコードネームは
「ピッカリ」。

吉井利雄《よしいとしお》……………海上自衛隊三等海佐。偽装補給艦「みたけ」副艦長。

死亡記事

一

明石柊真《あかししゅうま》は、朝刊を握りしめ祖父である明石妙仁《みようじん》の元へと急いだ。

夏のころからまた身長が伸び、一七九センチになっていた。そうかといっていかつい感じがしないのは、十八になったばかりでどこか少年の面影《おもかげ》を残すせいか。

柊真が兄の柊一《しゅういち》と住んでいる目黒《めぐろ》のマンションと妙仁の家とは、四百メートルと離れていない。細い路地を必死の形相《ぎょうそう》で柊真は走り抜け、妙仁の家に駆け込んだ。

不用心ではあるが妙仁の家に鍵がかけられた例《ためし》がない。

「じいさん。妙仁じいさん」

玄関先で二度、三度叫んだ柊真は家の脇を通り、裏庭にある古風な離れの戸を開けた。

「うるさいぞ、柊真」

声を発する前に柊真は妙仁に一喝《いっかつ》された。

離れは十六畳一間ではあるが、明石家当主専用の道場とされている。

東の高窓から春の日差しが差し込み、小さな道場に神々《こうごう》しい光のたまり場を作っていた。

妙仁は、玄関と反対側にある小さな神棚に向かって座っていた。

「上がれ」

柊真は道場の入り口で一礼し、日だまりを挟んで背を向けている妙仁の後ろに座った。

「何を騒いでいるのだ、柊真」

「何がって。朝刊、見てないの」

咎《とが》めるような口調で言うなり、柊真は握りしめていた朝刊を目の前に投げ出した。

「朝刊なら、もう読んだ」

妙仁は、振り向きもせずに答えた。

「それなら、藤堂《とうどう》さんが死んだっていう記事のことぐらい知っているんでしょう」

「おまえは、五日前も新聞を持ってうろたえていたが、同じことを私に言わせたいのか」

五日前の朝刊には、ミャンマーで日本人の傭兵である藤堂浩志《こうじ》が、軍の幹部を暗殺しジャングルに逃走したというミャンマー国営テレビのニュースが掲載《けいさい》されていた。

暗殺されたのは、北部第三旅団の指揮官タン・ウイン准将で、首都ネピドー近郊にある駐屯地《ちゅうとんち》で閲兵《えっぺい》中に遠方から浩志に狙撃されたというショッキングなニュースだった。だが、その詳《くわ》しい経緯は発表されておらず、軍がなぜ浩志を犯人だと特定したのかも分からなかった。

「詳しいことは、我々一般人には分からない。だが、藤堂さんは、密《ひそ》かに政府からも仕事を依頼されるような傭兵だったことはおまえも知っているだろう。そんな人物が、ミャンマー軍ごときに名前を特定されるというのは、あまりにも不用意。彼を貶《おとし》めるなんらかの策略だとは思わんか、柊真」

古武道研究家で疋田新陰流《ひきたしんかげ》の達人である妙仁にとって、一番弟子の浩志は特別な存在だった。それだけに浩志が犯罪者扱いされているようなニュースは信じ難《がた》かったに違いない。

「でも、今日の新聞には、ジャングルで藤堂さんが軍と交戦して射殺されたって書いてあるし、藤堂さんのパスポートまで発見されたって書いてあったんだよ」

柊真は涙目になって食ってかかった。

武道家だった柊真の父紀之《のりゆき》は浩志を付け狙《ねら》う米国陸軍の特殊部隊の脱走兵らに誤って殺された。最愛の父を突然失った柊真に浩志は仇《かたき》として付け狙われたが、的外れな憎しみから決して逃げることなく浩志は正面から柊真を受け入れた。その懐《ふところ》の深さゆえに、柊真から慕《した》われるようになっていた。それだけに、死亡という二文字は柊真をパニック状態に陥《おとしい》れるには充分だった。

「だからこそおかしいとは思わないのか。傭兵として海外に行く者が、戦闘中にパスポートなど携帯しているものか。軍事評論家でなくともおかしいと思うわ」

「藤堂さんは、逃げている途中だったんだ。パスポートを持っていてもおかしくないじゃないか。ミャンマー軍は射殺した死体を確認したと言っているんだよ」

「おまえは……」

妙仁は言葉を切り、正座したまま身体を回転させ柊真と向き合った。

「もし、藤堂さんが殺されたというのなら、それが現実というものだろう。傭兵とは死と隣り合わせの職業だ。彼が戦地で死んだとて何が不思議だというのだ」

「なっ、何を言っているんだ、じいさん。頭おかしいんじゃないの」

それまでとは打って変わってニュースを鵜《う》呑みしたような妙仁の言葉に、柊真は声を荒げた。

「藤堂さんは、いつでも死ねる覚悟はあった。さぞやりっぱな最期を遂《と》げたことだろう」

妙仁は声の調子を上げ、目を細めると首をゆっくり振ってみせた。

「でも……」

妙仁のしぐさに首を傾《かし》げた柊真は、道場の外に人の気配があることに気が付いた。

「人の死は、突然訪れるものなのだ。藤堂さんが亡くなったとしたのなら、素直にそれを天命として受け入れる。それが、武道家というものだ。分かったか、柊真」

「……分かりました」

柊真が返事をすると人の気配は消えた。

妙仁は顎《あご》で入り口を指し、柊真に行けと命じた。

柊真はまるで小型の爬虫類《はちゅうるい》のように物音一つ立てずに道場を出た。通りの二十メートルほど先に二人の男が足早に歩いているのを確認した柊真は、距離を保ちながら尾行を開始した。男たちは目黒駅に行くのか、山手《やまて》通り沿いにでも車が停めてあるのだろう。

道はやがて目黒不動尊で有名な瀧泉寺《りゅうせんじ》に突き当たり、寺に沿った細い道へと続く。目の前の脇道からいきなり二人の男が飛び出し、柊真の行く手を塞《ふさ》いだ。一人は大男、もう一人は背の低い男だった。

「柊真君じゃないか」

背の高い男が柊真に声をかけた。

「瀬川《せがわ》さん！」

男は、瀬川里見《さとみ》であった。瀬川は、下北沢《しもきたざわ》にある質屋丸池《まるいけ》屋の店員であり、質屋の裏の顔である傭兵代理店のコマンドスタッフだった。傭兵の斡旋《あっせん》、派遣を業務とする傭兵代理店は、世界各地にある成長産業だが、日本の場合、表で堂々とできるはずもなく闇で商売をしている。だがその実態は、防衛省の特務機関であり、瀬川や他のスタッフも実は現役の陸上自衛隊の空挺《くうてい》部隊に所属する自衛官である。もちろんそんなことは柊真の知るところではない。柊真は、瀬川のことを浩志と仲のいい傭兵と思っているに過ぎない。

もう一人の男は、加藤豪二《かとうごうじ》、身長一六八センチと小柄ながら、追跡と潜入のスペシャリストで〝トレーサーマン〟と呼ばれる傭兵だった。加藤は何気ない素振りで瀬川と別れ、柊真の追っていた二人の男たちの後を追って行った。

「柊真君、どこに行くんだい」

「瀬川さん、すみませんが、急いでいるのでまた今度」

「久しぶりなんだから、急がなくてもいいじゃないか」

無理に脇を通ろうとする柊真を瀬川は笑顔を見せて立ちふさがった。

「邪魔しないでくれ。どいてよ」

柊真は苛立《いらだ》ちを隠そうともせずに瀬川を睨《にら》みつけた。

「やつらのことは我々に任せるんだ」

瀬川は、柊真の両肩を摑《つか》み、咎めるような口調で言ってきた。

「なんで邪魔するんだよ。あの二人を追いかけなきゃいけないんだ」

「だめだ。餅《もち》は餅屋に任せろ」

「藤堂さんのことを何か知っているの？　瀬川さんにも何度も電話したけど、出てくれなかったじゃないか」

柊真は、浩志から緊急事態があったらかけるように瀬川の携帯番号を教えられていた。

「何も答えられない。とにかく危ないことに首をつっこんじゃだめだ」

「うるさいな。ほっといてくれ！」

瀬川を振り切り次の通りに出たが、男たちの姿はどこにもなかった。

「くそっ！」

地団駄《じだんだ》を踏み柊真は振り返ってみたが、瀬川の姿も消えていた。

二

オーチャードホールで有名な渋谷《しぶや》東急文化村の北側に面したビルの地下に森美香《もりみか》が経営するスナック〝ミスティック〟はある。

柊真は文化村の前の歩道を〝ミスティック〟の看板を見ては、何度も往復している。家伝である疋田新陰流の継承者である二つ違いの兄柊一を凌駕《りようが》するとも言われている古武道の若き達人も、スナックという大人の世界に足を踏み入れるのに二の足を踏んでいるらしい。

昨年の夏、浩志と傭兵仲間は、マレーシアで行方不明になった友人で大佐ことマジェール佐藤《さとう》の捜索活動をしていた。戦争中に亡くなった大盗賊ハリマオが遺《のこ》した財宝で設立されたマレーシア産業振興財団が原因で、大佐は国際犯罪組織〝ブラックナイト〟に拉致《らち》されていたのだ。何も知らずにマレーシアまで来た柊真を浩志は捜査に加え、大佐を奪回《だっかい》することに成功した。

大佐を救いだした浩志らは、大佐の求めに応じ財団の継承者であるハリマオの孫を探すため、ミャンマーに潜入することになった。さすがに柊真を連れて行くわけにもいかず、浩志は日本に帰るように命じた。その時、柊真に助け舟を出したのが、美香だった。

美香は、柊真を助手のように使いタイ西部の難民キャンプで働きながら、浩志が作戦を終わらせて帰って来るのを待っていた。また、日本に帰国して間もなく、殺人鬼であり、プロの殺し屋だった〝ドク〟こと大道寺《だいどうじ》堅一《けんいち》に負傷させられた美香は松濤《しょうとう》の森本《もりもと》病院に入院し、柊真は何度か見舞いに行っていた。短期間ではあるが、彼女から多くを学んだ柊真にとって美香は姉のような存在なのだろう。

「よし、いくか」

柊真は、一人気合いを入れると〝ミスティック〟に続く階段を駆け降り、木製のドアを勢いよく開けて中に入った。

「いらっしゃいませ」

店はけっして広くはないが、ゆとりのあるカウンター席が八つ、奥には四人掛けのテーブル席が二つある。入り口近くのカウンターの中から、店の看板娘である沙也加《さやか》が愛想良く微笑《ほほえ》みかけてきた。

時刻は、午後六時。客は、沙也加の前のカウンターに二人いるだけだった。

「森、森美香さんいらっしゃいますか」

まるでアイドルのようなかわいらしい沙也加を見て、先ほどの威勢は吹き飛んでしまい、柊真は借りて来た猫のように小さな声を出した。

「柊真君じゃないの」

カウンターの奥にある厨房《ちゅうぼう》から、ベージュのスーツを着た美香が現われた。

「こっちへいらっしゃい」

美香の手招きにほっと溜息《ためいき》を漏らした柊真は、彼女の前に立った。

「まずは席に座って。立っているとお客さんの邪魔よ」

「すみません」

柊真は、頭をかきながらカウンターの一番端の席に座った。

「はい、お通し」

美香は、柊真の前に小さな小鉢と箸《はし》を置いた。

「僕は、お酒を飲みに来たわけじゃありません。それに未成年ですから」

柊真は、目の前で掌《てのひら》をひらひらと振ってみせた。

「分かっているわよ。でも、せっかく来たんだから、なにかごちそうするわ。まだ晩ご飯食べてないんでしょ」

「そうですけど……」

「大丈夫よ。あなたから、お金を取ろうとは思ってないから」

「よかった。三年に進級するために春休みの直前まで補習を受けさせられたもんだから、バイトもできずに金欠なんですよ」

柊真は浩志を追いかけて東南アジアに行ったのが災《わざわ》いし、高校の出席日数が足りずにあやうく留年するところだった。しかも、祖父の妙仁が勝手に留年届けを出していた。

「飲み物は、ウーロン茶でいいわね。お通しをつまんで待っていてね」

美香は、グラスに入ったウーロン茶を柊真の前に置くと厨房に消えた。

柊真が小鉢に入った大根のサラダを食べ終わり、ちびちびとウーロン茶を飲んでいると両手に皿を持った美香が、厨房から出て来た。

「おまちどおさま」

柊真の前にサラダが添えられた山盛りの鳥の唐揚げと、ニンニクの香りがする焼き飯が盛られた皿が置かれた。

「話は、食べてからにしましょう」

美香の言葉に頷《うなず》き、柊真は手を合わせるなり、鳥の唐揚げに食らいついた。

「うまい！」

「ごぼうのみじん切りといっしょに揚げてあるの。体にもいいわよ」

次々と唐揚げを口に運ぶ柊真を見て、美香はにこにこと微笑んだ。

「それに、このチャーハン。最高です」

「バターにたっぷりのニンニクのみじん切り。それにガラのダシを効かせて塩こしょうをしてあるだけなの。おいしいでしょう。浩志の大好物」

美香がぼそりと言った言葉に、柊真の手が止まった。

「美香さんは、どう思いますか」

「どうって？」

「朝刊読んだんでしょう」

「私は、信じないわよ」

美香は、浩志が死んだとは口にしなかった。

「これまでも、浩志はふっといなくなっては、しばらくするとまたいきなり現われる。それで何か作ってあげると、今日のあなたのように夢中になって食べるの。今回がはじめてじゃないわよ」

口調のわりに美香の表情は冴《さ》えなかった。心なしか青ざめて見える。

「私には分かるの。彼はまだ生きていて、ぴんぴんしているって。だから、普段と変わらず今日もお店に出て来たの」

「美香さんも詳しいことは、知らないんですか。瀬川さんは、答えられないってそっけないし。困ったな」

「答えられない？　瀬川さんがそう言ったの？　いつ会ったの！」

美香は詰問《きつもん》するような口調で質問をしてきた。

「今日です……」

柊真は、朝方妙仁の道場であったことを話した。すると、美香は首を傾げてしばらく考え込んでいた。

「ねえ、柊真君。さっきバイトもできなかったって言っていたわよね」

「ええ、まあ。春休みに入ったから、近所のスーパーでバイトしようと思っていましたが、今はそんな気になれません」

「私がお願いするバイトでもだめ？」

「この店で働くんですか」

「まさかね」

美香はふふんと鼻で笑い、メモ用紙に丸池屋の名前と住所を書き込み、柊真に見せた。

「このメモは渡せないから、この場で覚えて。ここは、瀬川さんの勤《つと》め先なの。ここを見張っていれば何か分かるかもしれないわよ」

「瀬川さんの携帯番号は知っているんですが、通じなくて困っていたところです。助かります」

「見張るよりも、直接乗り込んで聞いた方がいいかもしれないわね。本当は私が行きたいのだけど、事情があってできないの。私が教えたってことは絶対言っちゃだめよ」

「……分かりました」

　柊真が一拍置いて返事をすると、美香は笑顔で頷いてみせた。

三

　下北沢駅から駅前通りを南に下り、茶沢《ちゃざわ》通りとの交差点である代沢三叉路《だいざわさんさろ》からほど近い閑静《かんせい》な住宅街に丸池屋はある。所々はげ落ちた外壁のコンクリートには蔦《つた》が絡《から》まり、店の出入口は透《す》かしガラスの引き戸になっている。さらに丸に質と書かれた大きな金看板を見て、柊真は首を傾げた。前日の夜、森美香から瀬川の勤め先と聞いて来たのだが、瀬川が浩志の傭兵仲間と思っているだけに、柊真が疑問を抱くのは当然だ。

　柊真は、丸池屋の出入口が見える交差点の角から微動だにしなかった。だが、一人で張り込みというのは、素人には無理がある。食事はおろか、トイレにも行けない。三月の下旬ではあるが、風は冷たくその上曇《くも》り空で気温も冬に戻ったように低かった。四時間粘《ねば》ったところで、体の芯《しん》まで冷えきった柊真は近所のコンビニのトイレに飛び込んだ。そして再び四時間ほど粘ってみたが、丸池屋に人の出入りすら確認できずに再びコンビニのトイレに飛び込むはめになった。

夕陽を浴びる丸池屋の前に戻った柊真はしばらく店の出入口を睨んでいたが、意を決したかのように頷き丸池屋の古風な透かしガラスの引き戸を開けて中に入った。

「いらっしゃいませ」

鉄格子《てつごうし》と分厚いガラスで仕切られたカウンターの向こうに、痩《や》せた馬面の男が帳簿でもつけているのか電卓を打っては鉛筆を動かしている。丸池屋の主人であり、傭兵代理店の社長、そして防衛省情報本部の特務機関の機関長である池谷悟郎《いけたにごろう》である。

「すみません」

「当店は、買い取り専門ですが、お引き取りできない商品もございますので、あらかじめご了承ください」

老眼鏡の下から上目遣いで見ながら、池谷は柊真の言葉を遮《さえぎ》った。

「いえ、僕は客じゃないんです。こちらに瀬川さんがいらっしゃると聞いたものですから」

「瀬川は確かに当店に勤めておりますが、どちらで瀬川のことをお聞きになられましたか。うちの得意先ですかね」

丁寧《ていねい》な言葉とは裏腹に、池谷の目がぎらりと光った。

「それは言えませんが、瀬川さんとお話がしたいのです」

「あいにく出払っておりまして、ご用件なら私が承《うけたまわ》りますが」

「本人に聞かないと分からないことなので、また出直してきます。瀬川さんは、いつごろ戻られますか」

「それが、外回り専門の店員ですので、お約束はできかねます。店には戻らず、家に帰ることもありますので」

「それなら、自宅の住所か電話番号を教えてもらえませんか」

「お客様。いくらなんでも、店員のプライバシーに触れることはお教えできませんよ」

池谷は、取り付く島も与えなかった。鉄格子と強化ガラスで仕切られたカウンターを挟んで、どんよりとした気まずい沈黙が流れた。

柊真が小さな溜息を漏らし、出口に向かおうとすると、引き戸が壊れんばかりに勢いよく開き、凶悪な風体《ふうてい》をした男が入って来た。柊真は引き戸に人影が映った瞬間、本能的に店の片隅に移動し身構えた。

男の身長は、一六〇センチ半ばで小柄だが、胸囲は一メートル以上ありそうで、迷彩のズボンにアーミージャケットを着ている。格好も怪しいが、何よりも顔に刻まれた傷痕《きずあと》と、血走った目が危険であると自己主張していた。寺脇京介《てらわききょうすけ》、〝クレイジー京介〟あるいは、〝クレイジーモンキー〟と仲間からは呼ばれている。馬のような底知れない体力があり銃の扱いもうまいのだが、洞察力《どうさつりょく》に欠ける。浩志が率《ひき》いる傭兵チーム〝リベンジャーズ〟の一員として一応は数えられるのだが、時に重大なミスを犯すために、準レギュラー的な存在だ。

「藤堂さんのことで何か分かったのか。いいかげんに俺にも何か教えてくれよ」

京介は店に入るなり、わめき散らした。

池谷は鋭く舌打ちをして、顎を振って柊真が店の隅にいることを京介に教えた。

京介は初めて柊真の存在に気が付いたらしく、慌《あわ》てて口を塞いだ。

「仕方がありません。明石柊真さんとおっしゃいましたね。奥でお話をお伺いしましょう。お上がりください」

「僕の名前を知っていたのですか」

「あなたのことは、瀬川から聞いております。それに、午前八時四十八分から、八時間三十三分も店の向かいの角から、こちらを監視していたことも分かっています。寒い中、ずいぶんとがんばりましたね」

柊真は絶句した。

池谷はカウンターを仕切る鉄の扉を開けて、柊真に手招きをした。

「池谷さん、俺は？」

京介は、自分を指差してみせた。

「あなたには本当に飽きれ果てました。今日は、お引き取りください。さもないとあなたのランクをCに下げますよ」

池谷がぴしゃりと言うと、京介は項垂《うなだ》れて店を出て行った。

「こちらへどうぞ」

池谷は、柊真を奥の応接室に招き入れた。

「明石さん。これから私が申し上げることを絶対口外しないと約束していただけますか」

柊真が座るなり、池谷は厳しい口調で言った。

「もちろんです」

「あなたがどこまで私どものことをご存知なのか知りませんが、私は丸池屋という質屋の他に、裏では傭兵代理店を営《いとな》んでおります」

「傭兵代理店？」

「日本では馴染《なじ》みのない業種でしょう。最近ではプライベートオペレーターと呼ばれていますが、中東をはじめとした紛争地では数多くの傭兵が、様々な国や企業に雇《やと》われています。現代の戦争は国対国ではなく、テロとの闘いになりました。どこの国も正規軍だけでは対処できなくなっています。まして、企業は自衛手段を自ら取らなくてはなりません。そこで、組織的に傭兵を派遣する大手軍事会社や私どものように傭兵個人と契約して派遣する傭兵代理店が世界中で急成長しております」

「傭兵専門の人材派遣会社ですか」

「その通りです。ただし、欧米と違い日本ではおおっぴらにできる業種ではありませんので、裏稼業《うらかぎょう》としているわけです」

「だから、瀬川さんの仕事先なんだ。藤堂さんもここに来たことがあるんですね」

柊真は、大きく頷いた。

「もちろんです。明石さんは、昨日の朝刊の記事の真実を知りたいのですね」

「はい」

柊真は、返事をすると生唾《なまつば》を飲み込んだ。

「もったいぶるわけではありませんが、現在当社で調査中です。ただし、藤堂さんの生死の確率は、五十パーセントです」

「五十パーセント？」

「まず、藤堂さんが私的なことで、ミャンマーに単独で潜入されたのは事実です。潜入するのに当社がサポートしましたので、パスポートが藤堂さんのお名前でなかったことは保証できます」

「偽造《ぎぞう》パスポートだったということですか？」

「大きな声では言わないでください」

池谷は、人指し指を口元で立てた。

「でも、新聞では、藤堂さんのパスポートをミャンマー軍が確認したと」

「それが、不思議だと私どもも考えているわけでして、調査中と申し上げたのは、そのためです」

「……そうなんですか」

　柊真は、大きな溜息をついた。

「何か分かりましたら、瀬川から連絡させましょう」

　池谷の言葉に柊真は無言で頷き席を立とうとした。

「お待ちください。八時間以上も飲まず食わずでいらしたのにそのままお帰しするわけにはいきません」

「別に、いいですよ。勝手にしたことですから」

　柊真が苦笑を浮かべて立ち上がると、応接室のドアがドンと音を立てて開いた。

「なっ」

　柊真は、口をあんぐりと開き立ち尽くした。

　傭兵代理店のスタッフで天才的ハッカーである土屋友恵《つちやともえ》が、両手でトレーを持っているため足でドアを蹴ったのだ。彼女の無愛想と乱暴さを知る者なら驚くことではないが、初対面の柊真の度肝《どぎも》を抜くには充分だったようだ。

　友恵は、トレーに載せられた二つのどんぶりをテーブルに音を立てて置くと、愛想もなくドアをバタンと閉めて出て行った。その後ろ姿を柊真は口を開けたまま見送った。

「出前のカツ丼と牛丼で恐縮ですが、ご遠慮《えんりょ》なく二つとも召し上がって下さい」

池谷は、柊真を招き入れた時にすでに注文していたようだ。

「ありがとうございます」

柊真は素直に礼を言って牛丼を抱え込んだ。

四

三月末は冬に戻ったかのような悪天候が続いたが、四月に日付が変わった途端《とたん》嘘のように暖かい日が続き、桜の花も各地で見られるようになった。

いつものように着物姿の明石妙仁は、柊真に木刀を二本入れた革袋を持たせ、タクシーに乗り込んだ。

「木刀なんか持って、どこに行くのさ」

柊真は妙仁に呼ばれて道場に行くと、突然出かけると言われただけで行き先はもちろん目的すら聞かされていなかった。

「時には、道場の外で稽古《けいこ》をするのもいいだろう」

妙仁は、柊真の質問に鼻で笑って答えた。

　柊真は浩志の圧倒的な格闘センスに触れてからというもの、改めて武道に目覚めたようだ。それまで何かと言うと稽古をさぼっていたが、進んで妙仁に稽古をつけてもらうようになっている。だが、これまで道場の外で稽古をしたことがなかったため、首を捻《ひね》った。しかも、時刻は、午後十一時を過ぎている。

　二人は南麻布《みなみあざぶ》の有栖川宮《ありすがわのみや》記念公園の前でタクシーを降りた。桜の時期とはいえ、さすがに夜桜を見ようという時間ではない。各国大使館が点在する高級住宅街だけあって静かなものだった。

「この坂道を南部坂《なんぶざか》というのだが、由来《ゆらい》は知るまい。公園がもとは有栖川宮家の御用地だったことぐらい知っているだろうが、幕末までは盛岡藩《もりおかはん》南部家の藩邸だった。そのなごりで南部坂という名称が残ったのだな。道の名前ひとつとっても、歴史を知ることができる」

　妙仁は、一人納得したかのように頷きながら話した。

「歴史の講釈はいいよ。まさか、この公園で練習するためにわざわざ来たんじゃないよね」

　柊真は、非難めいた口調で質問した。

「一週間前、道場の外にいた賊《ぞく》をおまえに追わせただろう」

「だけど、瀬川さんに邪魔された上に追っちゃだめだって言われたって、言っただろう」

「だから、おまえのことをいつも未熟者だと言うのだ。あの時の賊は、四人いたんだぞ。連中は、追跡を逃れるために二手に分かれたのだ」

「ほんとう！　知らなかった」

「私は、おまえが追った二人とは別の二人組を追った。そして、やつらがどこに行くか突き止めたのだ。この一週間、連中のアジトを見張っていた」

「なんで教えてくれなかったの」

「おまえに手伝わせたら、すぐばれてしまうだろう。迂闊《うかつ》には近づけなかったこともあるが、相手がちょっと大物でな。そのために私は、この近在の住人の振りをして毎日監視を続けたのだ」

「まさか、木刀を持ってこれから殴《なぐ》り込みに行くんじゃないよね」

「いかにも、殴り込んで悪の根を絶やす」

妙仁は、懐から小さなハンドライトを出してみせた。

「無茶なことを言わないでよ。泥棒みたいな真似したら捕まっちゃうよ。警察に通報した方がいいじゃん」

「警察に通報して、怪しまれるのはこっちだ」

「だったら、瀬川さんに連絡してみたらどうかな。あの人の勤め先は、なんか特別なところらしいから」

柊真は、池谷と約束したように丸池屋が傭兵代理店だとは言わなかった。

「人の手を借りるつもりはない」

「でも」

「おまえ、藤堂さんが生きていると思うか」

「多分ね」

「多分か。おまえは、あれほど藤堂さんに世話になっておきながら、何を彼から学んだのだ。藤堂さんは、生きているに決まっているだろう」

「どうして、そんなことがじいさんには分かるんだ。未だに連絡もないんだよ。分かるはずないじゃないか」

「連絡ができないとは、考えられないのか。いいか、昨年藤堂さんが、彼女を人質に取られて大道寺と闘ったことを覚えているだろう。それに、紀之が殺されたことも併《あわ》せて考えてみろ。あの人は、自分を付け狙う者がいる限り、人前に出ることはないだろう」

「それって、人に迷惑をかけないように藤堂さんは隠れているってこと？」

「そうだ。あの人は、そういう人だ」

「それじゃ、この間の連中は藤堂さんを付け狙っているやつらで、そいつらのアジトに乗り込むってこと？」

「我らに狙われる理由がないからな、そう考えるべきだろう。とにかく下っ端に用はない。一番の親玉を懲《こ》らしめてやれば、いい。悪さができないように一生病院で暮らさねばならないほど叩き伏せてやるつもりだ」

「めちゃくちゃなこと言わないでよ。そんなことしていいはずないじゃないか」

「私は、紀之を殺された時、この世は、法律や警察では対処できない悪があることを知った。その極悪に対峙《たいじ》するには、あえて非道な鬼になる必要があることも分かった。その鬼になっているのが、藤堂さんなのだ。彼を手助けしたいと思うなら、我らも鬼にならねばなるまい」

「たしかにじいさんの言う通りだけど、その親玉って誰なの」

「自由民権党の代議士寺部治朗《てらべじろう》だ」

「えっ！　寺部って自由民権党の幹事長だった人だよ。そんな政治家をやっつけるの」

「驚くことはあるまい。寺部が腹黒いことは、誰でも知っていることだ。あいつをのさばらせておいて、間違って総理大臣にでもなられたら、藤堂さんはおろか日本国民全体の危機だ。今のうちに闇に葬《ほうむ》るのが一番だ。どうした、相手が大物で怖《お》じ気づいたか」

「そんなんじゃないよ。寺部が何か武器でも持っていれば別だけど、無抵抗でもやっつけるの？」

「だから、殺すとは言ってないだろう。生かしておいてやるさ。国民から金を巻き上げて、悪さをしてきた愚《おろ》かしさを悔《く》やんでも悔やみきれないようにしてやる。おまえは、私といっしょに屋敷に潜入して下っ端を片付けるのを手伝え、寺部は私がやる。文句はあるまい」

柊真は、無言で頷いた。

二人は、南部坂から南に向かう細い路地に入り、寺部の屋敷に向かった。

五

自由民権党の寺部治朗は、三代続いた政治家の家系で、地方に支持基盤を持ち、南麻布の一角に二百八十坪もある邸宅に住んでいる。

数年前まで国際犯罪組織ブラックナイトは、自由民権党の代議士で防衛族のドンとも言われた鬼胴《きどう》巌《いわお》議員を通じて政界に触手を伸ばしていた。だが、鬼胴は浩志に追いつめられマレーシアでブラックナイトのエージェントに口封じのため殺されている。

翌年、政界の窓口だった鬼胴の代わりに、ブラックナイトは寺部に接触したといういきさつがあった。総理大臣の座を狙い、自由民権党の幹事長にまでなっていた寺部が、その後体調不良を理由に幹事長の職を降りたのは、ブラックナイトと繋がっていたという事実を内調（内閣情報調査室）に知られたためだった。

ブラックナイトは、ソ連が崩壊するにともない元ＫＧＢ（国家保安委員会）が母体となった犯罪組織といわれている。KGBが世界中に持っていた情報網をそのまま利用し、瞬《また》く間に地球規模で拡大した犯罪シンジケートで、非合法な情報組織とは別に旧ソ連邦に属していた国の特殊部隊を攻撃部隊として抱える。その日本の支部を浩志と仲間の傭兵部隊は壊滅させ、その後上海のナンバー二を殺害し、ミャンマーでの動きを封じるなど、ブラックナイトにとって浩志は目の上のたんこぶだった。

明石妙仁と柊真の二人は、寺部邸に続く住宅街の小道を進んでいたが、寺部邸の目と鼻の先の道路が夜間にもかかわらず緊急工事という看板で封鎖されていた。

「仕方がない。反対側の道から行くか」

二人は別の道から反対側に出た。だが、そこも工事のため封鎖されていた。けたたましい騒音を響かせて、道路を電動ハンマーで掘り返している作業員の姿も見える。工事の看板の向こうで出入りを監視する警備員が二人を睨みつけるように立っていた。

「妙だな。裏にまわるか」

「じいさん。この辺に詳しいの」

「柊真。私がこの一週間、何をしていたと思う。この辺りは調べ尽くしている」

「なに威張っているの。それって、時間があり余っているということじゃない」

柊真は、肩をすくめて見せた。

妙仁は、今年で六十七になるが、武道家としての衰《おとろ》えは未だにみせない。そのためか、命のやり取りをする場面にも進んで出たがる。元来破天荒《はてんこう》な性格で、昨年マレーシアで浩志とブラックナイトの抗争に巻き込まれた柊真の話を聞いて手放しで喜び、浩志から離れないように柊真を焚《た》き付けたほどだ。

二人は、寺部邸に隣接するマンションの塀を乗り越えて屋敷の裏側にまわり、再び塀を乗り越えて、寺部邸の裏庭に侵入した。

しばらく庭木の陰に隠れて様子をみたが、屋敷のあちこちで何やら騒がしい物音がする。もっとも、工事の騒音に紛《まぎ》れているため近隣の住民に気付かれることはないだろう。

「誰かに、先を越されたらしい。柊真、急ぐぞ」

裏庭に面した勝手口のガラス窓は割られ、警備員と思われる男が胸を撃たれて戸口で死んでいた。すでに何者かが侵入しているのは明らかだ。二人は木刀を携《たずさ》え、照明が消えて真っ暗闇になっている室内に潜入した。

「馬鹿者。靴は脱《ぬ》がんでよろしい」

妙仁は土足で上がり込み、屋敷の奥へと進んで行く。その後ろを柊真は慌ててついて行った。妙仁は、先に潜入した者の足跡とは別の経路を辿《たど》っているようだ。

さすがに二百八十坪の敷地に建てられた屋敷は広い。しかも、照明がないため走り回るわけにもいかない。二人は、足音を忍ばせてゆっくりと進んだ。

先を歩く妙仁が不意に木刀を二度三度と振り回した。その度《たび》に、押し殺したうめき声と骨を砕《くだ》く鈍い音がした。二人がいた場所の先に階段があり、その階段の下から飛び出して来た男たちが襲いかかって来たのだ。妙仁が、ハンドライトで照らすと、ナイフを持った二人の男が床に倒れていた。また、階段下には小さな隠し扉のようなものが口を開けている。大人三人が、身を隠すスペースはありそうだ。

「隠し部屋だ。こんなところに隠れていたのか。柊真よ、どうやらこの先に何かありそうだ。油断するな」

妙仁はライトを消し、闇を透かすように見てその先にあるドアを指差した。

二人は、ドアの左右に分かれた。柊真がドアノブに手をかけようとすると、気配を探っていた妙仁がいきなり木刀の先で柊真を突き飛ばした。直後に煙を吐きながら無数の穴がドアに開いた。内部にサイレンサーを付けたサブマシンガンを持つ者がいるようだ。

「こりゃいかん。むやみに飛び道具を使われては、手が出せん」

首を横に振り溜息をついた妙仁がふっと顔を上げた。

「柊真。隠れろ」

妙仁と柊真は、階段下の隠し部屋に走り込んだ。

廊下の反対側からひたひたと足音が忍び寄り、内装式サイレンサーを装備したMP五SD六サブマシンガンを持った二人の男が銃撃のあったドアの左右に分かれた。二人とも目出し帽を被《かぶ》り黒い戦闘服を着込んでいる。一人がドアをすばやく開き中に何かを投げ込んだ。途端にボンという音と目映《まばゆ》い光がドアの隙間《すきま》から漏れて来た。フラッシュバン（閃光弾）が投げ込まれたのだ。

男たちは、すばやく室内に潜入し、プッ、プッというサイレンサー独特の発射音がそれに続いた。しばらくすると、さらに二人のMP五SD六を持った男たちが柊真たちの来た方角から現われ部屋に入って行き、室内の照明が点《つ》けられた。

「柊真。出て行くか」

「まずいよ、じいさん。今出て行ったら、殺されちゃうよ」

「心配はいらん。それにいつまでもこんな窮屈《きゅうくつ》なところにいるわけにもいかんだろう」

柊真が止めるのも聞かず、妙仁は隠し部屋を出ると、こともあろうに銃撃のあった部屋に入って行った。

「じじい。知らねえぞ、もう」

柊真は悪態をつき妙仁の後を追った。

六

銃撃のあった部屋は、十五、六畳ほどの広さで窓もない部屋だった。屋敷の一番奥にあり近くに隠し部屋があったことから、パニックルーム（避難部屋）のような役割をしていたのかもしれない。

入り口近くに二人の男の死体が転がっており、死体の向こうで四人の目出し帽を被った男がMP五SD六を構えて立っていた。銃口は、顔面を蒼白にさせてソファーに座っている寺部に向けられている。

「終わったようだな」

「何！」

妙仁のかけた声に男たちが一斉に振り返り驚きの声を上げた。そのうちの一人が慌ててどこかと無線で連絡を取りはじめた。

「二人とも、ここを動かないように」

無線をかけていた男が妙仁に言ってきた。そして、二人の男が寺部をつまみ上げるように部屋から連れ出し、残りの二人で死体を担いで外に出て行った。

入れ替わりに先ほどまでいた男たちと同じMP五SD六で武装し、目出し帽を被った男が現われた。男は、二人を見て大きな溜息をつき、銃を肩に担ぎなおして目出し帽を取った。

「あっ！」

柊真は目を丸くし、妙仁は笑みを浮かべて頷いてみせた。

新たに入って来た男は、藤堂浩志だった。

「明石さん。どうしてこんな無茶をしたのか、教えてもらいましょうか。一歩間違えれば、死んでいたんですよ」

浩志は本当に腹を立てていた。銃も持たない素人が戦闘のまっただ中に飛び込んでくるのは自殺行為だからだ。

「理由は、二つある。一つは、自分を殺されたと見せかけ地下に潜《もぐ》った君が再び表に出て来られるように手助けをしたかった。もう一つは、我らに余計な気を使わせたくなかったからだ」

妙仁は悪びれる様子もなくにやりと笑って見せた。

「どういう意味ですか」

「息子の月命日に必ず顔を見せていた君は、我々が同じ目に遭《あ》わないように気を使っている。それが余計なお世話だと言いたい。人間いずれ死ぬ。死ぬ時は、どんな理由でも死ぬのだ。いらない気を使わないようにわざと馬鹿な真似をしてみた。なぜなら、死ぬのは我らの勝手だからだ」

妙仁の言ったことは、図星だった。昨年妙仁の息子である紀之が、浩志に似ているばかりに誤って殺されてしまった。そして、恋人である美香は殺人鬼である大道寺に拉致され、瀕死《ひんし》の重傷を負わされた。これ以上、周囲の人間を巻き込んではいけないという思いで浩志は地下に潜ったのだ。

「藤堂君。少しぐらい時間をとれるだろう。ソファーに腰をかけ、事情を説明してくれないか。柊真、おまえも座りなさい」

妙仁は、寺部が座っていた場所に腰をかけ、二人に座るように勧《すす》めてきた。

浩志は、溜息をついて二人の前に座った。

「この屋敷は、しばらくの間、ある機関の管理下におかれますので、手短に説明します。ブラックナイトの攻撃は、容赦《ようしゃ》がない。それは知っての通りです。そこでしばらく日本を離れることにしました。それに死んだ友人との約束でミャンマーの軍人タン・ウインの暗殺をする必要がありました」

昨年ハリマオの孫であるソムチャイを捜し出すためにミャンマーに潜入した際、ブラックナイトの攻撃で友人であるタイの特殊部隊の指揮官だったデュート・トポイ少佐は殺された。トポイから死に際にブラックナイトと深く関わっているミャンマー北部第三旅団の指揮官タン・ウイン准将の殺害を浩志は頼まれていた。

「カレン民族解放軍の兵士の手を借りてタン・ウインを狙撃したのは、事実です。しかし、それをミャンマー軍とマスコミにリークしたのは、ブラックナイトです。彼らは、俺が日本を出国し、ミャンマーに潜入したことを把握《はあく》していたようです」

「それにしても、彼らはどうしてそんな真似したんだね」

妙仁は首を傾げてみせた。

「傭兵ではなくただの犯罪者として扱われるようにするためです。国際的な犯罪者として指名手配されたら、動きがとれなくなりますからね」

「なるほど。それにしても死亡記事はどうなっているんだ」

「名前が知れ渡った藤堂浩志を捨てるためです。俺は、すぐにマレーシアの友人に頼んで偽装パスポートを手配しました。そこで、わざとミャンマー軍の小隊と交戦し、用意しておいた身代わりの死体とパスポートを現場に残したというわけです。犯罪者として顔が知れ渡る前に、早急に手を打つ必要があったのです」

傭兵代理店の池谷が言っていたように、日本を出国する際は、偽名のパスポートを使っていた。そこで、本名の偽パスポートを大佐に頼んで作成したのだ。

「ミャンマー軍は、死体を確認したと言っていたが、あれはどうなんだ」

「死体は、ジャングルで銃撃戦をした時に拾ったミャンマー兵です。死体の顔面を狙撃し、見分けがつかないようにしておきました。それから、ブラックナイトの真似をして、マスコミに俺が死亡したと情報を流したんです。ミャンマー軍にしても、まさか本人が自分を死んだと見せかけるように、細工《さいく》をしたとは思わなかったのでしょう」

「なるほど。傭兵として使い物にならなくなった名前をあっさりと捨ててしまったのか」

「それに俺が死んだことにすれば、死亡を確認するためにブラックナイトが活発に動くことは分かっていました。日本のある機関と仲間がその動きを探知することになっていました」

「そして、寺部が日本のブラックナイトの責任者だったというわけか」

「寺部は、ただの馬鹿な政治家ですよ。やつはかつて防衛族のドンだった鬼胴巌のようにブラックナイトの後ろ盾を利用し、政界を牛耳《ぎゅうじ》るつもりだったのです。幸いブラックナイトが支部を置くまでには発達していなかったことが分かり、ここを急襲しました。それにしても、我々の作戦と同時に屋敷に忍び込むとは、偶然ですか」

「私はこの一週間、この屋敷を見張っておった。そして、二日ごとにブラックナイトの手下が集まることが分かった。どうせ乗り込むなら、敵が多い方がいいと思っただけだよ」

「無茶ですが、我々と発想は同じでしたか」

「ところで、今はなんと名乗っているのだね」

「仕事の度《たび》に名前は変えるつもりです。でも中身に変わりはありませんよ」

浩志はそう言って頬を緩《ゆる》めた。

「それを聞いて安心した」

妙仁もにんまりと頷いてみせた。

「藤堂さん、美香さんが心配していましたよ」

それまで二人のやりとりをじっと聞いていた柊真が口を開いた。

「彼女に会うことがあったら、俺は生きているとだけ言っといてくれ」

大道寺のナイフが美香の胸に刺さった時の衝撃は未だに忘れられない。手術が成功し彼女の意識が戻った後、二、三度見舞いに行ったが、別れの言葉は交《か》わしていない。

「それだけですか。冷たいですね」

「充分だ。二人とも、そろそろ出てください」

屋敷のあちこちで、仲間と傭兵代理店のコマンドスタッフが死体の後片付けをしている。今回の作戦は、非合法なだけに政府でも官房長官と一部政府高官が知っているに過ぎない。屋敷のまわりを警視庁の公安が固め、浩志が指揮する傭兵代理店のコマンドスタッフと仲間の傭兵が急襲するという異例の作戦だった。

自衛隊や警察の特殊部隊を使わなかったのは、それだけ機密性が高く、かつ銃撃を実戦で経験した者を使うという選択があったからだ。そして何より、度重《たびかさ》なる反社会的な行動をする寺部を非合法であろうと政府としては密かに抹殺《まっさつ》したかったのだろう。

「藤堂さん、また会えますか」

別れ際、柊真は遠慮がちに聞いてきた。

「約束はできない。言っておくが、俺がいつ死んでも気にすることじゃない。傭兵の死は、ちっぽけなできごとだからな」

浩志の言葉に、柊真は溜息を漏らしながら頷いてみせた。

藤堂浩志は、ミャンマーのジャングルで死んだ。それは浩志の胸の中に刻まれた事実だった。

新たな任務

一

　上下濃紺の制服を着た浩志は、ソマリア沖に向かう海上自衛隊の補給艦〝みたけ〟の船尾甲板《かんぱん》から、夕陽を浴びた航跡が海原《うなばら》に消え行くさまをじっと見つめていた。

　〝みたけ〟は、補給艦〝ましゅう〟型の最新鋭艦として建造されたばかりで、基準排水量一万三千五百トン、全長百九十八メートルと従来の〝ましゅう〟型艦よりひと回り小さい。だが速力はこれまでの型が二十四ノットに対して、〝みたけ〟は三十二ノットと、ともにソマリア沖に派遣された護衛艦〝あさつき〟の三十ノットよりも速い。

　しかも、船尾のヘリ発着甲板の下の格納庫には二隻《せき》の高速高浮力ボート（ＲＨＩＢ）が格納されており、直接海上にボートを進水させられるウェルドックまで備えている。まるで揚陸艦《ようりくかん》のような補給艦らしからぬ性能を持つ〝みたけ〟が特殊な任務を想定して建造された艦船であることを知る者は、海上自衛隊はおろか防衛省でもごくわずかである。

ちなみに高速高浮力ボートは、海自や他国の海軍の特殊部隊が使用する膨張《ぼうちょう》型チューブの高浮力複合型ボートのことで全長十一メートル、ディーゼルエンジン一基、速力四十ノット（時速約七十四キロ）で海上を疾走《しっそう》することができる。

「ここにいらしたのですか」

振り向くとみたけの副艦長である吉井利雄《よしいとしお》三等海佐が立っていた。身長一七八センチ、がっしりとした骨格で海の男らしく日焼けした顔に白い歯がよく似合う。年齢は浩志と大して変わらない、四十六だという。

「呉《くれ》を出航してから出撃訓練を五回しましたが、もういつでも実戦に出られますね」

五月一日に呉の海上自衛隊基地を出港した。航海の途中で近辺に他の船や飛行機がないことをレーダーと肉眼で確認し、日に一、二度、〝みたけ〟のウェルドックから実戦さながらに二隻の高速高浮力ボートで出撃する訓練をしている。呉を出て一週間。訓練以外することがないので自《おの》ずと身が入った。

「俺たちは、戦争のプロだ。いつだって闘える。それに実戦経験のない者はいない」

「すみません、いやみで言ったつもりはなかったのです。操船するのが元特別警備隊の隊員で、彼らは実戦経験がありませんので」

特別警備隊とは海上自衛隊の特殊部隊のことで、高速高浮力ボートの操船に二名ずつ配置されている。

吉井は悪いやつではないのだが、副艦長という肩書きのせいか生真面目《きまじめ》過ぎるところがある。それに、政府から派遣されているとはいえ傭兵という得体《えたい》の知れない男たちに未だに警戒心を持っているのだろう。言葉の端々によそよそしさを感じることが多い。

「分かっている。気にするな」

浩志は〝リベンジャーズ〟という傭兵小隊を引き連れて今回の作戦に就《つ》いていた。小隊はいつものように二つにチーム分けがなされ、浩志がリーダーとなるイーグルチームは、どんな乗り物も運転、操縦できるというオペレーションのスペシャリスト〝ヘリボーイ〟こと田中俊信《たなかとしのぶ》と、追跡と潜入のプロ〝トレーサーマン〟こと加藤豪二、それに傭兵代理店のコマンドスタッフである瀬川里見を加えた四名だ。

もう一つのパンサーチームは、リーダーで爆破のプロ〝爆弾グマ〟こと浅岡辰也《あさおかたつや》と、スナイパーの名手〝針の穴〟と呼ばれる宮坂大伍《みやさかだいご》、スナイパーカバーとして〝クレイジーモンキー〟または、〝クレイジー京介〟のあだ名を持つ寺脇京介、それに代理店のコマンドスタッフである黒川章《くろかわあきら》を加えている。両チームとも四名で合計八名から構成されている。作戦は、防衛省の統幕議長から密《ひそ》かに情報本部を経由して、傭兵代理店の池谷から依頼された。むろん防衛省の幹部は、浩志と仲間のこれまでの戦歴を熟知した上でのことだ。

アフリカの角《つの》と呼ばれるソマリアの周辺海域で続発する海賊による商船の被害に、日本も海上自衛隊の第八護衛隊の艦船がすでに派遣されている。当初派遣された護衛艦〝さざなみ〟と〝さみだれ〟は船団を組んだ商船を二隻で護衛し、成果を着実に上げていた。だが、そのうち護衛艦の警護から外れたインド洋上で商船が襲われるケースが出てきた。

政府は、警護海域を拡大する目的でP三C哨戒《しょうかい》機を二機、派遣し、さらなる追加措置《そち》として、護衛艦〝あさぎり〟を送り出した。哨戒機と艦船という組み合わせで、ソマリアに近いインド洋上の海域保全を図《はか》ることになった。だが、三週間ほど前に最悪のケースが起こった。

警戒水域から外れたインド洋上で船団が襲われた。船団の背後から接近した海賊の高速艇四隻が、船団の中でも船足が遅い台湾の原油タンカーを襲撃したのだ。

救援を求められた〝あさぎり〟は、たまたま二十キロ離れて航行していた。〝あさぎり〟は、〝さざなみ〟と同型の哨戒ヘリを搭載《とうさい》していないタイプだった。

現場に急行した〝あさぎり〟が海賊の高速船に近づくと、彼らは何もしないで離れて行くのだが、その隙に反対側の舷《げん》側に取り付いた高速船からタンカーに乗り込もうと〝あさぎり〟を翻弄《ほんろう》した。もし、哨戒ヘリがあったのなら、事前に海賊船を蹴散らしていただろうし、タンカーの両舷を守ることができただろう。

海賊は〝あさぎり〟の裏をかき、二隻ずつ両舷からタッチ・アンド・ゴーを繰り返すうちにタンカーに乗り込んでしまった。〝あさぎり〟は占拠《せんきょ》されたタンカーがソマリアに向かうのを黙って見守るしかなかった。

海賊は、海上自衛隊の艦船が自衛隊法と海賊新法に則《のっと》って攻撃してこないことを熟知した上で、戦略を練《ね》ってきたとしか思われなかった。また、あえて海自の艦船の目前で攻撃してきたのは、護衛活動が無力であることを見せつける意図もあったのだろう。

この事件で日本は、世界中から嘲笑《ちょうしょう》を受けることになった。だが、現行の自衛隊法での海上警備行動は警察官職務執行が準用されるため、武器使用は正当防衛あるいは緊急避難に限られている。また、それを補うべく新たに制定された海賊新法では、海賊側の発砲がなくても停船目的での危害射撃を可能としているが、接近でなく離脱する海賊船に対して発砲など許されない。もし、タンカーから離れて行く海賊船に発砲し、海賊に死傷者が出た場合、狙撃した自衛官は、過剰《かじょう》防衛どころか単なる傷害、あるいは殺人罪に問われることになる。せめて他国の海軍のように海賊船を停船させて臨検（立入検査）した上で、武器を没収して無力化することができれば目の前で占拠されるような不名誉な事態にはならなかっただろう。

危機感を募《つの》らせた防衛省では、急遽《きゅうきょ》哨戒ヘリを搭載した護衛艦〝あさつき〟を派遣し、新たに補給艦として偽装艦船〝みたけ〟を随行させ、さらに護衛艦では対処できない場面では、浩志ら傭兵を高速高浮力ボートで隠密に出撃させ海賊退治にあてるという苦肉の策に出た。軍隊ではない自衛隊という専守防衛の枠から出られない日本としては、致し方がないことだった。

ただし日本の法律に準拠しない行為をするため、出撃するボートはあくまでも護衛艦や日本とは無関係な存在にする必要があった。それには〝みたけ〟から出撃する際は、他の船から目撃されないように細心の注意を払う必要がある。また、存在が知られた場合を想定し、浩志ら傭兵が、海外の船主に雇われていることにし、パナマの船会社から護衛を依頼する内容の契約書まで作成されていた。

「桐生《きりゆう》さんとは、一度ゆっくりお話がしたいと思っているのですが、お時間を作っていただけますか」

吉井三等海佐は、浩志の顔色を窺うように聞いてきた。浩志は、今回桐生浩志と名乗っていた。

「そうだな。ターキーでも用意してもらおうか」

「バーボンのターキーですか？」

「十二年ものじゃなくて、八年ものがあればなおいい」

海賊と交戦することも考えれば、味方とのコミュニケーションは充分にとっておく必要がある。〝みたけ〟は偽装艦船ではあるが、本来の補給艦としての機能も持ち合わせており、乗組員は百十四名もいる。艦自体特別な任務に就いているのだが、浩志らの出自を知っているのは幹部クラスの十人程度に過ぎない。特殊作戦チームをサポートする十数人の乗組員は、浩志ら傭兵を海自の特別警備隊と聞かされているようだ。彼らの責任者に吉井三等海佐がなっているので、何かと浩志の下《もと》に足を運ぶ機会も多い。

「了解しました。私はあいにくスコッチしか持っていませんが、必ず探してみせます。誰かこっそり持っているに決まっていますから」

吉井は笑顔を浮かべながら敬礼し、回れ右をして離れて行った。

浩志は軽く敬礼を返し、その後ろ姿を見送った。

二

ソマリア沖で海上自衛隊の護衛艦に課せられた任務は、国交省に登録された日本内外の事業者の商船を警護することだ。警護海域は、各国で設定されたアデン湾の東部から西部にかけての約九百キロにわたる航路〝安全航行回廊《かいろう》〟で、二日かけて護衛する。アデン湾を航行する日本に関係する船舶《せんぱく》は、年約二千二百隻に上り、この地域を通過する船舶全体の一割にも及ぶ。派遣される各国海軍の艦船も増え、〝安全航行回廊〟内では一定の成果を上げているが、一方で海賊の被害はソマリア沖を離れインド洋にも拡散している。また、アデン湾においてもドイツ海軍の補給艦すら襲われるという事件も発生し、軍艦を派遣したことにより海賊はむしろ凶悪になっている感すらある。

浩志らが乗船している偽装艦船〝みたけ〟と護衛艦〝あさつき〟は、アデン湾の入り口からアラビア海にいたる東西約百キロ、南北はインド洋にまでいたる六百キロの海域を巡航している。この海域は、アデン湾を追われた海賊により、新たな被害が頻発《ひんぱつ》しており、アフリカの角と呼ばれるソマリアの東北東に位置するイエメン領ソコトラ島の脇を通るコースになる。

この海域で警戒活動を始めて三日目、日付は早くも六月に入った。今のところ浩志らに出番はない。そうかといって商船が頻繁《ひんぱん》に航行する海域のため、高速高浮力ボートを使った訓練はできない。もっぱら艦内の待機室や倉庫で各自トレーニングをしたり、浩志が講師となり格闘技のトレーニングをするのが日課になっている。

「暇ですね。藤、……すみません。桐生さん」

いつものように船尾デッキでくつろいでいると〝爆弾グマ〟こと浅岡辰也が話し掛けてきた。仲間にも偽名である桐生ということにしているが、藤堂浩志という戸籍がなくなっただけで正直どうでもよかった。それに、作戦中の無線はコードネームで呼び合うのが習わしで、これまで使っていた〝リベンジャー〟というあだ名まで捨てるつもりはなかった。

「今まで参加した戦地は、休むことが許されない場合がほとんどだったからな」

「前回のミャンマーから脱出する時は、二万近い軍に包囲されていましたからね。特にヘリで脱出する寸前は、もうだめかと思いましたよ」

辰也は、遠くを見るような目で相槌《あいづち》を打ってきた。

ミャンマーの国境を越えるため、浩志ら傭兵部隊はミャンマー軍の補給基地でヘリコプターを盗み出した。脱出間際、敵軍のまっただ中に取り残された辰也をヘリから降ろしたラダーに浩志が摑まり、まるでサーカスの曲芸のような真似をして救い出した。

「そう言えば、あの時おまえは、俺に豚カツとステーキを奢《おご》ると言っていたな。どうなっているんだ」

「忘れていませんよ。だけど日本に帰ってから、桐生さんの連絡は途絶えるし、知らないうちにまたミャンマーに行ったかと思えば、死んだなんて新聞に書かれるし、まともに会う機会がなかったじゃないですか」

浩志は、苦笑した。やぶ蛇だった。

美香が大道寺に怪我《けが》をさせられてから、なるべく人と会わないようにしていた。彼女の怪我が快方に向かったのを確認すると、ミャンマーに潜入してカレン民族解放軍と合流した。戦死したトポイ少佐との約束を果たすためだった。そして、トポイとの約束通り北部第三旅団の指揮官タン・ウインの殺害を実行し、偽造パスポートを使って日本に帰って来た。だが、ブラックナイトの執拗《しつよう》な追跡を振り切るために地下に潜っていた。

そのころ池谷は、日本にいるブラックナイトの捜索を傭兵代理店のコマンドスタッフと仲間の傭兵にさせていた。彼らの活動は、池谷から逐次《ちくじ》連絡をもらっていた。浩志は、ブラックナイトのアジトとなっていた寺部議員の屋敷を襲撃する直前に、はじめてみんなの前に顔を出し作戦の指揮をとったというわけだ。

「分かった。豚カツとステーキは、俺が奢ってやる」

「さすが、隊長ですね。太っ腹」

「調子がいいぞ、辰也」

「もっとも、当分、海の上じゃどうにもなりませんね」

今回の作戦は護衛艦の交代にともなって四ヶ月と長い。傭兵の仕事は内容により、契約期間も様々だ。短期間のものより、こうした長期になるか死ぬまでという契約も多い。引き受けたのは、内容よりも期間の長さだった。仲間の傭兵がそれぞれ浩志を慕《した》って日本に留《とど》まり、各自の才覚で仕事をしていたのだが、百年に一度という世界的不況があってから、彼らは仕事にあぶれがちになった。それが主たる理由だが、浩志自身、しばらくブラックナイトとは関わりをもちたくなかった。どちらにせよ都合がよかったのだ。

「ところで、桐生さん。ソマリアの海賊ですが、やけに組織的な動きをしていますが、やつらが元漁師だっていうのは本当ですかね」

ソマリアは、長年にわたる内戦で国家は破綻《はたん》している。しかも一九九一年に北部の旧英国領ソマリランドが新生ソマリランド共和国として、また、一九九八年には、ソマリア北東部の氏族が自治宣言をし、プントランド共和国を樹立した。いずれも国際社会では承認されていないが、混迷を深めるソマリアが一つの国家として再び成り立つのか疑問視されているのが現状だ。

「馬鹿馬鹿しい。ソマリアの内戦は何十年も続いている。やつらは、自分たちこそ被害者だと宣伝し、海賊行為を正当化しているに過ぎない」

海賊たちは各国メディアに対して、外国の漁船に漁場を荒らされ、漁業ができなくなったため、国に代わり沿岸を警備しているに過ぎないと発言している。

「それじゃ、世界中のメディアはこぞって騙《だま》されているんですか」

辰也は、首を捻ってみせた。

「中には、ちゃんと海賊たちの見え透いた嘘を報道するメディアもあるが、それじゃニュースにならないだろう」

「ニュースも今やエンターテインメントですからね。しかし、結構、海賊が哀《あわ》れな元漁師だと信じている学者や政治家もいますよね」

「やつらは、勉強不足なだけだ。中には元漁師もいるだろう。だが、実態は違う。海賊たちは軍事訓練を受けている。それに誘拐《ゆうかい》から身代金の要求方法までマニュアル化されている。ただの漁師にできることじゃない」

ほとんどの海賊は、プントランドを基盤にしている。この地域の有力者（氏族）たちは二〇〇〇年ごろ英国の軍需《ぐんじゅ》会社に依頼し、五十人ほどのソマリア人に軍事訓練を受けさせた。彼らは漁師と言われているが、有力者たちの私兵だったのだろう。厳しい訓練の末海兵に育ち、彼らを教官としてさらに海兵は増えていった。これらの訓練された兵士こそ現在出没する海賊と考えた方が辻褄《つじつま》はあう。

もともとプントランドは麻薬と武器の密貿易の拠点だったことから、何の産業もない破綻国家で海賊を新たな事業として土地の有力者たちがはじめたとしても何の不思議もない。

「そういえば、乗っ取られたフランスの船に海賊の規則が記《しる》されたマニュアルが発見されたと聞いたことがありますよ。そういうことだったんですか」

「俺たちが相手にする海賊は、哀れな元漁師じゃないということだ」

「それを聞いて安心しました」

辰也がほっとした表情をみせた。

「おまえ、手加減するつもりだったのか」

「冗談でしょう」

辰也の答えはあっさりとしていた。

たとえ元漁師だろうと、海賊に容赦する必要はない。武器を持ったやつは死んで行く。

戦場のセオリーに変わりはないからだ。

三

警戒水域に到着して四日目。任務ははじまったばかりだが、暇を持て余した傭兵らに弛《し》緩《かん》した空気が漂《ただよ》っていた。

――救難信号を傍受《ぼうじゅ》。これより救出に向かう。総員出撃に備えよ。

突然、空気をかき乱すように天井のスピーカーから艦内放送が流れた。

午後十時二十分。放送は出撃を連呼し、慌ただしく持ち場に就く乗組員で艦内は騒然となった。

浩志は三畳ほどだが船室を一つ与えられている。他の仲間は同じ広さで二段ベッドが備えられた船室に二人ずつ入っている。またそれとは別に、待機する部屋が船尾の高速高浮力ボートが格納されているウェルドックの手前にある。

部屋は、十八畳ほどで作戦室も兼ねており、浩志らは倉庫でトレーニングする以外は、この部屋で銃の手入れや筋力トレーニングをして作戦待ちをしている。それも昼間のうちで、夜は大抵数人でポーカーゲームをするのが日課になっていた。

浩志は戦闘服を着たまま自室で本を読んでいたが、部屋の艦内電話が鳴らないので待機室に向かった。

艦長から乗組員に対する命令は艦内放送でされるが、浩志ら特殊作戦チームへの命令は、直接艦内電話を通じて受けることになっている。同じ艦内にいても浩志らの任務は、極秘になるためだ。時間外では浩志の部屋に直接連絡が入るようになっているが、何も連絡がないので、待機室に来たのだ。

「やっと、出番が来ましたか」

浩志の顔を見るなり仲間四人とポーカーをしていた辰也は、カードを投げ出し背伸びをしてみせた。同じくポーカーをしていた田中や宮坂らが呆れ顔で辰也を見ている。どうやら辰也は負けが込んでいたようだ。

「連絡は？」

「まだありません」

辰也は首を振ってみせた。

偽装艦船〝みたけ〟の乗組員は、交代で二十四時間監視活動をしている。だが、高速高浮力ボートで出撃する特殊作戦チームは、基本的に午前八時から午後六時までは、訓練やトレーニングなどをしながら待機しているが、晩飯以降は自由で、夜間待機室に詰めるようなことはない。むしろ体力を温存する意味でも睡眠は充分に取るように心がけている。

五分ほどして待機室の艦内電話が鳴った。

「桐生さん、吉井三等海佐です」

電話をとった瀬川が、声をはり上げた。すでに四人の元特別警備隊員を含む全員が黒い戦闘服に装備を身につけ顔を揃《そろ》えていた。支給された装備で、サブマシンガンは特別警備隊で使われているMP五SD六、MP五に内装式サイレンサーを装着した伸縮銃床モデルだ。装弾数三十発、九ミリパラベルム弾を使用し、毎分八百発の発射速度を持つ。それとハンドガンは、グロック一九。九ミリパラベルム弾を使用する樹脂を多用したオーストラリア製の銃で、米国ではFBIや軍で使用されている。どちらもコンパクトで狭いボート内では重宝する。

「桐生さんですか、吉井です。現場に護衛艦〝あさつき〟とともに急行しており、後五分ほどで到着予定です。救難信号を出しているのが、中国船籍のタンカーで積荷も乗員も日本には関係ありません。ただし〝トビウオ〟を発令する可能性がありますので、待機してください」

「了解、待機する」

〝トビウオ〟とは、浩志らが二隻の高速高浮力ボートで出撃する作戦名で、ボートが海面を弾《はず》むように疾走するため名付けられた。

海自の艦船の海上警備行動における護衛対象は日本関係船舶に限られていたが、海賊新法で他国籍の商船でも緊急時の救出ができるようになった。ただし、武器使用には様々な制限がある。そのため最悪浩志らの出番となるわけだが、第八護衛隊の司令に許可を得なければ出撃はできない。

五分後、二隻の艦船は現場に到着した。現場は、ソマリアの東岸四百キロのインド洋上で、中国船はケニアから北上する途中だった。

護衛艦〝あさつき〟はさっそく中国船を追尾する高速艇をサーチライトで照らし、ソマリ語で「われわれは海上自衛隊だ」と忠告した。これまでは、それだけで充分に海賊に対処することができた。

高速艇は、サーチライトを当てられ、一瞬速度を落としたものの、〝あさつき〟が海自だと名乗った途端に速力を戻し、再び中国船を追いはじめた。高速艇が〝あさつき〟に発砲しない限り、直接彼らの船を狙撃することはできない。しかも、高速艇が中国船にあまりにも接近しているために威嚇《いかく》射撃も難しい。海賊に日本の海上自衛隊の限界は知れ渡っているようだ。

待機室の電話が鳴った。

「トビウオ発令！　繰り返す、トビウオ発令！」

「リベンジャー、了解」

浩志は右手で拳《こぶし》を握りしめ、受話器を置いた。

「出撃！」

浩志は待機しているチーム全員の顔を見渡し、命令した。男たちはUSネイビーシールと同じ黒のフリーライドヘルメットを被ると、待機室から隣りのウェルドックに移動し、二隻の高速高浮力ボートに乗船した。

浩志がリーダーとなるイーグルチームは、コードネーム〝ヘリボーイ〟の田中俊信、〝トレーサーマン〟の加藤豪二、〝コマンド一〟の瀬川里見に、ボートの操船をする元特別警備隊員で〝アトム〟の金子信二《かねこしんじ》と〝ウミガメ〟こと増田孝志《ますだたかし》の二人を加えている。

もう一つのパンサーチームは、〝爆弾グマ〟の浅岡辰也、〝針の穴〟の宮坂大伍、〝クレイジーモンキー〟の寺脇京介、〝コマンド二〟の黒川章、元特別警備隊員である〝ハリケーン〟の村瀬政人《むらせまさと》と〝サメ雄〟こと鮫沼雅雄《さめぬままさお》が操船する。

元特別警備隊員のコードネームは、すべて辰也が勝手につけたニックネームがそのまま使われることになった。金子の〝アトム〟は、ドングリ眼《まなこ》をして童顔、増田の〝ウミガメ〟は、目がくぼみ口元がへの字のため、村瀬の〝ハリケーン〟は短気なこと、鮫沼の〝サメ雄〟は、顎が尖《とが》って頑丈そうなことに名前をかけたものである。辰也は昔から人にあだ名をつけるのがうまい。ニックネームは、文句なしに一発で決まった。

元特別警備隊員の四人は、選《え》りすぐりの人材らしく年齢も全員、三十前半と若い。ボートの操船ばかりか射撃の腕も確からしい。射撃は確かめられないが、浩志が仲間とともに格闘技の訓練をしている中に四人を加えてみたところ、彼らの身体能力は高く、いずれも自衛隊の徒手格闘をかなりこなすことが分かった。徒手格闘とは、日本拳法をベースに柔道、相撲《すもう》、合気道などを取り入れた複合格闘技である。

実戦で彼らがどれだけ役に立つかは未知数だが、一ヶ月近く訓練をともにしており、浩志の厳しい目から見ても合格点を与えてもいいと思っている。

「いくぞ！」

ボートに乗船した浩志の掛け声に全員が雄叫《おたけ》びを上げた。

四

偽装艦船〝みたけ〟は、護衛艦の大型化に対応すべく建造された第四世代の大型補給艦〝ましゅう〟と同じく、補給ポストが両舷に三ヶ所ずつ設けられ、外見的にも似ている。

〝ましゅう〟型艦の全長が二百二十一メートルに対し、百九十八メートルとひと回り小さいのは、大幅な機械化による乗員の削減により居住空間を圧縮できたこととされているが、実際は船足を速めるためである。補給艦で三十二ノット（時速約六十キロ）という速力は驚異的なスピードだ。

船尾には、偽装されたウェルドックを備えている。カーフェリーのように巨大なハッチは、海中に沈み込んで開き、ドックである船内に海水を入れる仕組みになっているためボートや揚陸艦を直接海上に出し入れできる。

浩志らを乗せた高速高浮力ボートは夜の海に着水し、中国船籍のタンカーを追尾する海賊船と思われる高速艇に向けて発進した。これから先は、すべて指揮官である浩志の判断に委《ゆだ》ねられる。出撃したボートは、偽装艦船〝みたけ〟、つまり日本とは無関係ということにするためだ。そのため、互いに無線連絡を取り合うこともない。

まず目標の高速艇の乗員が武器を所持しているか肉眼で確認をする。確実に海賊船なのかどうか確認をとることが義務づけられていた。

二〇〇八年十一月十八日、インド海軍は、アデン湾でロケット砲や銃で威嚇してきた海賊船を撃沈したと報告していたが、実際は、タイの水産会社に所属するトロール船だった。ちなみにインド海軍は、確認もしないで攻撃することで有名だ。だが、撃沈されたトロール船が沈没時に激しく爆発していることから、海賊に乗っ取られて武器を満載していた可能性もあり、真実は海の藻《も》くずとなった。いずれにせよほとんどの海賊が漁船を使っているため、外見だけでは判断がつきかねる。

十八ノットでジグザグ航行している中国のタンカーに海賊と思われる小型高速艇は右舷に一隻、左舷に二隻迫っていた。タンカーは、ソマリア沖四百キロのインド洋上を東北東に針路をとっている。攻撃はまだ受けていないらしい。

浩志らはタンカー右舷を並走している高速艇から五十メートルほど距離をおいて並ん

だ。タンカーの右舷には、偽装艦船〝みたけ〟が伴走するように航行しており、サーチライトで高速艇を照らし出していたからだ。高速艇の船体は白く塗装されており、船縁《ふなべり》が異常に高い。船縁にはうすい鉄板が貼り付けてあるようだ。明らかに防弾のための偽装と思われる。

「ヘリボーイ、あの船の性能は」

浩志と並んで座っている、サブリーダーの田中俊信に訊ねた。田中は、どんな乗り物も運転、操縦できるというオペレーションのスペシャリストであり、メカにも強い。

乗船している者は、全員高性能の無線のヘッドセットを装着しており、会話は全員聞こえるようになっている。また、母船である〝みたけ〟と連絡をとることはないが、浩志らの無線は〝みたけ〟のブリッジでモニターされている。いかにも管理されているようでやりにくいのだが、海自の仕事を引き受けている以上仕方がない。

「船体はともかく、船外エンジンは、日本製の二百馬力を二機搭載しています。ただし船は漁船を改造したもので、船底まで改造されているとは思えないので、浮力から考えてもせいぜい三十ノット出ればいいところでしょう」

浩志らが乗っている高速高浮力ボートは四十ノット出せる。逃がす恐れはない。

「船縁から、四人の頭が見えますが、武器は確認できません」

田中の後ろに座っている瀬川が、双眼鏡を使って報告してきた。

「サーチライトのせいかもしれない。アトム、タンカーの左舷に回り込んでくれ。パンサー艇も左舷に移動しろ」

「了解」

操船をしている元特別警備隊員の金子信二は、ボートの速度を増した。

「こちら爆弾グマ、了解。イーグル艇を追尾します」

二隻のボートは、タンカーの鼻面を越してUターンし、タンカーの左舷を並走する二隻の高速艇と距離をおいて並走した。操船を担当する元特別警備隊員の腕は鮮やかだった。

「先頭の船に五名の乗員を確認。……銃身らしきものを三つ確認」

タンカーの左舷は闇に包まれており、連中も油断しているのだろう。瀬川はナイトビジョンを使って報告してきた。

「爆弾グマ、後ろの船はどうだ」

浩志らのボートの後ろについている辰也に連絡をとった。

「こちら爆弾グマ。乗員は、五名。銃身らしきものは二つ。それにRPG七らしきものも二つ確認」

RPG七とは、ロシア製携帯対戦車ロケット弾発射器のことだ。

「二隻の小型船を海賊船と確認。爆弾グマ、合図をしたら、後方の船の船外機を銃撃しろ。我々は、先頭の船を攻撃する」

「爆弾グマ、了解」

攻撃は敵が反撃して来ない限り、威嚇、あるいは船外機の破壊に留めるように海自からは厳命されていた。

二隻のボートは、海賊の高速艇の十メートル横にまで近づきぴたりと並んだ。浩志ら傭兵は、MP五SD六を構えた。

「撃て！」

浩志らは、一斉に海賊船の船尾に向かって銃撃した。

空気を擦《こす》るような内装式サイレンサーを装着したMP五SD六の銃撃音はボートのエンジン音でかき消された。海賊船の船外エンジンは、またたくまに火を噴いた。

「撃ち方、止め！」

銃撃を停止したが、反撃してくる様子はない。海賊がこちらのマズルフラッシュ（銃口炎）を見ていれば別だが、攻撃されたことも気づかなかったのだろう。

二隻の海賊船はスピードを落とし、波間に漂いはじめた。

「タンカーの右舷に移動せよ」

浩志の命令で二隻のボートは、タンカーの船尾から右に回り込む進路をとった。するとタンカー右舷にいた海賊船が、タンカーを離れて大きく円を描くようにUターンをして急速に接近してきた。海賊船は、すれ違い様に銃撃してきた。銃弾は、浩志らの頭上を越えて行った。仲間を失えば、退散するとみていたがかなり好戦的な連中らしい。

高速高浮力ボートは、一般のパワーボートと同じで遮蔽物《しゃへい》はない。攻撃されれば格好の標的になってしまう。

「爆弾グマ、これよりイーグルは、囮《おとり》になる。パンサーは迂回《うかい》し、敵の背後から攻撃せよ」

「爆弾グマ、了解」

浩志は、ボートをあえて三十ノットで進めさせた。案の定、海賊船は背後から迫って来た。一方、辰也らパンサーチームが乗ったボートは、最高速四十ノットで一旦離脱したと見せかけ、大きく迂回して海賊船の背後に回った。

海賊船は、囮とも知らずに浩志らの船を追ってくると、三十メートルの距離から撃ってきた。陸上ならともかく、足場が不安定な上に動く標的への狙撃は至難の業だ。当たるはずがないと思っていたら、耳元で銃弾がかすめる音がした。

「こちら爆弾グマ、敵捕捉。これより銃撃します。撃て！」

辰也の合図とともに後方の海賊船は、船外機を破壊され速度を落として行った。

「敵を戦闘不能にした。これより帰還する」

仲間は小さなガッツポーズをとっただけで淡々としていた。勝利というにはあまりにも手応えがなかった。

五

翌日、防衛省は警護対象外の中国船舶からの救難無線を受け、護衛艦〝あさつき〟が救助活動をしたと発表した。海賊らしき小型高速艇にサーチライトを当て拡声装置で警告し、追い払ったという内容だ。もちろん、〝あさつき〟は武器を使用していないので、海上警備行動を行使したわけでなく救難要請に対してできる範囲のことをしたまでと無難なコメントも追加された。

防衛省は、浩志らが出撃したことで面目を保つことができた。防衛省の思惑は、こうした実績を積み重ね、警護活動があくまでも平和的に行なわれていることを印象づけることだ。今後政府は、警護活動の実績を踏まえて武器使用も大幅に認められるように法改正を求めることだろう。

偽装艦船〝みたけ〟の中央に屹立《きつりつ》する四角いビルのような艦橋の二階に艦長室がある。六畳ほどの居室の他に寝室、トイレ・バスルームがあり、ちょっとした客船なみの設備を誇る。居室には細長いテーブルを挟んで、臙脂《えんじ》色のソファーが対面している。

あまり趣味がいいとは言えないソファーに、浩志は腕を組んで座り、対面に副艦長である吉井利雄三等海佐と艦長である真鍋昌己《まなべまさき》一等海佐が座っていた。真鍋は、吉井と対照的にあまり日焼けしないたちらしく、海の男にしては色白といえる。銀縁のメガネと併せて、どちらかというとサラリーマンといった感じの男だ。

テーブルとソファーの間隔が狭いため、足を動かすこともできず、くつろいだ姿勢になれない。そのせいか重苦しい空気が漂っていた。

「昨日は、見事な働きぶりでした。改めて礼を言います」

真鍋は、両手を膝において頭を下げてきた。本来、浩志の任務は吉井との間で進められることになっている。吉井は、武器や作戦行動に関しての知識が豊富にあった。ひょっとすると元は、特別警備隊のような特殊部隊に所属していたのかもしれない。

「ただ仕事をこなしただけだ。一々礼を言われる筋合いはない」

浩志は、狭苦しいソファーセットから一刻も早く離脱したかった。

「もちろん、そうですが。正直言って〝トビウオ〟の発令は、海自にとって最悪の場面でもあるわけです。今回の作戦が、海賊の間で話題になり、抑止力になればいいのですが、一方ではマスコミなどに知られる危険性もあります」

作戦は夜間だったため、浩志らの出撃は現場で行なわれた。だが、目視できるような昼間の場合は、襲撃されている船舶にすら悟《さと》られないように現場から離れた海上から出撃することになっている。防衛省が一番恐れているのは、日本が積極的に武力行使していることを内外に知られることだ。

「俺たちを雇ったのは、防衛省の面子《めんつ》を保つためだろう。あんたのところの大将も腹をくくったんじゃないのか」

「おっしゃる通り、今回の作戦は、統幕議長および海上幕僚長から直々《じきじき》に命令を受けているものです。問題は、こうした隠密の作戦をいつまで続けられるかということです」

「それは、俺たちの問題じゃない。政治家や海自の問題だろう」

「今回の契約は、四ヶ月になっています。その間に、新たな法案ができれば問題ないのですが、上の方から契約の延長も含めて今のうちに確認するように命じられました。また反対に、作戦が明るみに出るようなことがあれば、即座に中止ということになります」

「今回の仕事は俺たちにとって、手応えがなさ過ぎる。はっきり言って退屈な仕事だ。しかも四ヶ月も船の上にいたら、頭がおかしくなる。契約の延長はない」

浩志は、そっけなく答えた。任務ははじまったばかりだが、四方を水平線に囲まれた風景を見るのも飽きてきた。

「せめて、ジブチに行ったら俺たちにたっぷり休暇を与えてくれ」

ソマリアの隣国ジブチの港は、各国の艦船の出撃基地になっている。

「延長は、難しいですか」

真鍋は渋い表情になった。

「俺たちがいなくてもいいようにしたいのなら、海賊の情報の拠点を破壊し、やつらの動きを止めることだ」

「海賊の情報の拠点？」

「彼らは、どこからか商船の航路とスケジュールを手に入れているはずだ。昨日襲って来た三隻の高速艇は、遠洋に出られるタイプじゃない。もちろんレーダーもない。どこかに母船があるのだろう。だが、闇夜のインド洋でレーダーだけをたよりに待ち伏せしたところで、商船を捕まえられるものじゃない。連中は、商船の航路を知っていたからこそ、あの場所にいたんだ」

「海賊の動きが組織立っていることは、もともと問題視されていましたが、彼らの情報を得られる手段が分かったところでどうするのですか」

「おそらくソマリアのプントランドか、あるいは周辺国に情報基地があるのだろう。そこを叩き潰すんだ」

「簡単におっしゃられても……」

浩志の過激な発言に、真鍋は言葉を詰まらせた。

「俺たちにとって難しい話じゃない。むろん特別手当はもらうがな」

「とんでもない。そんな大胆なことを日本政府が許すとは思えませんが……」

真鍋は助けを求めるように吉井の顔を見た。すると意外にも吉井は笑顔で浩志を見ていた。彼は最初こそよそよそしい態度をしていたが、最近では浩志に全幅《ぜんぷく》の信頼を寄せている。やはり、偽装艦船の副艦長というより、この艦での秘密作戦の特別指揮官なのかもしれない。

「逆に、どうしたら桐生さんのチームにそんな危険な仕事をお願いできるのですか」

吉井は、まじめな顔つきになり聞いてきた。

「簡単だ。俺たちに充分な武器と弾薬を与え、後は目をつぶっていることだ。〝トビウオ〟も同じようなものだろう」

「確かに。しかし、敵の情報網の拠点となる場所を攻撃するとなると大変な火力が必要だと思います。第一そんな場所をどうやって見つけるのですか」

「情報の拠点だからこそ、少ない火力で潰せる。ピンポイントの攻撃で事足りるはずだ。彼らが得ている情報は、インターネットを使ったハッカーが絡んでいるか、船会社に情報漏洩者《ろうえい》がいるかどちらかだろう。港の酒場で酔っぱらった船員から聞けるようなものじゃないからな」

「そうですね」

浩志の冗談が受けたらしく、吉井は笑いを堪《こら》えながら相槌《あいづち》を打った。

「捜査は、俺の方で手配する」

浩志の頭には、傭兵代理店のスタッフで優秀なハッカーであり情報分析のプロである土屋友恵が浮かんでいた。ペンタゴンのセキュリティーすら破る彼女の技術をもってすれば、船会社の航路やスケジュールがどのようにして漏れているのかすぐ分かるだろう。

「だが、あまり期待しないことだ。情報の拠点を潰したところで同じものがまた作られるだろう。タケノコを取るようなものだ。国連が本腰を入れるか、ソマリアという破綻国家がまともにならない限りは付け焼き刃に過ぎない」

「その通りだと思います。ただ、時間は稼げますね」

吉井が大きく頷くと、艦長の真鍋もやっと納得したような顔つきになった。

「ところで、吉井三等海佐。俺のことをどこまで知っているんだ」

打合わせが終わったところで浩志は聞いてみた。

「あなたの本名も、これまでの活躍も存じ上げています。陸自の一色《いっしき》三等陸佐とは、所属は違いますが、意見交換をよくしますので」

吉井はにこりと笑ってみせた。やはり彼は海自の特別警備隊に所属する指揮官クラスなのだろう。というのも一色三等陸佐は、陸自のテロ対策特殊部隊である特殊作戦軍の指揮官だからだ。テロ対策の部隊にいるからこそ、陸海を越えた付き合いができるのに違いない。一色三等陸佐なら、浩志の率いる傭兵部隊がブラックナイトの戦闘部隊を殲滅《せんめつ》させたことも知っている。

「話は終わりだな」

浩志は席を立とうと腰を浮かした。

吉井が引き止め、足下に置かれたバッグを開けた。

「待ってください」

「やっと見つかりました」

吉井の手には、ターキーのボトルが握られていた。しかも浩志の好きな八年ものだ。

「私も一役買わせてもらいましたよ。艦長命令で、出させましたから」

隣りに座る真鍋の顔も緩んでいた。

「これで、ゆっくりお話がさせてもらえますか」

吉井はぺこりと頭を下げた。

「しないわけにはいかないだろう」

浩志は、はじめてにやりと笑った。

作戦オナガザメ

一

渋谷のスナック〝ミスティック〟にくたびれたスーツを着た男が二人、カウンター席に座っていた。二人とも折り目が消えかかったズボンを穿《は》き、靴底はすり減っている。一般人にはさえないサラリーマンに見えるのだろうが、その筋の人間が見ればひと目で素性が分かる。

「沙也加ちゃん、本当のところどうなの？　ママは何か知らないのかな」

ビールが入ったグラスをちびちび飲みながら、男は店の看板娘である沙也加に訊《たず》ねた。警視庁捜査一課の刑事杉野大二《すぎのだいじ》である。その隣りで、仏頂面をしているのは、同じく一課の係長佐竹学《さたけまなぶ》だ。

「藤堂さんの死亡記事が載った日は、さすがに落ち込んでいたけど、それからのママは、普段と変わりはないわ。もうすぐ来るから、直接聞いてみてよ」

杉野は、沙也加とは顔見知りのために店に二、三度来たことがある。しかし、悲しいかな主任刑事の安月給では〝ミスティック〟の請求書は、ハードルが高い。

佐竹は店に来るのははじめてで、杉野に浩志の行方を知る手掛かりがあると言われてついて来たに過ぎない。財布をあてにされていることが分かっているのか表情は厳しい。

午後六時二十分、開店したばかりの店内にまだ客はいない。佐竹と杉野は、二本目のビールを頼んだ。

入り口のドアが開き、光沢《こうたく》があるシャンパンカラーのスーツを着た美香が入ってきた。スーツばかりか美香の美しさで店の中が一気に華やいだような気持ちにさせられる。

「いらっしゃいませ」

美香は、佐竹と杉野に笑顔で会釈《えしゃく》をしてカウンターに入った。

沙也加が出した新しいビールを美香は受け取り、佐竹と杉野のコップを満たした。

「確か、こちらは桜田門の本店にお勤めでしたわね」

佐竹は、杉野にかけた美香の言葉に頬をぴくりと動かした。警視庁を本店、分署を支店というのは、警察官の隠語だからだ。

「こちらの方も、職場は同じなんですか」

美香は、佐竹になんとも言えない笑顔で訊ねてきた。浩志は、この笑顔で何度も後悔させられた経験がある。

「まあ、そんなところだ」

佐竹は美香の視線を外し、ビールに口をつけて頷いてみせた。

「これからひいきにしてくださいね」

美香は、佐竹のグラスにビールを注いだ。

「藤堂浩志と特別に親しかったと聞いたのだが、本当ですか」

叩き上げの一課の係長である佐竹は、美香の笑顔に惑わされずに単刀直入に聞いた。

「藤堂さんは、常連のお客様の一人でした。特別というわけではありませんよ」

美香の答えはそっけなかった。

杉野の前に立っている沙也加が口元を押さえて笑っている。

「答えたくなければ、別にいいんだ。藤堂のやつ、新聞にあんな風に書かれたら、たとえ生きていたとしても表には出て来られないだろう。私は、彼との付き合いも長い。途中ブランクもあったが、最近では仕事も手伝ってもらったりしていた。また一緒に仕事できればと思っているが、今は何より真実を知りたい。あの男は、本当にジャングルで死んだのだろうか」

佐竹はグラスを置き、眉間《みけん》に皺《しわ》を寄せ美香の目をじっと見た。泣く子も黙ると言われた佐竹の眼力が込められていた。

美香は、佐竹の視線をそらすことなく笑顔で見返した。隣りに座っている杉野が二人の顔を交互に見比べていたが、美香の堂々とした態度にほうと感心してみせた。

「何か、おつまみでもお出ししましょうか」

「いや」

美香のしたたかさを実感したのだろう。彼女の言葉に佐竹は息を吐き、目の前のグラスを煽《あお》った。

「お食事は、まだですよね」

「そうだが、もうそろそろ……」

「ちょっと待っていてくださいね」

佐竹の言葉をさえぎり、美香は厨房に入って行った。

二分とかからず美香は両手にグラタン皿を持って現われた。

「どうぞ。特製角煮どんぶり。これは、メニューにないものです。他のお客様に見られないように、食べちゃってくださいね」

カウンターに置かれた底が三センチほどのグラタン皿には、軽く盛られたご飯の上に一センチほどに切られた角煮が五枚も載せられ、その上にアサツキで彩りが添えられていた。

「これは、うまそうだ」

佐竹と杉野は、生唾を飲み込んだ。

「スプーンで食べてくださいね」

美香が差し出したスプーンで、佐竹らはほぼ同時に角煮とご飯を頬ばった。かつおダシのきいたあんかけのタレで包まれた角煮は口の中でとろけ、白いご飯と絶妙のハーモニーを醸し出した。二人は無言でスプーンを進め、あっという間に平らげてしまった。

「量が少なくてごめんなさいね」

「充分ですよ。中年にはこれぐらいがちょうどいい。ごちそうになりました」

物足りなそうな顔をしている杉野を尻目に、佐竹はグラスに残ったビールを飲み干し、席を立った。

「帰るぞ、杉野」

「もう帰るのですか」

佐竹は、答えなかった。だが、いつもみせる眉間のしわがないところを見ると不機嫌なわけではなさそうだ。佐竹は勘定をすませ、さっさと出口から出て行った。

「ありがとうございました」

振り返ると、美香が店の外に出て手を振っていた。杉野は、それに答えながら慌てて佐竹を追った。

「佐竹さん、ちょっと待ってくださいよ。せっかく美人二人を独占状態だったのにもったいないですよ。もっと聞くことがあったんじゃないですか」

「俺は、もう藤堂が死んだなんて思わないことにした」

「どういうことですか」

「ママの態度を見ていて、藤堂が生きていると確信を持ったんだ。だから、もう探そうとは思わん」

「態度で？　ですか」

「彼女は、藤堂が生きていることを知っている。あるいは、やつが生きていると頑《かたく》なに信じているかのどちらかだ。だがあの様子じゃ、やつは生きている。連絡でももらっているのだろう」

「どうしてそんなことが分かるんですか」

「あのどんぶり飯だ。あれはな、腹を空かせた藤堂がいつ店に来てもいいように作ってあったんだ。あいつのことだ、なに食わぬ顔をしてふらりと戻ってくるのだろう」

「とすると、我々は、一人前を二人で分けたのですか。そういえば、彼女は少なくてごめんなさいと言っていましたね」

「そういうことだ。あのどんぶり飯には藤堂への深い愛情が込められていた。それを俺たちに出すことで、彼女は藤堂が生きていることを教えてくれたのかもしれないな」

「そこまで深読みしますか。案外ロマンチストなんですね、係長は」

「馬鹿やろう。おまえは、人生経験が足りないからな。男女の仲は分からんだろう」

佐竹は鼻で笑い、不満げな杉野を無視してタクシーを拾った。

二

偽装艦船〝みたけ〟の船尾にある特殊作戦チーム用の待機室。普段はブリーフィングができるように整然とテーブル付きのイスが並べてある。だが、イスはすべて壁際に片付けられ、真ん中に机を四つ並べて、その上にソマリア近海の海図が拡げられていた。

海図には、二〇〇五年から海賊に襲撃された船舶のルートが赤い線で書き込まれている。二〇〇五年以前にも海賊の被害はあったが、微々たるものなので書かれていない。そうでなくとも、アデン湾では、二〇〇八年以降の被害が激増しており、この海域だけでも海図が真っ赤になってしまう。書き込み作業は、元特別警備隊員の金子と増田が担当している。

「改めて書き出すとすごいことになりますね。以前は海賊といえば、インドネシア、マラッカ海峡だったんですが、今はソマリア沖だけで全体の半数以上を占めますからね」

海図を覗き込んでいた瀬川が、首を振りながら溜息を漏らした。

「海賊は、トロール船を改造した母船に四、五隻の高速艇を積んでいるそうです。その母船は、現在五、六隻あるといわれています。母船が連携をとりアデン湾の決められた海域にいたとしたら、母船のレーダー網で湾を航行するほとんどの船舶のコースを捕らえることはできるはずです」

浩志の隣りで作業を指示した〝みたけ〟の副艦長吉井三等海佐が、浩志に説明してきた。

時刻は午後七時十分。現在、待機室にいるのは、作業をしている元特別警備隊員の金子と増田とその作業を見守っている浩志、瀬川、辰也、それに吉井だ。その他のメンバーは、自室にいるはずだ。

「各国の軍艦がアデン湾に配備される二〇〇八年前半までの被害は、レーダー網によって生まれたのだろう。だが、警備が厳しくなった現在は無理だ。それに今は、アデン湾ではないインド洋上でも被害は出ている」

浩志は、吉井に答えるでもなく呟いた。

「そのために二〇〇八年以降の被害船舶を重点的に調べています」

吉井は大きく頷いてみせた。

海賊の動きに何らかの法則や位置を見つけようとする地道な作業だが、実を結ぶとは思えない。

「桐生さん、電話です」

瀬川が、部屋の片隅に置かれた小さな電話機の受話器を持ち上げた。受話機はインターネット電話ができるパソコンに繋がっていた。瀬川が日本から持ち込んだものだ。

「藤堂さんですか。土屋です」

友恵の声は、多少時間差はあるがクリアーに聞こえた。とてもソマリアに近いインド洋上で受けているとは思えなかった。

浩志は、友恵にこの一年間で被害を受けた船会社のセキュリティーの状態を調べさせていた。セキュリティーが破られていれば、彼女ならハッカーを特定できると思ったからだ。

「見つかったか」

「それが、船会社のサーバーがあまりにも多数のハッカーに荒らされていて、どれが犯人か現段階では特定できません」

「どういうことだ」

「例えば、二〇〇九年の一月にソマリア東部の沖合でドイツのコンテナ船が海賊に襲撃された事件です。この船を所有するジャーマン・セーレン社のサーバーを調べたら、この三ヶ月間で二十回もハッカーに侵入された形跡があります。しかも、ハッカーも十人近くいます。おそらくイタズラ目的がほとんどだと思います」

「それじゃ、お手上げということか」

「いえ、ハッカーをリストアップして、他社のデータと併せて関連性を見つけ出し、一つ一つ潰していけば、ある程度絞り込みはできると思います。ただ、船会社を専門にイタズラ目的で荒らすハッカーも中にはいるかもしれませんね」

「面倒くさいやつらだ。他人のサーバーを盗み見て、何がおもしろいというのだ。分かったらまた連絡をくれ」

浩志は、海賊絡みのハッカーはすぐに分かると思っていたので正直言ってがっかりした。

「どうですか。何か分かりましたか」

電話を切った浩志に吉井は訊ねてきた。

「時間がかかりそうだ」

浩志は溜息をつきながら答えた。元刑事だけに、自分で直接調べることができない苛立ちを覚えていた。

――救難信号を傍受。吉井三等海佐はブリッジに！

艦内放送が、吉井を招集した。

吉井はすぐさま艦内電話でブリッジに連絡をした。

「分かった。すぐにブリッジに行く」

「どうした」

電話を切った吉井に浩志は訊ねた。

「ソマリア中部沖合四百五十キロで、ウクライナ船籍の貨物船が海賊に追われているようです。ここからおよそ九十キロ南に位置します。この海域は我々が一番近いので出撃することになりました」

「九十キロも離れているのか。急いだところで二時間近くかかるぞ」

「護衛艦〝あさつき〟の哨戒ヘリを急行させます。現場まで三十五分で到着できます」

〝あさつき〟が搭載している哨戒ヘリは、SH六〇Kで、SH六〇J〝シーホーク〟の改良版である。対潜水艦、対水上戦だけでなく人員輸送など幅広い目的を持っている。最大速度は、百四十ノット（時速約二百六十キロ）のスピードが出る。

「桐生さん、〝トビウオ〟の発令も考えられますので、待機をお願いします」

吉井は敬礼するなり、部屋から駆け出して行った。

「作業をやめて、一時間半後に集合。それまで、各自待機」

浩志は、待機室にいる仲間に指示をした。

「桐生さん、カードしませんか」

辰也は、仲間を集めてさっそくポーカーをするつもりらしい。

「俺はいい。シャワーを浴びて一寝入りしてくる」

浩志は、大きく体を伸ばすと部屋を出て行った。

三

赤道近くのインド洋上を偽装艦船〝みたけ〟は最大速度で航行している。ともに警護活動をしている護衛艦〝あさつき〟より、わずかに船足は速い。そのため、〝みたけ〟は、救難信号を発したウクライナ船目指して〝あさつき〟をリードする形で航行していた。

〝みたけ〟は最新鋭艦であるが、客船とは違うので、艦内のエアコンがどこでも効いているわけではない。それに赤道に近い場所柄、日が暮れてからもじっとりと汗をかく。浩志の個室にシャワーはない。共同のシャワー室で汗を流し、洗いざらしの制服に着替えた。浩志をはじめ、仲間全員に濃紺の制服が支給されている。制服には、所属や階級を示すものは何もついていない。今回の作戦では、セキュリティーレベルが高い極秘任務についている者だけが着用することになっている。ちなみに着用が許される者は、二等海尉（諸外国では中尉に相当）以上の階級とされている。

自室に戻った途端、部屋の電話が鳴った。

「桐生さん、吉井です。大変なことになりました。至急、ブリッジにお越し下さい」

「俺が行ってもいいのか」

これまで浩志を含め傭兵チームは、呉の港で〝みたけ〟に乗船してから船尾の決められたエリアから出ることはほとんどなかった。海自から特に指示されたわけではないが、作戦の機密性が高いだけに、浩志らは乗組員と無用な接触を避けているのだ。また、これまで司令塔であるブリッジに行くことは浩志もなかった。

「大丈夫です。現在ブリッジに詰めている乗組員は、傭兵チームを知っている者だけです」

〝みたけ〟は偽装艦船だけに乗組員は全員セキュリティーレベルが高い。だが、それでも特殊作戦チームに外部の人間がいることを知らされていない者がほとんどだ。

「桐生さん、言い忘れました。チームで浅岡辰也さんは爆弾のプロでしたね。一緒に来ていただけますか」

「分かった。すぐ連れて行く」

浩志は、待機室に寄った。案の定、辰也は、田中と宮坂、それに加藤を加えた四人でポーカーをしていた。

「辰也、一緒に来てくれ」

「今、すぐですか」

辰也は、手持ちのカードをうらめしそうに見た。めずらしく勝っているようだ。残りの三人の仲間が困惑している辰也を見てにやにやと笑っている。

「緊急事態だ」

た。


「分かりました」

長年軍人をしているだけに、緊急という言葉をつけた途端、辰也は潔《いさぎよ》く立ち上がっ

二人は、月に照らされた上部甲板を通り、艦橋の最上階であるブリッジに急いだ。甲板からブリッジに行けば、乗組員にあまり会わずに行くことができるからだ。ブリッジに入ると、赤とブルーのカバーが掛けられた艦長席に座った真鍋一等海佐とその横で吉井三等海佐が複雑な面持ちで立っているのがまず目に入った。

浩志を見て吉井が敬礼をした。するとその他の乗組員も敬礼をしてきた。

「お二人とも、こちらに」

吉井が軽く会釈して、二人を呼んだ。浩志と辰也はブリッジ内の機械類を縫《ぬ》うように艦長席の前まで行き、軽く敬礼をした。傭兵に敬礼は似合わないが、自衛艦内ということもあり、最低限の礼儀は尊重している。また、浩志らの素性を知らない乗組員に怪しまれないためにも必要だった。

「今から十分前の十九時三十四分に救難信号を出していたウクライナ船籍の貨物船〝ジールカ〟が撃沈されたもようです。現在哨戒ヘリが現場海域を捜索中ですが、〝ジールカ〟は発見されていません」

沈痛な面持ちの真鍋の前で吉井が淡々と説明した。

「撃沈？　ばかな。海賊が身代金も取らないで船を撃沈したら、意味ないじゃないか」

「その通りなのですが、十分前〝ジールカ〟からの無線では、攻撃を受け船体に穴が開いたとパニック状態でした」

「人質は、どうなっている」

「現段階では不明です。とにかく我々は現場に急行するほかないのです」

「俺たちを呼んだ理由を聞かせてもらおうか」

「ソマリアの海賊が通常使用する武器は、アサルトライフルのAK四七に、携行用対戦車ロケット弾であるRPG七だけと報告を受けております。〝ジールカ〟は、一万四千トンの貨物船でした。はたしてRPG七で貨物船を沈没させることができるものでしょうか。それとも、なにか他の爆発物を使ったのでしょうか。お恥ずかしい話ですが、我々は彼らの所持している武器の知識があまりありません。お聞かせ願えませんか」

対戦車とは言われているが、RPG七は安価なために途上国やテロ組織は様々な場面で使用する。彼らは対人対物を問わない。実際RPG七で飛行中の攻撃ヘリコプターが撃墜《げきつい》された例はいくらでもある。だが、そのほとんどの戦果がこれまで陸を占めていた。ソマリアの海賊が使用し、海でも使われる兵器として知られるようになった。

防衛省でも研究用に数丁購入し、テストをしているそうだが、その破壊力を目のあたりにした自衛官は皆無《かいむ》に等しい。海自の隊員には、なおさら分かるはずもない。

浩志と辰也は、顔を見合わせた。RPG七なら、使ったこともあるし、攻撃を受けたこともある。傭兵にとっても身近な武器の一つだが、戦車ならともかくタンカーなど攻撃したことがない。

「RPG七は、もっとも普及しているロケット弾だが、最近の装甲が厚い戦車にはきかない。それと同じで、タンカーの船体の強度による。角度や距離によっては当たったところで穴を開けることもできないだろう」

「そうですね。船体のつなぎ目ならともかく、鉄板にもろに穴を開けられるかと言われると疑問ですね。プラスチック爆弾のような強力な爆発物だとしても、停まっているのならともかく航行している船に仕掛けるのは難しいですね」

浩志の意見に辰也は頷いた上で補足した。

「船体に外部から穴を開けなくても、積荷に命中して誘爆した場合も、沈没する可能性はあるのじゃないのか」

「〝ジールカ〟は、貨物船としか言っていませんでした。積荷までは分かりません」

浩志の質問に吉井は溜息を漏らしながら答えた。

「恐れていた事態になったようだな」

「そうですね。対海賊だったのが、対テロになったようです」

海賊なら海の泥棒だが、テロリストとなると闘い方も自《おの》ずと変わるし、政治的な背景もあるのかもしれない。

二〇〇九年四月八日、ソマリア沖で米国のコンテナ船アラバマ号が海賊の襲撃を受け、米国人船長がボートで連れ去られるという事件が起きた。米国政府は、現場海域に駆逐《くちく》艦を派遣、同月十二日海軍の特殊部隊〝シール〟が急襲した。海賊三人を殺害、一人を拘束し、人質となっていた船長を無傷で救出するという手際をみせた。

このニュースは、世界で絶賛されたが、反面海賊とソマリアを支援するアラブのテロリストらを刺激する結果となった。海賊らの報復、あるいは見せしめ的な襲撃を危惧《きぐ》するとともにイスラム系のテロが出現する可能性も示唆《しさ》されている。実際、一部の海賊は報復宣言を出していた。

「だが、なぜウクライナ船なのだ。無差別テロなのか」

浩志は、自問するように呟いた。

海賊は、確かに復讐すると公言している。だが、その矛先は、特殊部隊の救出作戦により海賊側に死傷者を出した、米国やフランスが筆頭だと誰しも考えていたからだ。

四

翌日、陽が昇ってからも行方不明となったウクライナ船籍の貨物船〝ジールカ〟の捜索を偽装艦船〝みたけ〟と護衛艦〝あさつき〟は続けていた。他国の船ではあるが救難信号をいち早く受けたという道義上行なっていたのだ。

だが、昼近くになって思わぬ邪魔が入った。ロシアの最新鋭大型対潜艦〝アドミラル・ヴィノエフ〟が、海自の艦船の鼻先をかすめるように海域に割り込んで来たのだ。排水量七千五百トン、全長百七十四メートル、排水量と全長こそ〝みたけ〟よりひと回り小さいが、日本の保有するどの護衛艦よりも大きい。

ちなみに〝たかなみ〟型護衛艦〝あさつき〟は、排水量四千六百五十トン、全長百五十一メートルと、〝アドミラル・ヴィノエフ〟に比べ二回り小さい。

〝アドミラル・ヴィノエフ〟の艦長から、〝ジールカ〟の乗組員にロシア人がいたことと、ロシアはウクライナの友好国であるとして、無関係な他国の艦船は必要ないと言ってきた。半ば恫喝《どうかつ》のようなものである。〝あさつき〟の哨戒ヘリが、海上に浮かぶ油をすでに見つけていただけに、発見できずに引き下がるのは無念だった。

海賊にかこつけて、ロシア、中国、インドなどは他国よりも強力な艦船をこの海域に派遣している。彼らの目的は、アフリカにおける利権を有利にするためのプレゼンスだ。

〝みたけ〟と〝あさつき〟は、仕様がなく本来の警戒海域に向かって北上した。

「まったく馬鹿にしている。こっちは徹夜で救助に来て、その上捜索活動までしていたのに、帰れだと。ロシアの態度、どう思いますか、桐生さん」

　夕食後、辰也はシャワールームで頭を洗いながらぼやいた。

「あの態度こそ、ロシアらしいと俺は思った。驚く方がおかしい。あの国に礼節を求める方が間違っている」

　浩志は、辰也の隣りで体にこびりついた汗を流していた。特殊チームは、ウクライナ船を撃沈させた海賊船の襲撃に備えて徹夜で待機していたのだった。

「今回の事件で、ロシアの態度に腹を立てるのは、一般国民だけですよ。ポーズで与党はクレームを入れるかもしれませんが、政治家はみな分かっています。私たちに状況を説明してくれた吉井三等海佐もロシアの生態を知っているだけに笑っていましたからね」

　浩志を挟んで辰也と反対側で、瀬川が体を流しながら補足した。

「そんなものか。胸くそ悪いぜ、くそったれ」

　辰也は、悪態をついて使っていた石鹸を床に投げつけた。ロシアの態度も気に食わないのだろうが、偽装艦の生活にも飽きてきたのだろう。狭い艦内での楽しみは、少ない。これまで陸戦しか経験のない傭兵にとって海上の生活はストレスがたまるだけだ。

「辰也、くさるな。狭い塹壕《ざんごう》の中で何週間も、敵を待ち受けたことがあるだろう。それに比べたらここは天国みたいなものだぞ」

「確かに、食い物はいいし、夜はカードで遊べる。それに野宿する必要もない。シャワーも浴びられる。だけど俺が欲しいのは、戦場で味わうピリピリとする緊張感です」

「緊張感か。確かにな」

辰也の言葉に浩志は思わず納得した。

戦闘はなくても厳しい訓練に明け暮れる軍隊、あるいは傭兵部隊にいれば戦場にいなくてもそれなりに緊張感はある。だが、辰也の言っている緊張感とは、戦場で味わうコンバット・ストレスのことを言っているのだ。

通常の兵士にとって銃撃、爆音、そして仲間の死など戦場で起きる様々な事象は、強いストレスとなり、精神にダメージを受ける。戦争を経験した兵士に自殺者が多いのもそのためだ。だが、そのコンバット・ストレスも長く経験すると感覚的に麻痺《まひ》してしまい、危険がない場所に対してむしろストレスを感じる者も出てくる。浩志や辰也など、仲間の傭兵たちはみなこのタイプである。

——救難信号を傍受。これより、現場海域に急行する。総員配置に就け！

まるで辰也のぼやきを聞いていたかのように、いきなり艦内放送が鳴った。

「やったぜ！　神様、ありがとう！」

辰也が両手を上げて叫んだ。

シャワーを浴びていた三人は慌てて着替え、待機室に戻った。

待機室に特殊作戦のメンバーはすでに全員顔を揃えていた。

「桐生さん、先ほど吉井三等海佐から、連絡がありました」

老け顔にもかかわらず〝ヘリボーイ〟のニックネームを持つ田中が、浩志を待ってましたとばかりに迎えた。

「ソマリア沖中部五百八十キロの海域でパナマ船籍のコンテナ船が海賊と思われる不審船に追われているそうです。〝トビウオ〟の発令に備えて待機するようにとのことでした」

「現場までの距離と時間は」

「ここから、北東に九十キロ。一時間四十分後に到着予定。〝あさつき〟の哨戒ヘリを先行させるそうです」

浩志は左腕のミリタリーウォッチを見た。

「一時間四十分後……二十時半か」

左腕のミリタリーウォッチはMTM社の〝ブラックフォーク〟と呼ばれ、使い込んだ銃を彷彿《ほうふつ》とさせるつや消しの黒いボディで傷つきにくく、耐久性がある。文字盤は、基本の蛍光モードにバックライトモード、そして、一マイル先まで届くというトーチライトモードがあり、過酷な状況下に置かれる各国の特殊部隊から絶大な信頼を得ている。

「次の指令があるまで、解散」

今回の作戦の最大の特長で、戦闘に備えてすることは武器の手入れと装備の確認をすることぐらいで、移動中に敵に攻撃される心配もない。武器の手入れは元々当たり前のことで、射撃訓練もできず、暇に飽かせて、毎日分解メンテナンスを行なう者もいるほどだ。

〝トビウオ〟の発令という言葉に仲間の顔に精気がみなぎっているが、それでもこれまで経験してきた戦闘に比べれば、弛緩した空気が感じられる。歴戦の猛者《もさ》の集まりだけに致し方がないことだ。

だが、その緊張感もわずか三十分後にはなくなった。現場に急行した哨戒ヘリのサーチライトによる警告で不審船は素直に立ち去り、任務はあっけなく終わってしまったのだ。ブリッジから作戦の中止命令を受けた面々から大きな溜息が漏れた。

「誰か、ポーカーをする者」

辰也が、さっそくメンバーを集めはじめた。

「俺も入れてくれ」

浩志は、辰也の座るテーブルの前の席に座った。

「めずらしいですね。桐生さん相手なら、さしでブラックジャックでもいいですよ。俺が勝ったら、お互いのミリタリーウォッチを交換するというのはどうですか」

辰也のミリタリーウォッチは英国ナイト社の普及版で、浩志のMTM社の〝ブラックフォーク〟チタニウムモデルに比べればランクも数段落ちる。

ブラックジャックは、カードの合計を二十一にするという単純なゲームだが、それだけに奥が深い。だが、勝負がはやくつくためスピード感がある。

「いいだろう。俺が勝ったらどうするつもりだ」

辰也は、首を捻り肩をすくめてみせた。

「裸で上部甲板をアイドルの歌でも歌いながら、十周してもらおうか」

「アイドル！　ロックか、せめて演歌じゃだめですか」

浩志の提案に、辰也は悲鳴を上げた。

身長一八〇センチ、体重七十八キロの男が、かわいらしいアイドルの歌を歌いながら走る姿は、さぞかし笑えるだろう。

「だめだ。おまえがただ裸で走ったところでおもしろくもなんともない。何を歌うかは、こっちで選んでやる」

浩志はアイドルに詳しくはないが、一番歳が若い加藤なら知っているだろう。

「分かりました。勝てばいいんですから。〝ブラックフォーク〟いただきですよ」

二人のやりとりを聞いていた仲間が、テーブル席を囲み観客となった。

待機室は、浩志と辰也の真剣勝負に沸《わ》き返った。

五

偽装艦船〝みたけ〟の船尾待機室では、浩志と辰也が白熱したブラックジャックの勝負をはじめて三十分経過した。勝負は、時間決めで午後八時に終了することに決めていた。

現在午後七時五十五分。後五分で勝負は終わる。

テーブルには、ボール紙で作られたチップが置かれている。艦内でのギャンブルを浩志が禁じているため、ムードを盛り上げるために辰也と田中が作ったものだ。持ち金は一万ドルからはじまり、今のところ、浩志が一万三千ドルで勝っている。

親は、辰也。手札の一枚は伏せてあり、もう一枚は、スペードのキング。

浩志の手札は、ハートのジャックにダイヤの六で十六。ヒット（カードを引く）する前に辰也の顔をじっと見つめた。辰也の鼻が微妙に動いた。手札は悪くなさそうだ。

「スティ」

浩志は、あえてスティ（カードを止めること）をした。浩志の前には、二千ドル分のチップが置かれている。そろそろ辰也との差をつけてやろうと、多めに置いたのだ。

辰也の額から一筋の汗が流れ落ちた。親は、十六になるまではヒットしなければならないが、考えているところをみると、やはりすでに十六以上の数なのだろう。ここで親もスティすれば、悪くてもドローである。辰也は、自分の手札とテーブルに積まれたチップを見比べ、最後に浩志の顔をじっと見つめてきた。浩志は勝負中、ほとんど無表情で通している。

浩志は、口元をわずかに緩めてみせた。

「ええい、ヒットだ」

辰也はヒットし、その途端に引いたカードをテーブルに叩き付けた。

ハートのクイーンだ。

「くそ！」

辰也の手札を開けると、ダイヤのキングにスペードの八で、十八だった。ハートのクイーンを加え、手札の合計が二十八になりバースト（二十一を超えること）したのだ。

浩志は、自分の手札を開けた。

仲間のどよめきが起こった。

「十六で、ステイですか。信じられない」

ぶつぶつ言いながら、辰也はチップを払ってきた。

辰也の顔を見て、ヒットするより、辰也を自滅させた方が早いと思ったのだ。

待機室の電話が鳴り響いた。

「桐生さん、吉井三等海佐です」

京介が電話を取った。

「吉井です。北北東五百メートル先にトロール船らしき不審船を見つけました。ひょっとしたら、パナマ船籍の船を襲おうとした高速艇の母船かもしれません。桐生さん、臨検をしてみますか」

浩志は、海賊船は臨検して武装解除するべきだと吉井に進言してきた。たとえ逮捕することはできなくても、海賊の武器を没収あるいは破棄《はき》すれば、彼らは次の仕事までにまた武器を調達しなければならない。少しでも彼らの活動を阻害《そがい》することが、現状では大きな抑止《よくし》力になる。また、浩志も含めて、仲間のストレスは予想以上にたまっている。武力行使を散発的に行ない、ストレスを解放させたかった。

「第八護衛隊の司令がよくオーケーを出したな」

「正直言ってこれには裏があります。ただ、作戦を桐生さんが拒否されれば、我々としては命令できる立場にありません」

海賊の行動は、凶暴化している。業を煮やした艦船を派遣している国々の間で、積極的に海賊を無力化する取り決めがなされていたが、日本は、例によって法律上の問題点があり、この取り決めから除外されていた。ただし米国からは、日本も形はどうあれ臨検を行なうべきだと強い申し入れがあったのだ。米国は海自の偽装艦船〝みたけ〟派遣の裏を嗅《か》ぎ付けているのかもしれない。

「拒否する理由がない」

「分かりました、〝オナガザメ〟を発令します」

「了解！」

浩志は受話器を置き、作戦〝オナガザメ〟が発令されたことを宣言した。

尾びれが体の半分もあるオナガザメは密やかに獲物に近づき、鞭《むち》のようにしなる尾びれで獲物を叩き殺して捕食する。電撃的に海賊船を奇襲し、臨検を行なうために〝オナガザメ〟と作戦は名付けられた。

全員、待機室に用意されている装備を身につけはじめた。

「桐生さん、さっきの勝負はノーカウントですよね」

辰也は、準備しながら話しかけてきた。

「冗談を言うな。俺の所持金は一万五千ドルになったんだ。残り時間二分でおまえに勝ち目はなかっただろう」

「待ってください。のこり一勝負で手元の五千ドルを掛けて、俺が勝てば、手持ち金は一万ドルのドローになりますよ」

「分かった。帰って来たら、最後の勝負だ」

浩志が右手を出すと、辰也も右手を出してお互いの手を叩いた。契約成立だ。

「訓練じゃないぞ。急げ！」

浩志の掛け声に全員黙々と待機室を駆け出した。装備は、今回もサブマシンガンのMP五SD六にハンドガンは、グロック一九を身につけている。

船尾のウェルドックに置かれている二隻の高速高浮力ボートに特殊作戦チームは乗り込んだ。

「ボート異常なし！」

「ハッチ、異常なし！」

浩志らがボートに乗った後も、ウェルドックで掛け声を発しながら作業を続けている乗組員は八人いる。

「出撃準備！」

格納庫内のライトが、出撃時の赤に変わり、照明は消えた。艦尾の巨大なハッチが開き、海水が音を立ててドック内に流れ込んできた。特殊作戦チームが被っている黒のフリーライドヘルメットがウェルドックの赤いライトを反射させている。

「ボートの固定解除！」

作業する乗組員は膝の上まで海水に浸かりながら作業を進めている。

「出撃！」

浩志の号令に作業をしていた乗組員が直立の姿勢で敬礼をしてきた。

二隻の高速高浮力ボートは小気味いいエンジン音を上げ、船のドックと一体化した黒い海に次々と着水して行った。

「こちらパンサー。爆弾グマ、異常なし」

着水してまもなく、辰也からヘッドセットのインカムの試験も兼ねて連絡が入った。

「リベンジャー、了解。これより作戦に入る。低速航行」

二隻の高速高浮力ボートは低速で航行し、海賊船に向かって航行する偽装艦船〝みたけ〞の船陰に隠れた。

六

漆黒《しっこく》のインド洋に浮かぶ不審船は、トロール船そのものだが、牽引《けんいん》する形で二隻の小型高速艇を船尾に舫《もや》い、両舷に別の高速艇を一隻ずつ吊り下げている。しかし、高速艇の船縁は高く、明らかに防弾を目的に改造されたものと識別できる。

時刻は午後八時三十二分、波は穏やかだ。

すでに母船である偽装艦船〝みたけ〞は、不審船を無視する形でその左横を通り過ぎ、二キロ先を航行している。標的の船が〝みたけ〞に気を取られているすきに二隻の高速高浮力ボートは、〝みたけ〞の反対側である不審船の右舷二百メートル海上までこぎ出していた。

「見張りは？」

「船尾に一人、船首に一人、確認。どちらもＡＫ四七で武装しています」

田中がナイトビジョンを使って答えてきた。

〝みたけ〞を発見したトロール船では、当初何人もの船員が甲板に出て、動向を見守っていたが、何事もなく通り過ぎたために、見張りを残して、船室に戻ったようだ。

「一人も殺さずに、あの船を占拠することは難しそうですね」

傍らの瀬川が呟いた。

「殺すなら、船ごと沈めればすむ。それじゃ、海賊の復讐心を煽るだけだ。敵を無力化し、海賊は割に合わない商売だと思い知らせてやる必要がある。それに臨検して海賊かどうか確認するのが先決だ」

浩志はこの時点でも、標的の船が海賊船だとは断定しなかった。海賊の襲来に備えて漁船が武装している可能性も考えられるからだ。

海賊船を急襲し、武器を没収する作戦〝オナガザメ〟は、浩志と吉井の間で何度も練り上げたものだ。そして作戦を特殊作戦チームに熟知させるために待機室で何度もブリーフィングを行ない、倉庫で模擬訓練も行なった。

しばらくすると夜空にヘリの爆音が響き渡り、不審船の左舷方向の低空を一条のサーチライトがゆっくりと近づいてきた。先行していた護衛艦〝あさつき〟の哨戒ヘリだ。

「不審船に近づけろ。パンサー艇も後に続け」

見張りの注意がヘリに向けられているすきに、特殊作戦チームはオールを使って不審船に向かってこぎ出した。音を出さないように気を使っているが、ヘリの爆音で海賊の見張りには何も聞こえないだろう。

ヘリは、不審船の左舷二百メートルほど上空でホバリングし、ライトを不審船に浴びせた。二人の見張りが慌てて銃を足下に置き、ヘリに両手を振っている。ヘリからは何の警告もない。ただ、不審船の身元を確認するかのようにホバリングしてライトをあてるだけだ。見張りの男たちも、ライトがまぶしくてどこの国のヘリなのか皆目見当がつかないはずだ。必死に手を振っているのが滑稽《こっけい》にすらみえる。

二隻の高速高浮力ボートで浩志の乗ったイーグル艇が不審船の右舷船首に、辰也らパンサー艇が船尾にぴたりとこぎ寄せ、不審船の船縁にそれぞれカギの付いた縄梯子《なわばしご》を掛けた。

「ゴー！」

浩志の合図とともに、操船をする元特別警備隊員の金子と村瀬を残し特殊作戦チームの全員が不審船に乗り込んだ。甲板で見張りをしていた二人の男たちは、瞬《また》く間に背後から浩志らに取り押さえられた。

騒ぎを聞きつけた海賊の仲間が、銃を手に船室から続々と現われた。

「威嚇射撃！」

浩志の命令下、船首と船尾目がけて銃撃された。

海賊たちは、反撃しつつも作戦チームの凄まじさに船室へ戻って行った。

「スタングレネード」

間髪《かんはつ》を入れずにスタングレネード（音響手榴弾）が二発も船室に投げ込まれた。スタングレネードは、狭い空間では効果が増す。驚くほど大きな音と目映《まばゆ》い閃光を上げて炸裂《さくれつ》した。

「突入!」

スタングレネードの白煙が残る中、浩志を先頭に船室に突入した。

作戦チームは、閃光と炸裂音で半ば気を失っている男たちに次々とプラスチック製の手錠をかけ、その上目隠しもした。体を少しでも動かそうものなら、容赦なく叩き伏せた。

船室にいた男たちは、二十三人、見張りも加えれば二十五人、あやうく手錠が足りなくなるところだった。彼らは、みな黒人でTシャツに半パン姿だが、鍛え上げられた体をしている。

「パンサー、こいつらを甲板に出すんだ」

パンサーチームに海賊たちを甲板に集めて監視をさせ、イーグルチームは、船室内に散らばった武器を回収するとともに他にも武器がないか捜査をした。

「リベンジャー、武器発見」

船室の一番奥を調べていた加藤が、声を上げることもなくインカムを通じて報告してきた。船室の奥にある大きな木箱の中にAK四七、十二丁と弾薬十ケース、RPG七、四丁と弾薬三ケースが収められていた。海賊たちが手にしていた武器も入れると、AK四七、二十九丁、RPG七、六丁と彼らが漁師だという言い訳ができる範囲を逸脱していた。

武器弾薬は、バケツリレー方式ですべてボートに積み込んだ。船室が空になったところで、海賊たちの目隠しをしたまま全員の手錠を外してやり、出入口を封印し船室に閉じ込めた。ロープで船室のドアを固定しただけなので、すぐに出てくるだろう。

「高速艇を破壊しろ」

浩志の命令で、一斉に不審船の両脇に吊り下げられている二隻の小型高速艇目がけて銃撃し、船外機と船体に三百発近い弾が命中した。全員味わうように銃撃をした。久しぶりに実弾を撃つだけに、誰もが照準を合わせて撃っている。単に憂《う》さ晴らしをするのではなく銃の調整と射撃訓練も兼ねているのだ。

「撃ち方止め！　ボートに乗船」

特殊作戦チームは、意気揚々と高速高浮力ボートに引き上げた。

「こちら爆弾グマ。リベンジャー、後ろの高速艇も二隻とも破壊しますか」

パンサーの辰也からだ。爆弾のプロである辰也には、今回爆薬と起爆装置を持たせている。不審船の船尾に舫われている小型高速艇の処理を任せていた。

「いや、気が変わった。一隻は、持ち帰ろう」

「了解」

辰也は、すぐさま高速艇の船底に爆薬をセットした。

「リベンジャー、セット完了！」

「撤収!」

二隻の高速高浮力ボートは、不審船を離れた。パンサーのボートは海賊の小型高速艇を一隻牽引している。

「爆破!」

辰也が、大声で叫んだ直後、残された海賊の小型高速艇が腹に響く爆音とともにはでに爆発した。

「たまや!」

破片が夏の花火のように上空まで飛び、仲間たちから歓声が上がった。

浩志は、苦笑した。

船を沈めるだけなら少量の爆薬ですむものを、辰也はわざと高速艇がこなごなになるほどの爆薬を仕掛けたのだ。しかもはでに火花が出るように爆薬に何か混ぜたに違いない。

辰也は、任務にかこつけてストレスの解消をしたようだ。

ロシア艦隊

一

森美香は、アルファロメオ・スパイダーのハンドルを握り、世田谷《せたがや》通りを喜多見《きたみ》方面へ向かっていた。夕陽に染まる大蔵《おおくら》の下り坂にさしかかる。この辺りは、桜の老木が道の両脇から垂れ下がるように枝を伸ばし、春にはみごとな桜のトンネルになる場所だ。

美香は、世田谷通りから多摩堤《たまづつみ》通りに左折し、次大夫堀《じだゆうぼり》公園の手前から細い路地に入った。公園の裏手にある二百坪ほどの畑と道を挟んで三階建ての真新しい建物の前で車を停めた。畑では、十数人の若者が鍬《くわ》を使い作業をしている。彼らから少し離れたところに麦わら帽子を被った老人が鍬を杖代わりに握って立っていた。口を真一文字に結び青年たちを見つめているが、その眼差しにどこか憂《うれ》いが秘められていた。都築雅彦《つづきまさひこ》、七十七歳。浩志が刑事を辞めるきっかけになった殺人事件の被害者である。今は、身寄りのない子供や不登校の子供たちに農業を通じて大学に行かせるための学校〝農業塾〟を開いている。

美香がスパイダーを降りると、畑にいる若者たち全員の視線が彼女に集まった。

「あっ、藤堂さんの彼女だ」

一番に声を上げたのは、真っ黒に日焼けした河合哲也《かわいてつや》だった。彼は、元不良で浩志に命を救われ、都築老人の元で更生した。今では〝農業塾〟の学生でありながら、指導者的な立場でもあった。

哲也は、美香の元に駆け寄って来た。

「いけねえ、じっちゃん忘れた」

哲也は慌てて畑に戻り、都築老人の手を引っ張ってきた。

「ご無沙汰しています。お変わりはありませんか」

美香は、笑顔で老人に挨拶をした。

「おお、その笑顔は、ひょっとして藤堂さんのことで何かご存知ですな」

都築老人は、早くも美香の笑顔の理由を察したようだ。

「ここでは何ですから、あちらへどうぞ」

「じっちゃん、俺、お茶でも出そうか」

「おまえまで来たら、みんなにしめしがつかんだろう」

「やっぱり？　後でちゃんと聞かせてね」

哲也は、美香に丁寧に頭を下げ、畑に戻って行った。この光景を浩志が見たら、哲也の成長ぶりに驚くことだろう。

美香は、老人に案内され〝農業塾〟の一階にある応接室兼校長室に入った。十畳ほどの広さに小さなソファーセットと机があり、壁一面に農業の本が収められた本棚があった。美香がソファーに座ると、遅れて部屋に入って来た老人はお盆に湯のみと急須を載せて現われた。

「すみません、気を使っていただいて」

老人は、湯のみにお茶を入れ、美香に勧めた。

「藤堂さんの死亡記事が新聞に載ってから、二ヶ月以上経ちます。あの日以来、私はまた息子を失ったような気持ちでいました」

老人は、奥さんと息子家族を殺人鬼に殺されるという悲惨な目に遭っていた。その後、浩志の計らいで哲也や不良少年を世話し、〝農業塾〟を開校するにいたって立ち直っていた。

「すみません、こちらに早く来るべきでしたね。でも、なんだか、頼まれもしないのに来たら、出過ぎた真似をするようでためらっていました」

「ということは、藤堂さんは、やはり生きているのですね」

「はい。私も何ヶ月も会っていませんが、生きていますよ。でも、これは秘密にしておいてくださいね」

美香は明石柊真から浩志は生きていると聞かされている。もっとも彼女にとっては、それは事実を確認したに過ぎなかったのだろう。

「よかった。本当によかった。あの新聞記事を見た時は、寿命が縮みましたからねえ。それで、今日本にいらっしゃるのですか。もっともあんな記事を書かれたんじゃ、いづらいとは思いますが」

美香も浩志が行方不明になってからなにもしなかったわけではなかった。彼女は、内調の情報網を活用し、ミャンマー情勢を探ったり、警視庁などの情報にアンテナを張ってはいたが、柊真に知らされるまで浩志の行方は知らなかった。それほど、浩志の隠密《おんみつ》の逃避行は、成功したといえる。

「大きな声では言えませんが、外国で仕事をしているようです」

「外国で……。また危険な仕事をされているのでしょうか」

「彼の仕事は傭兵ですから、私たち一般人から見れば、危険でしょうね」

「詳しいことは、聞きますまい。また心配するだけですからね。それにしても、よくぞ知らせてくれました。礼をいいます」

「都築さんのことはずっと気になっていたのです。多分、ご心配されていると思いまして頼まれもしないのに来てしまいました」

美香は、にこやかに笑顔で答えた。彼女は、ソマリア沖に新しく派遣された護衛艦と補給艦が特殊な任務をこなしているという防衛省からの極秘情報を偶然内調の同僚から聞いた。さすがに詳細までは知ることはできなかったが、浩志とこれまでの政府の関わり合いから、こうした任務に浩志が駆り出される公算は高いと彼女が考えたとしてもおかしくはない。というより、女の勘で、浩志の居所を特定したと彼女は確信したに違いない。その証拠に、美香は、官庁からの帰りに直接スパイダーを走らせ、ここまでやってきたのだ。

「こんなことを私が言うべきじゃないが、こんなきれいな人をほっといて、藤堂さんも罪な人だねえ」

都築老人は、お茶を啜《すす》りながらしみじみと言った。

「まったく、あの男は、唐変木《とうへんぼく》なんです」

美香もお茶を啜りながら、大きく頷いた。

二

日本から、八千七百キロ離れたインド洋を航行する偽装艦船〝みたけ〟の船尾甲板下のデッキで、浩志は昼の日差しを避けて涼んでいた。左舷前方から吹き込む風が気持ちい い。昼飯を食べてから、かれこれ二十分近くここにいる。体が冷えたわけでもないのに、いきなりくしゃみが出た。

「誰か、噂をしているんじゃないですか」

近くで涼んでいた辰也が茶化した。

「俺を殺したがっているやつらなら、可能性はあるな」

言うなり、大きなくしゃみがまた出た。

「そのくしゃみは、恨みを持っているやつらじゃないですよ。もっと執念ぶかい」

辰也が意味ありげに笑った。

「そうそう。あの美人の彼女が噂しているんじゃないですか。いいなあ。モテる人って」

辰也の隣りに立っていた京介がわざとらしく大きな溜息をついてみせた。

「二人ともうるさいぞ」

言ってはみたものの、美香のことは気になる。日本を出る前に一度会っておけばよかったと、船に乗ってから浩志は少々後悔もしていた。

昼下がりのインド洋は、抜けるような青空だが気温が高いせいか、視界は数キロとさほど遠くまで見えるわけではない。

浩志をはじめ特殊作戦チームの面々は、昼食後の三十分は、艦内の暑さをしのぐため、船尾甲板下のデッキで涼むのが日課になっていた。

「またですよ。あいつらずいぶん増えましたね」

辰也が三キロ先の海上を航行するロシア海軍のミサイル巡洋艦を指差し、海に向かって唾を吐きかけた。

海賊にウクライナ船籍の貨物船が撃沈されたことをきっかけに、バルト艦隊の巡洋艦、駆逐艦、ミサイル巡洋艦などが次々とソマリア周辺の海域に派遣されている。

「ロシアの行動には、必ず裏がある。海賊対策と言いながら、実はリビアをはじめとしたアフリカの同盟国に対する関係強化を目的としたプレゼンスだろう」

浩志は、遠ざかる巡洋艦のシルエットを手をかざして見ながら呟いた。

「二〇〇八年の九月に武器を満載したウクライナの貨物船が海賊に乗っ取られた時も、ミサイル巡洋艦を派遣したといわれていますが、巡洋艦は貨物船が襲われる前に、すでに軍港を出港していましたからね。彼らの行動をそのまま鵜呑みにしない方がいいですよ」

瀬川が補足して頷いた。

「それに今回は空まで進出しているからな」

「P三Cとニアミスという事件まで起こしている。危なくて仕様がないですよ」

さすがに自衛隊員だけに、瀬川は自国の哨戒機が危険な目に遭ったというだけで神経を尖《とが》らせているようだ。

日本政府は、ソマリア沖の海賊対策の強化として、P三C哨戒機を二機派遣している。

ロシアはそれに呼応するかのようにA四〇アリバトロス哨戒機を派遣してきた。P三Cが四基のプロペラ機なのに対して、A四〇は、四基のジェットエンジンを備えた水陸両用飛行艇だ。

三日前、ソマリア沖のインド洋上で両機が三十メートルまで接近するという事件が起きた。実際は、P三Cがアデン湾からインド洋上に抜ける際、A四〇が追い越す形でニアミスを起こしていた。

「あれを事故だと思っているのか」

「まさか、わざと三十メートルという距離まで接近したというのですか」

「言っただろう。ロシアの行動には裏があると。ロシアは、ソマリア沖にバルト艦隊を派遣している。上空から監視されるのがいやなんだろう」

「確かに、そうかもしれませんね」

瀬川は、肩をすくめて納得したようだ。

「さて、一昨日の戦利品を調べるとするか」

臨検を目的とした作戦〝オナガザメ〟で海賊の母船を襲撃し、武器と小型高速艇を押収した。防衛省を通じ政府高官に戦果を知らせるために、昨日は触れることができなかったが、武器の出自を調べるように艦長の真鍋一等海佐から依頼されていた。

浩志らは、押収品が置かれている船尾格納庫に向かった。

格納庫には、副艦長である吉井三等海佐がＡＫ四七を手に持ち珍しそうに眺めていた。

「吉井さん、早いな」

浩志らの姿を見て、吉井は慌てて敬礼をした。

「桐生さんは、これらの武器を使われたことはありますか」

吉井三等海佐の質問は、愚問というものだろう。傭兵にせよ、テロリストにせよＡＫ四七はおなじみの武器だ。

「何度もあるさ」

日本政府の仕事をする時は、比較的新型の銃を支給されるが、戦地により所属する部隊から旧式の銃を支給されることもある。そんな場合、粗悪品を摑まされ命を落とさないためにも、自腹を切ってでも自分で銃を買うことにしている。武器は、攻撃だけでなく自衛の手段にもなるからだ。それゆえ傭兵は、武器についても詳しくなければならない。

「刻印が消された痕《あと》がある。ということはアフリカ製じゃないな」

銃のレシーバー（機関部）の左上に刻印を削り取った痕があった。

浩志は、吉井に解説しながらＡＫ四七を調べ始めた。ロシアでは、制式銃は、次世代のＡＫ七四シリーズに代わっているため、ＡＫ四七は生産されていない。四七シリーズは、七・六二ミリ弾、七四は、五・四五弾、弾丸の互換性もない。ＡＫ四七は現在でも中国、北朝鮮、パキスタンなどで製造され、刻印によりどこの国で製造されたものか分かる。だが、シエラレオネなどアフリカで製造されたAK四七には刻印がない。

「フロントサイトの上部がリング状になっていない。それにハンドガードやストックの削り出しが精巧にできている。セレクターもフルオートがAB、セミオートODになっている。これは間違いなくロシア製だろう」

ちなみに中国製の輸出モデルは、フルオートがL（連）、セミオートはD（単）で表示されている。中国らしいのだが、漢字表記のイニシャルを輸出モデルに使用する意味が分からない。

「そんなことまで分かるのですか」

「この銃のできはいい。中国製のAK四七は、ストックの木製部分の仕上げは雑なんだ。AK四七は、旧ソ連製が流出し、さらに第三国では未だに生産されている。そのために世界中に出回っている総数は、一億丁以上と言われている。だが、産地により特長はそれなりにある」

「恐ろしい数ですね」

「せめてソ連が崩壊した時に武器の管理を怠《おこた》らなければ、世界情勢も変わっただろう。もっともやつらは、今では積極的に輸出もしている。紛争の種をまき散らしているようなものだ」

日頃から、強力な武器を輸出している大国の姿勢に浩志は腹を据えかねていた。

「刻印が消してあっても、旧ソ連製と断定していいのですね」

「だが、わざわざ刻印を消した理由が分からない。中東のテロリストは、堂々と刻印の入った中国製を使っている。売った中国にせよ、商売だからと悪びれることもない」

「とすると、刻印が消してあることに意味があるのですね」

「いや、ソ連が崩壊した時に組織的に武器を横流しした連中ならやりかねん」

「なるほど」

「辰也、そっちはどうだ」

「桐生さん。RPG七ですが、これも純正品ですよ」

RPG七の本体と弾薬を調べていた辰也が答えた。

「こっちのAK四七も、純正ですね」

他の銃を調べていた仲間も口を揃えて答えてきた。

「おかしい」

浩志は首を傾げた。

「どこがおかしいのですか」

吉井は怪訝な表情をした。

「旧ソ連製でも状態があまりにもいいからだ。軍が使用していた中古じゃないのかもしれない。支援者がいる中東のテロリストならともかく、ソマリアの海賊が資金を豊富に持っているとは思えない」

ソマリアの海賊には不可解なことが多い。武器を隣国エチオピアかイエメンから仕入れているらしい。大なり小なり武器商人が暗躍《あんやく》していることは言うまでもない。

「桐生さん、ちょっと見ていただけますか」

田中が、特殊作戦で使う高速高浮力ボートの近くに置かれた海賊の小型高速艇の側で手招きをしてみせた。

浩志は何事かと田中の元に行った。田中は、高速艇の船外機を分解していたのだ。

「とりあえず船外機のエンジンカバーを取り外してみましたが、カバーの裏側に型番が残っていました」

エンジンの外側に記されていた型番は削ってあったが、内部にもメタリックシール上に記されていた。シールがエンジンの熱で焼けこげた状態だったが、なんとか判読できた。

浩志は、さっそく型番をメモした。

「田中、どう思う」

「ヤマト発動機の直立四気筒エンジンで比較的新しい方ですね。ルートは、日本車やバイクと同じく、盗難にあって中国やアフリカに輸出されたものか、中古車のようにロシアや東南アジアに売られたものが再輸出されたものかもしれません。いずれにせよ、海賊が正式な貿易で手に入れることはできないと思います」

さすがに機械オタクの田中は兵器でなくても機械のことなら詳しい。

「なるほど」

頷いた浩志は、待機室に向かった。待機室に設置されているパソコンのインターネット電話を使い、傭兵代理店の友恵に船外機の製造元を調べさせようと思っている。たかが海賊と思っていたが、彼らの裏に何かあるのではないかと浩志は考えはじめていた。

三

午後十二時二十分。雲一つない晴天。気温は、三十九度。日陰ならともかく、日差しの照り付ける甲板で目玉焼きが焼けそうだ。

変化のないインド洋上で退屈な任務を紛らわすには、自らイベントを作るより他ない。

後部甲板に浩志をはじめとした特殊作戦チームの面々が真剣な眼差しで立っていた。

「辰也、覚悟はいいだろうな」

「ちょろいですよ。こんなだだっ広い海の上ですからね」

浩志が念を押すと、辰也は軽く笑って見せた。

「そう言うだろうと思って、艦長に教えておいた」

「どういう意味ですか」

「なに、事前に許可を取っただけだ。さっさと、用意しろ」

「了解！」

辰也は、わざと敬礼して服を脱ぎはじめた。昨夜、お預けとなっていたブラックジャックの一番勝負をして、辰也は浩志に負けた。そのため、昼休みに裸になって後部甲板で歌を歌いながら十周することになったのだ。

「パンツも脱げよ」

「パンツもですか」

「あたりまえだ」

さすがにここまで笑いを堪《こら》えていた仲間も噴き出した。

辰也は、渋々真っ裸になった。

「これを持って、十周だ。歌はおまえの好きにしろ」

浩志は、辰也にサブマシンガンのＭＰ五ＳＤ六を渡した。真っ裸で甲板を走らせるのがかわいそうとは思わない。ただ男の裸など見苦しいだけだからだ。

「なんだか、新兵にでもなった気分ですね。まあ、軽くやりますよ」

辰也は、涼しい顔をしてみせた。

――ただ今から、後部飛行甲板にて、催《もよお》し物が開かれる。手の空いているものは、後部甲板で観覧するように。

艦長の声が艦内放送で流れた。

「どういうことですか！」

「こういうことはな、大勢の観客がいないと盛り上がらないんだ」

浩志の策略に気が付いた辰也が狼狽《うろた》えはじめた。

単調な任務に飽きているのは、浩志らだけではない。偽装艦船〝みたけ〟の乗組員も同じだ。艦長に試しに打診したところ案の定、できるだけ多くの乗組員に見せたいので、昼休みの時間にやってくれというオファーが返された。

これまで作戦上、浩志らの出自を知らない乗組員との接触を避けて来たが、乗組員は浩志ら特殊作戦チームを海自の特別警備隊員と認識し疑うことはない。気を使う必要もないようだ。

後部甲板に隣接する格納庫の巨大なシャッターも上げられ、ぞろぞろと乗組員が現われた。哨戒ヘリを搭載していないためにデッキの格納庫はめったに開けられることがない。異例な事態といえる。しかも格納庫では収まりきらず、炎天下の後部甲板にまで人が溢《あふ》れた。百人近い人数だ。

「驚いた。乗組員の大半が見に来たみたいだな」

浩志も予想外の反響に目を丸くした。

「こうなりゃやけくそだ。行きますよ」

辰也は、股間をMP五SD六で隠しながらも大声で歌いながら走りはじめた。

甲板はヘリの発着スペースとなっており、幅二十六メートル、奥行きは三十二メートルある。一周で約百メートル、十周走っても、たったの一キロに過ぎない。

辰也は、どこで覚えたのか〝桃色〟だとか〝片思い〟だとか、歌詞を聞く限りアイドルの曲を歌っているようだ。だが、身長一八〇センチ、体重七十八キロの男が裸で走りながら歌っているのである、笑わずにはいられない。そのうち、観客となっている乗組員から、手拍子と応援が入りはじめた。さすがに戦地で死線を何度《ど》も越えて来た男だけに、度胸《きょう》はある。手拍子に気を良くした辰也は、持っていたMP五SD六をバトンのように上げ下げしながら走り出した。

「馬鹿やろう、汚いもの見せるな！」

あまりの見苦しさに仲間からは、ブーイングが出たが、乗組員からは、盛大な拍手が巻き起こった。

「辰也、もういいぞ！」

うれしそうな顔で辰也が十一周目を走りはじめたので、さすがに浩志は大声で止めた。

「もう、終わりですか。裸で走るって気持ちいいっすね。今度、みんなでやりましょうよ」

全身にびっしょりと汗をかいた辰也は、乗組員に手を振りながら帰って来た。

甲板に溢れかえっていた乗組員も退散しはじめた。どの顔にも、笑顔が残っていた。

「調子に乗るな。さっさと服を着ろ」

浩志は辰也にタオルを渡した。

「おまえが喜びながらやったんじゃ、罰ゲームにならなかったな」

「これだったら、同じ条件で、リベンジさせてくださいよ」

「調子に乗るな」

浩志は、着替えをすませた辰也に自分のミリタリーウォッチを投げ渡した。

「なんですか、これ？」

「おまえの時計と交換してやる」

「それじゃ、悪いっすよ」

「みんなを喜ばせてくれた報酬《ほうしゅう》だ。受け取れ」

「いいんですか」

「それだけの価値はあった」

「やったぜ」

辰也は、さっそく浩志のミリタリーウォッチを腕に巻き、小躍りしている。

ソマリア沖に派遣された艦船の乗組員は水平線しか見えない海上で、単調な任務を黙々とこなす。新聞やニュースは、彼らの任務の概要や政治的な問題しか取り上げない。たとえ戦火にさらされることがなくても、彼らが体力と精神をすり減らしながら任務についている現実を気にするメディアなどないのだ。

辰也の裸踊りは、そんな彼らの激務に一瞬のカンフル剤になったことは間違いない。報酬として与えたミリタリーウォッチでは、足りないくらいだ。

四

昼休みに辰也が行なった珍イベントは、思いの外効果があった。これまで、特殊作戦チームの性格上、浩志らは一般の乗組員との接触を避けて来た。それだけに、乗組員と艦内で顔を合わせることがあっても、お互いよそよそしい敬礼を交わすだけだった。それが、珍イベントの後は、乗組員の方から、笑顔で敬礼してくるようになった。一番驚いているのは、裸踊りをした本人だろう。辰也あてに、他の乗組員から差し入れを多数もらったのだ。

「なんだか悪いっすね。馬鹿なことをして、こんなにいろいろもらって」

もらい物は狭い自室に収まりきらず、待機室にも置かれている。辰也は元陸自の自衛隊員で、いじめが原因で隊を辞めているだけに、複雑な心境なのだろう。

「それだけ乗組員は、おまえに癒《いや》されたということだ。素直に受け取っておけ」

浩志も正直言って、驚いていた。

「桐生さん、土屋からメールが入っています」

待機室に置かれているパソコンのメールをチェックしていた瀬川が、教えてくれた。メールのアドレスを知っているのは、今のところ友恵しかいない。

友恵からのメールは、海賊から没収した高速艇の船外機の内側に記されていた型番を調べた結果だった。それによると、船外機は、ヤマト発動機から東京に本社を置いていた貿易会社、笹本《ささもと》商事が百台近く購入したものの一つだった。笹本商事は、昨年の暮れに倒産し、在庫を端旋《たんせん》貿易開発会社がまとめて購入している。端旋貿易開発会社は、北朝鮮が経営していると言われているいわく付きの会社だった。船外機は、この貿易会社に納入されてからの足取りは摑めなかったらしい。

コンピューターで管理されていない不正な取引きで輸出されたとしたら、友恵では調べることはできないだろう。とはいえ、警察に通報することはできない。となれば、頼ることができるのは美香しかいなくなる。

浩志は左手首のシンプルな腕時計を見て苦笑を漏らした。辰也と交換したために、ナイト社製のミリタリーウォッチに代わっているからだ。時刻は、午後一時二十分。日本とは六時間近く時差がある。パソコンに繫がっているインターネット電話の受話器を持ち、思わず周りを見た。瀬川がなんとなく気にかけるように見ている。浩志は瀬川に背を向け、パソコンの画面上に表示されている電話のプッシュボタンをクリックした。

「……俺だ」

「あら、どうしたの？」

もっと驚くかあるいは怒るかと思っていたが、美香は、意外にも普段と変わらない様子で返事をしてきた。

「調べて欲しいことがあるんだ」

「いいけど、なにか言葉があってもいいんじゃない？」

「言葉って？」

「例えば、こっちは、暑くてやってられないとか、毎日海ばっかり見ていて退屈だとか。何かあるでしょう」

浩志は、美香のひっかけとも知らずに絶句した。政府のほんの一握りの高官と防衛省のトップクラスしか知らないはずの今回の任務を美香は早くも嗅ぎ付けていると思ったのだ。

「俺が、どこにいるのか知っているのか？」

「海の上を動いているんだから、軍事衛星でも使わない限り分かるわけないでしょう」

「……ああ」

「それで、調べて欲しいことって何？」

「端旋貿易開発会社という会社を調べて欲しい」

「端旋貿易開発会社……。北朝鮮の会社ね。国連安全保障理事会から北朝鮮の制裁措置として、資産凍結の対象団体として指定されているわ。都合がいいわね。それを理由に内部調査できるから。それで具体的に何を調べたらいいの」

浩志は、任務の内容までは言えないが、海賊から没収した高速艇の船外機が端旋貿易開発会社と関係していることを説明した。

「船外機の輸出ルートか。おもしろそうな話に発展しそうね。他には？」

「とりあえず、それだけ調べて欲しい」

「分かったわ、調べておく。ところで、喜多見の都築さんが心配していたわよ」

「おまえ、都築さんに会ったのか」

「会って来たわよ。あなたが生きていることだけ教えておいた」

「そうか……。すまない」

「日本に帰ってきたら、お店に顔を出して」

美香の明るい声に思わず返事をしそうになったが、彼女が大道寺のナイフで右胸を負傷した時のことが頭を過《よぎ》った。彼女の右胸には、まだ傷痕が残っているはずだ。

「柊真君から、おじいさんの妙仁さんが、むちゃなことをしたって聞いたわ。でもそれは、あなたが周りの人を気遣う心を否定するためにあえてしたことだったと言っていた。

私、妙仁さんの気持ち、よく分かる。それに私が怪我をしたのは、あなたのせいじゃない。第一、私の仕事も危険と隣り合わせなのは、あなたも知っているでしょう」

美香の気持ちはうれしいが、ブラックナイトの触手がいつ彼女に及ぶかは分からない。

「気が向いたら、顔を出す」

「口だけじゃだめよ……」

美香の声のトーンが落ち、沈黙が続いた。

声のない声に胸がちくりと痛んだ。

「この仕事が終わったら、店に行く」

期待を持たせてはいけないと思いつつ、会いたいという本音もあった。海ばかり見ているせいだろう。人が恋しくなる。

「ありがとう。その言葉だけで今は充分よ」

美香の声が明るくなった。目の前にいたら、抱きしめてやるところだ。

「アドレスを教える。報告は、メールでくれ」

浩志は、受話器を降ろした。後ろで溜息が聞こえたので振り返ると、瀬川と辰也が聞き耳を立てていたようだ。

「なんだ、おまえら」

「別に、ここに立っていただけですよ」

瀬川が、白々しく言った。

「そうだ、桐生さん。提案ですが、この仕事が終わったら、日本で打ち上げをやりましょうよ」

辰也が、にやけた顔でグラスを持つ仕草をしてみせた。

「それは、いいですね」

瀬川も同調すると、部屋にいた他の仲間も手を上げて同意を示した。

「渋谷の〝ミスティック〟という店でやりましょうよ」

「ふざけるな！」

浩志は否定しようとしたが、仲間が騒ぎ立てて声をかき消されてしまった。

「勝手にしろ」

浩志は、肩をすくめるだけであった。

五

偽装艦船〝みたけ〟と護衛艦〝あさつき〟は、インド洋上での海域保全をする初任務を終え、活動の拠点となっているジブチ港に入港した。呉の港を出てから、二ヶ月が過ぎ、両艦ともまだまだ物資に余裕はあるが、補給を名目にして乗組員につかの間の休暇を与えることを目的としていた。

北アフリカのジブチは、エリトリア、エチオピア、ソマリアと接し、アデン湾を挟んでイエメンの対岸にある。一九七七年にフランス領からジブチ共和国として独立したが、部族間の対立で内戦が勃発《ぼっぱつ》し、二〇〇一年に終結するも、隣国エリトリアとは近年に至っても国境線を巡って緊張状態にある。

この人口百万に満たない小国が、ソマリアの海賊対策の各国補給基地になっているのは、ソマリアの隣国であると同時に、かつてスエズ運河を利用した貿易港として栄えた立派な港があること、また、フランス領であったことから、現在もフランスの外人部隊の基地があることなどが上げられるだろう。またソマリアを牽制する意味で、米国も特殊部隊を駐留させている。

「日が暮れたのに暑いな。まだ三十五度以上ありますね。はやくバーに行きましょう」

辰也は自ら志願して、ジブチの街のガイドとして浩志を含め傭兵仲間七人の先頭を歩いていた。元特別警備隊員である金子らも誘ってみたが、遠慮して艦に残った。チーム全員が艦から離れるのを嫌ったのだろう。

辰也は、フランス外人部隊を除隊した後、ジブチに二ヶ月近く住んでいたことがあるそうだ。浩志は第二外人落下傘《らっかさん》連隊、辰也は第二外人歩兵連隊に所属していた。二人とも、自分たちが所属していた連隊を他人には絶対教えない。浩志も辰也が元自衛官で外人部隊出身ということだけは知っていたが、傭兵として出会う前の辰也の過去はあまり知らない。そのため、辰也が除隊後、ジブチにいる仲間を頼って、住んでいたことも初耳だった。また、ジブチだけでなくアフリカは仕事の合間にバックパッカーとして、何度も訪れたことがあるという。

ジブチの首都であるジブチはタジェラ湾に鉤形に突き出した半島上にある。街の中心部は、数百メートル四方とこぢんまりとしており、ヨーロッパの建築様式であるコロニアルスタイルの建物が整然と並び、落ち着いた雰囲気を醸《かも》し出していた。

午後八時、埠頭《ふとう》から街の中心まで三キロ近くをぞろぞろと歩いた。浩志らは街外れのレストランでフィディラというお好み焼きのような炒め物で簡単に晩飯をすませ、夜の街に繰り出したのだが、ネオン街があるわけでもなし、今のところ怪しげな通りもない。イスラム教徒が大半を占めるこの国では、屋台で一杯という姿はありえない。

街角に数人でたむろしている黒人をよく見かけるが、ぎらぎらとした怪しい目つきの者が多い。この国では、カートと呼ばれる覚醒《かくせい》作用がある葉っぱを噛む習慣があるため、時に理不尽な行動に出る者も少なくない。タクシーの運転手もカートを噛みながらハンドルを握るというから驚きだ。男たちの目つきが悪いのもそのせいだろう。

「辰也さん、本当にバーなんかあるんですか」

たまりかねた京介が、辰也に尋《たず》ねた。

「ある。あるはずだが……」

「おまえの記憶は、何年前のものだ」

すぐ後ろを歩いていた浩志も聞いてみた。

「最後に行ったのは確か、五、六年前の話ですが、とりあえず行ってみましょう」

辰也は頭をかきながら答えた。引率《いんそつ》されていた仲間から、ブーイングは出たが帰るという者は一人もいない。二月も船上生活をしていたため、地面の上を歩くのを楽しんでいるのだろう。

辰也は、中心街より少し南に外れた寂しい通りに入り、〝クラブ　シフォ〟と書かれたドアの前に立った。〝シフォ〟とはジブチでも使われるソマリ語で〝乾杯〟を意味するらしい。

「ありましたよ。ここです」

ドアを開けようとすると、中から数人の白人が出てきた。そのうちの一人と目が合い、なぜか首を振って肩をすくめてみせた。男たちはフランス語で話しながら遠ざかって行った。ジブチは、元フランス領のため、フランス人の観光客は多い。また、アフリカで最大規模のフランス外人部隊である第十三外人准旅団の駐屯地があるため、所属の兵士なのかもしれない。

辰也は、彼らを気にもとめずに店に入って行った。浩志も他の仲間もすれ違った外人のように肩をすくめて跡に続くより他ない。

間口が狭い割に八十平米はありそうな店内は、奥にバーカウンターがあり、左右の壁際には四人掛けのテーブル席が六席ずつあった。店の真ん中はちょっとしたダンスフロアーになっているが、踊っている者はいない。バニーガールはいないが、ミニスカートを穿いた白人や黒人のウエイトレスが何人かいる。客の大半が白人ということからも、外人向けなのだろうが、酒を飲まないイスラム教徒が大半という国では、予想外の光景だった。

「あそこがちょうど空いていますよ」

向かって左側のテーブル席は満席だが、右側は三つも空いている。ひょっとすると出入口ですれ違ったフランス人たちが座っていた席なのかもしれない。

「チャイニーズが、今度はここに座るのか」

全員が席に着いたところで、隣りに座っているスラブ系の白人の男が英語で声をかけてきた。男と同席している連中がロシア語で会話している。普段着だが、ロシア海軍の関係者なのかもしれない。

「俺たちは、中国人じゃない」

辰也がむきになって英語で答えた。

「辰也、ほっとけ」

浩志は、ロシア人たちが見えるように辰也の隣りに座った。

「中国人じゃないなら、韓国人か」

男は、仲間に奇声を発してしゃべりだした。おそらく韓国語のものまねでもしているつもりなのだろう。男の隣りのテーブルも仲間らしく、数えてみると九人の男たちが馬鹿笑いをしている。店の出入口で会ったフランス人たちも、この男たちにからまれて帰ったのだろう。

「こいつら、無視しやがる。ということは、腰抜けの日本人だな。悔しかったら、北方領土を取り返してみろ」

「何だと！」

「ほっておけ」

席を立とうとする辰也の肩を浩志はぐっと押さえた。

ロシア人は、浩志たちが反応しないので、肩をすくめて仲間と飲みはじめた。

「帰りますか」

瀬川が、うんざりとした表情で言って来た。

「いや、ビールを一杯飲んでからだ」

このまま帰るのは、しゃくにさわる。せめて冷たいビールを飲んでからだ。浩志は、ウエイトレスを呼んで全員のビールを注文した。

「ちょっと、失礼します」

辰也が、席を立った。カウンターで煙草《たばこ》を買い、トイレに入って行った。浩志は、その後ろ姿を見て苦笑した。

注文のビールが届いた頃、辰也が席に戻った。

「ビールを飲んだら、ヒットエンドラン作戦やっていいですか」

辰也が、ビールのグラスを持って尋ねてきた。

「仕様がないやつだ。許す。一分だ」

浩志は、辰也が止めたはずの煙草を買った時から、彼の企みは分かっていた。

「そうこなくちゃ。みんな、ヒットエンドランだ。制限時間は一分」

辰也の言葉に、仲間たちはビールのグラスを掲げ歓声を上げた。理解できないのは、瀬川と黒川だけだ。

「うるさいぞ、ジャパニーズ」

案の定、隣りの席のロシア人が文句を言ってきた。

「すまない。お詫びの印に煙草をやるから、勘弁してくれ」

辰也は、他の客の関心を買うようにわざと大声で詫びを入れ、買ったばかりのマルボロをロシア人に勧めた。

怪訝な顔をしながらもロシア人は、辰也の差し出した煙草をくわえた。仲間の視線が、辰也が愛想笑いを浮かべて差し出したライターの火に集中した。

ロシア人は煙草に火を点け、笑いながら吸った。その瞬間、ボンと煙草は音を立てて破裂した。辰也が、煙草の芯にいつも持ち歩いている弾丸のガンパウダーを仕込んだのだ。さすがに爆弾グマと呼ばれるだけあって、みごとな小型爆弾だった。ロシア人は顔中、煙草の葉にまみれて床に尻餅をついていた。

辰也をはじめ仲間は腹を抱えて笑いはじめ、店にいる他の客がその様子に爆笑した。尻餅をついているロシア人に辰也は手を差しのべたが、男は立ち上がるなり殴り掛かってきた。それが合図となり、浩志たちとロシア人の殴り合いは始まった。

体格はどうみてもロシア人が上だったが、いざ喧嘩《けんか》が始まると、傭兵仲間がロシア人を圧倒した。

浩志は、腕時計を見た。まもなく一分になる。

「撤収!」

浩志の命令で、仲間は喧嘩をやめて店から次々と駆け出した。喧嘩を観戦していた他の客から拍手が沸き起こった。浩志は出入口で全員を外に送り出し、追いかけてくるロシア人二人を叩きのめした。ロシア人で立っている者が一人もいないことを確認すると、ウエイトレスに余分のチップを払って店から出た。最後に浩志が店から出ると、店内からおしみない拍手と歓声が聞こえて来た。

「興行は大成功でしたね」

「座長としては、鼻が高いぜ」

辰也の冗談にめずらしく浩志は答え、みんなの笑いを誘った。

仲間のストレス解消と思い、手を出さないようにしていたが、最後にロシア人に二発のパンチを喰らわして、浩志もすっきりとした。

「船に戻るぞ！」

歓声を上げながら、浩志と仲間は、偽装艦船〝みたけ〟に戻った。

撃沈

一

ジブチは五月から九月にかけて乾燥した熱風が吹き付けるため、気温も朝から急上昇する。厳しい自然ゆえにこの国での食料自給率は極めて低い。

午前十時、いつものように浩志らは、後部甲板で軽いジョギングをしていた。甲板はヘリの発着スペースとはいえ、グラウンドではない。たったの一キロを走るのに十周もしなければならず、走っているというより、回っていると言った方が正しいのかもしれない。

「桐生さん！」

中央にある艦橋に近い甲板にペットボトルの水を持った吉井三等海佐が立っていた。

浩志は、吉井の前まで軽く流し、差し出されたペットボトルを受け取った。

「サンキュウ」

ジブチ港に停泊している偽装艦船〝みたけ〟の甲板は、四十度を軽く超えていた。甲板を十周しただけで滝のような汗が流れる。鉄板焼きにされているようなものだ。運動というより、暑さに耐えるための訓練のつもりで走っている。それに、前日、酒場で喧嘩をして、艦に戻ってから全員で大酒を飲んだ。体内に残ったアルコールを吐き出すのにはちょうどいいということもあった。

「ご相談があります。私の船室まで来ていただけますか」

吉井の顔が緊張している。あまりいい話ではないのかもしれない。

「着替えてからでもいいか」

トレーニングシャツもパンツも汗でぐっしょりと濡れていた。

「もちろんです。シャワーも浴びられたらいかがですか」

「そうする」

シャワーを浴び、支給された濃紺の制服に着替えて、艦橋に向かった。

吉井の部屋は、艦長と同じ艦橋の二階にある。ノックをすると吉井がすぐにドアを開けた。

「どうぞ。お入り下さい」

副艦長室というから、艦長室なみかと思いきや、個人のシャワーはあるものの応接スペースはなかった。ベッドの前に小さな執務机とイスがあり、その前に折りたたみイスが一つ置かれている。机の上には、家族と思われる奥さんと小さな子供三人で撮った写真が飾ってあった。なんとも微笑ましい光景だ。

「すみません、狭いところで」

吉井はイスを勧め、苦笑いをした。

「実は、防衛省から特殊作戦チームに新たな極秘任務がきました」

「今回の作戦のトップは、吉井さんということか」

前回の海賊船を急襲、臨検する作戦〝オナガザメ〟は、艦長から命令を聞いている。吉井から聞くということは、かえって機密性が高いということなのだろう。

「その通りです。同じ防衛省でも、命令系統が違うところから出ています」

「ネタ元は、情報本部か？」

「……どうしてそれを」

吉井が息をのんだ。

「この船は、特殊任務を帯びている。艦長は、あんたと違って元は表の人間だが、あんたは違う。根っから表舞台の人間じゃない。おそらく海自の特殊部隊、特別警備隊出身じゃないのか。だとすれば、命令系統も自ずと違ってくる」

「恐れ入りました。さすが元刑事だけあって、洞察力は鋭いですね。藤堂さんの言葉を肯定するわけにはいきませんが、否定はしません」

吉井は、よほど動揺しているのだろう。浩志の本名を口にしたことに気付いていない。

「本題に、入ってくれ」

「すみません。防衛省のある機関から、ソマリアの海賊の情報源の一つを突き止めたので、密かに潰して欲しいという依頼がありました」

「ある機関ね」

浩志は、思わず苦笑を浮かべた。そもそも海賊の情報源を傭兵代理店の友恵に探るように依頼したのは、浩志だった。友恵がおそらく情報源を突き止めたのだろう。だが、友恵から連絡をもらったところで、浩志が特殊作戦チームを勝手に動かすことはできない。海自の第八護衛隊の指揮下の特殊部隊として、防衛省に雇われているからだ。そこで、友恵の情報を傭兵代理店の上部組織である防衛省の情報本部に上げたのだろう。代理店の社長であり特務機関の長である池谷が考えそうなことだ。

「今回の作戦は、陸上になりますので、傭兵のみなさんには、契約外のものになります。作戦を依頼するにあたり、新たな契約が必要かどうか、至急確認するように命令を受けました」

吉井は、探るような顔つきで尋ねてきた。

「吉井さん、気を使ってくれるのはありがたいが、もっと、気楽に命令してくれ。あるいは、もっとビジネスライクに言ってもらった方が、こっちとしてはやりやすい」

「すみません。これまで、桐生さんのような職業の方と面識がありませんでしたので……。こんなことを私の口から言うのは憚《はばか》られますが、我々の作戦行動は、あきらかに日本の憲法に違反しています。上層部が何を考えているのか知りませんが、無鉄砲ともいえる命令を次々と出してくるので正直言って怖いのです」

「確かに、専守防衛の理念から外れている。作戦が世間にばれたら、護憲派には叩かれるだろう。それに中国や韓国が目くじらを立てることは間違いない。だが、降り掛かる火の粉は払わねばならない。その辺の事情を分かった上で、上層部は命令を出しているはずだ」

防衛省の幹部も政府高官も、浩志と仲間の傭兵で構成されたリベンジャーズの働きを充分知っている。浩志らの力を過信しているとも言えるが、それだけ信頼されていることは確かなようだ。

「確かにそうですが、これまでの作戦も失敗した場合は、まったく無関係な存在として扱うように指示されています。あまりにも身勝手な指令ばかりで、命令を伝える私としては心苦しいのです」

「だから、自衛隊の正規部隊ではなく、俺たち傭兵が雇われたんだ。そんなこと初めから分かっている。俺たち傭兵が戦場で負傷、あるいは死んだ場合、置き去りにされる。正規兵の場合は、その逆だ。たとえ取り残されたのが一人だったとしても、救出するため新たな部隊を送り、さらに犠牲者を出すということもある」

今回の命令は、常軌を逸しているかもしれない。だが、政府高官がいつでも使い捨てができる傭兵というジョーカーを知ってしまったということも大きな原因だろう。

「確かに、正規の兵士の場合、身の安全は優先されます」

吉井は、深い溜息をついた。

「細かいことは、気にするな。さっきの答えだが、今回俺たちは、期間で契約している。その中に新たな作戦が増えてもその中ですませる。よほど、危険な場面が想定される場合は、ボーナスをもらうまでだ。安売りするわけじゃないが、せいぜい晩飯のおかずを厚切りのステーキにしてもらえば、すむのじゃないのか」

傭兵に危険はつきものだ。ボーナスを期待してはいない。退屈な任務に全員ストレスを溜め込んでいる。昨夜、繁華街でたむろする若造のように酒場で喧嘩したのもそのせいだ。銃を使うような任務が与えられるなら、みんな喜んで飛びつくだろう。

「ありがとうございます。まるで、近所に買い物にでも出かけるように、簡単に作戦をこなされるのには、正直いって驚いています。内容が内容だけに、我々はバックアップできません。それでも、作戦を引き受けていただけるのですね」

「内容は聞いてないがな」

「すみません、極秘ゆえに先に詳細をお話しできません。待機室で特殊作戦チームのみなさんに直接お話しします」

「分かった」

「ところで、昨夜、ジブチのクラブでご活躍されたそうですね」

吉井の口調とは裏腹にその目は笑っていた。

「くだらん。この海域を我が物顔でのさばっているやつらに礼儀を教えてやっただけだ。クレームでもつけてきたか」

「まさか。たった一分で、九人もの海軍歩兵部隊の兵士を床に沈められては、ロシア艦隊もはずかしくてクレームもつけられないでしょう」

「それじゃ、どうして知っているんだ」

「あのクラブには、たまたま米英の海軍の将校が居合わせていたらしいのです。両国の艦長名で、護衛艦〝あさつき〟の艦長あてに祝電の形で連絡が入ったそうです。もちろん、〝あさつき〟の艦長はわけが分からないので、先方に事実確認をして、こちらにまわってきました。当時、クラブでロシア兵の態度は目に余っていたらしいです。内容は、北のシロクマ撃沈、みごとな闘いぶりに感服、というものです。私もご一緒したかったな」

「子供の喧嘩のようなものだ。俺たちもそうだが、むこうもストレスがたまっている。闘う相手が、政治的な思想もない海賊だからな。今回の任務は、どこの国もがんばったところで、海賊の元を絶たない限り、終わりのないむなしい闘いだ」

「なるほど、ストレス発散でしたか。我々は、海外に派遣されただけで、緊張していますが、みなさんは違うわけですね」

「そういうことだ。それじゃ、みんなを待機室に集めておく」

浩志は、はやく作戦の詳細を聞きたくて席を立った。

二

午前一時二十分、ジブチの街はまだ眠っていない。午後二時から四時までシエスタ（昼寝）をとっているせいもあるのだろう。日中の最高気温が四十度近い土地では人は夜型になる。

今回の作戦は、ジブチに住むソマリアの海賊の情報屋、あるいは情報組織を急襲することである。現場に踏み込んでみないと実態は分からないが、ソマリア沖を航行する商船の船会社のサーバーから、ルートとスケジュールを盗みだしているハッカーがいるらしい。アジトを調べ、ハッカーを見つけることができたら、機材を破壊した上で拉致し、ジブチに駐留しているフランスの外人部隊に引き渡すつもりだ。フランスは、海賊に対して強固な姿勢をとっている。それに浩志は外人部隊を退役しており、どこに連絡すればいいのかも分かっている。彼らは喜んで協力してくれるだろう。

傭兵代理店の土屋友恵は、浩志の依頼により、各国の船会社のサーバーを荒らしているハッカーをしらみつぶしに調べて行き、有力なハッカーの足取りを追うという地道な作業をこれまでしていた。ところが、どれも単なるいたずらや、船が趣味という者など、ソマリアの海賊に繋がるものはなかったらしい。そんな中、いたずら目的のハッカーのサーバーを利用している上手《うわて》のハッカーを友恵は見つけ出した。新たに見つけたハッカーは、侵入経路を他のハッカーの足取りに上乗せしてごまかしていたのだ。友恵は、丹念にハッカーの足取りを探っていき、ようやく場所の特定に成功した。

この情報は、ただちに傭兵代理店の社長池谷から、上部組織である防衛省情報本部に上げられた。情報本部からさらに海上自衛艦隊に伝えられ、自衛艦隊の司令部から偽装艦船〝みたけ〟の吉井に直接命令が下されたのだ。

作戦にあたって、特殊作戦チームに所属する元特別警備隊の隊員だった四名は外された。実戦不足ということもあったが、彼らは、市街を想定した戦闘訓練をほとんど受けていない。そこにいくと、同じ自衛官でも瀬川や黒川は、経験豊富で問題なかった。

場所は、ジブチの中心街の南の外れにあり、街を南北に分けるベンダー通りの北側に面した三階建てのアパートの二階の一室だ。ただしベンダー通りの南側は、〝カルチェ〟と呼ばれる黒人居住区になっており、所得の低い住民が住んでいる。そこに逃げ込まれると道が狭く雑多な地域だけに取り逃がす恐れがあった。

浩志と加藤は、シエスタで眠る街を下見し、辰也は近くの安宿に拠点を作り、見張り所まで設けた。また、トラブルがあった時のことを考えて、街の西南、ジブチ港を一望できる〝プラザ・ジブチ〟ホテルにも一室借りている。

本来なら、敵の動きを確実につきとめるまで、何日でも張り込みをするべきなのだが、偽装艦船〝みたけ〟の出港が明朝と決まっているだけに、決行は今夜と限定されていた。無謀と言えたが、作戦を出した防衛省も失敗したところで構わないと考えているようだ。そうかといって、摑んだ情報を米国やフランスに流さないのは、情報だけ差し出すことで他国に馬鹿にされたくないという思いがあるのだろう。いずれにせよ、政府と防衛省の幹部の勝手なのだが、作戦を受けた以上成功させねばならない。浩志は、半日近く標的の観察に努め、周りの地理を調べ上げた。見知らぬ土地では、土地鑑《かん》がないことが致命傷になるからだ。

決行は、午前二時と決めていた。ハッカーがいると思われるアパートと道を隔《へだ》てた四階建てのホテルの三階の三〇五号室に、浩志とその仲間〝リベンジャーズ〟は、集まっていた。それぞれジーパンにTシャツと軽装ではあるが、ジャケットを全員着ている。唯一の携行武器、グロック一九と小型の無線機を隠すためだ。

腕時計の針が二時を指した。怪しまれないようにホテルの非常階段から一人ずつ出た。目的のアパートの表にイーグル、裏側にパンサーを配置につけた。

「こちら、爆弾グマ。配置につきました」

辰也の声が、無線機のヘッドセットから聞こえてきた。

「了解。突入は」

浩志の言葉が終わらないうちに、アパートから銃声が聞こえてきた。

「何！」

続いて目的の部屋のベランダから、銃を持った黒人の男が、路上に停めてある車の天井に飛び降りてきた。男は、車の天井から転げ落ち、立ち上がると南の方角に向かって走り出した。あっという間の出来事だった。

「イーグル、あいつを捕まえろ！」

浩志は叫ぶなり、駆け出していた。

「パンサー、現場で何があったのか調べろ！」

「了解！」

走りながら浩志は仲間を二手に分けた。

男は、ベンダー通りを横切り、黒人居住区カルチェの入り口にある市場に逃げ込んだ。さすがに時間が遅いため、開いている店もなく人の通りもない。もっとも店といっても、ただ、木箱や布の上に商品を並べるだけの簡単なものだ。

「加藤、逃がすな」

前を走る加藤の肩を叩いた。すると加藤は土煙を上げながら男の跡を追って行った。ジブチの中心地は、アスファルトで舗装《ほそう》されているが、カルチェは舗装もされず、路面は剝《む》き出しの土だ。雨は滅多に降らないが、下水も完備されていないために一度降れば大変な騒ぎになるらしい。現にカルチェに足を踏み入れた途端、異臭が鼻をついた。

市場を抜け、トタンや土壁で作られた粗末な家が連なる居住区に入った。三ブロック過ぎたあたりで、加藤が跪《ひざまず》いて地面を調べていた。

「どうだ」

「逃亡者は、この角を曲がった途端に姿を消しました。この近くの家に逃げ込んだはずです。今、足跡を調べているところです」

〝トレーサーマン〟こと加藤は、アメリカの傭兵学校で、ネイティブ・アメリカンの教官から、特殊な技術を学んだ追跡と潜入のプロだ。月明かりに照らされた地面をすかすように見ながら、ゆっくり歩きはじめた。

「こちら爆弾グマ。現場から、武器を持った男が数人逃走したようです。部屋を調べようとしましたが、住民が騒ぎはじめたため近づけません」

辰也から連絡が入ったため、加藤から離れた。後ろにいた田中と瀬川に加藤のすぐ後ろに付くように合図をした。

「リベンジャー、了解。カルチェの市場から三ブロック南にいる。すぐ来てくれ」

「了解。パンサー、急行します」

加藤が、この地区でよく見かける錆《さ》び付いたトタン小屋の前で立ち止まり振り返った。隠し持っていたグロック一九を抜き、左手にハンドライトを持った。そして田中と瀬川に小屋の裏に回るようにハンドシグナルで指示をした。

浩志が戸口の脇に立つと、加藤は反対側に立ち、ジャケットからグロック一九と小型のフラッシュバン（閃光弾）を取り出した。光と煙は出るが音をほとんど出さないタイプのものだ。

浩志は加藤に頷いてみせた。加藤はトタンでできた扉をすばやく開け、フラッシュバンを投げ込んだ。ポンという押し殺した破裂音と強烈な閃光が、トタン小屋のいたる所から漏れてきた。

浩志と加藤は、間髪を入れずに踏み込み、左手のハンドライトで小屋の中を照らしながら、グロック一九を構えた。部屋の奥に銃を持った男が、黒人の女に銃をつきつけていたが、フラッシュバンで半ば失神しており、まったく反応しなかった。

浩志は、男の右腕を押さえつけ、グロック一九の銃底で男の顔面を殴りつけた。人質になっていた女を引き離し、ぐったりとしている男の鳩尾《みぞおち》にさらに膝蹴りを喰らわして失神させた。

「こちら、リベンジャー。逃走犯を確保した」

加藤が、気絶している男に手錠をかけた。

「了解！　やりましたね」

「イエーイ！」

浩志の報告に、インカムから次々と仲間の声が返ってきた。

加藤が、ハンドライトで小屋の中を照らし、小屋の隅で震える黒人の若い男と三人の子供を発見した。銃を突きつけられていた女は、慌てて夫と思われる男と子供の元に駆け寄った。

「この男は、泥棒だ。危険はない。もう、終わった。ただし、このことは警察には言ってはいけない。分かったな」

浩志がフランス語と英語で警告した。夫婦は、何度も頷いてみせた。もっとも〝カルチェ〟の住民が警官に頼ることはないだろう。

作戦は成功したようだ。これから捕まえた男をホテルまで連れて行き、簡単な質問をするつもりだ。手荒い真似はしたくはないが、それは男の協力いかんによる。男を最初狙っていた連中のことが気になるが、後は、フランスの外人部隊に連絡をして、身柄を引き渡せばすべて終わる。

三

ジブチ、午前二時三十分。夜更かしの熱帯の街もさすがに深い眠りについている。

加藤とともに捕まえた黒人の男を小屋から担《かつ》ぎ出すと、田中と瀬川、それに辰也らパンサーチームのメンバーが周囲を警戒していた。男を馬鹿力の京介に預けた。京介は、自分よりも背の高い男をまるで小荷物でも受け取るように、軽々と片腕で肩に担ぎ上げた。

「撤収！」

仲間の顔は、晴れやかだった。

浩志を先頭に中心街にあるホテルに向かった。距離にして百五十メートルほど北だ。

「…………」

浩志は、汗と埃《ほこり》にまみれた肌がざわつくのを感じた。中心街と黒人居住区カルチェを区分するベンダー通りの一ブロック手前で立ち止まり、拳を握った。止まれのハンドシグナルだ。次いで、両手で頭上にダイヤの形を作った。

狭い通りの前後に人影はないが、静けさの中に異常な気配を感じた。浩志を先頭に、捕まえた男を担ぐ京介をダイヤの隊形で取り囲み、全員グロック一九を構えた。

「突っ切りますか」

すぐ後ろに立つ瀬川がインカムでささやきかけてきた。

「いや、目的地を変更する。ゆっくり西に進め。〝プラザ・ジブチ〟に行くぞ」

ベンダー通りを渡れば、ホテルは目と鼻の先だ。だが、大都市と違い、ホテルについたところで安全とはいえない。むしろ〝プラザ・ジブチ〟ホテルの方が、港の近くで街から外れている分、気兼ねなく銃が使える。敵を撃破し包囲網を突破できる可能性が高い。

〝プラザ・ジブチ〟は、現在位置から西南西に四百メートルの距離にある。途中、カルチェの西側にある市場を抜け、市場を頂点にしてくの字型に南へ折れ曲がるベンダー通りを渡ることになる。なるべく広い場所は避けたいが、ベンダー通りとその先のジェネバ通りが難所となるだろう。

浩志を先頭に市場に入った。いたるところに木箱が置かれているため、身を隠すには事欠かない。

通りの角から白い布を振りながら、武装した男がゆっくり近づいてきた。

「撃つな。話がしたい」

男は抗弾ベストにヘルメット、ナイトスコープ、M二〇三グレネードランチャーまで装備されたM四A一カービンを肩に担いでいる。装備を見る限りでは、米軍特殊部隊としか見えない。

「君らが、どこの国の特殊部隊かは問わない。それに我々も名乗るつもりもない。君らが捕獲した男は我々が取り逃がした者だ。譲ってもらえないか」

言葉遣いは丁寧だが、淡々とした男の口調に感情はこもっていない。浩志たちが急襲する前に、ハッカーのアパートを襲撃したのは、彼らのようだ。

「いやだと言ったら」

浩志は、鼻で笑って答えた。この男を渡したところでなんら損をするものでもない。だが、突然現われた武装兵士に素直に渡すほどお人好しではない。

「私と同じ重武装の兵士が、この一帯を包囲している。君たちに拒否する権利はある。だが、賢明とは言えない」

浩志は、ちらりと男の腰のガンホルダーを見た。四十五口径ハイキャパ五・一、ガバメントのグリップを少し太くし、ダブルカラムマガジン（複列弾倉）にしたものだ。浩志率いるリベンジャーズが日本国内で活動する時に使用する銃と同じで、米軍でこの銃を採用しているのは、せいぜいデルタフォース（米国陸軍第一特殊部隊デルタ作戦分遣隊）ぐらいのものだろう。米国は、ジブチに強襲部隊を常駐させていると聞く。せいぜい通常戦闘と特殊作戦もこなす青臭いレンジャー部隊だと思っていたが、目の前の男を見る限り、陸軍最強のデルタフォースも常駐させているのかもしれない。

「Dボーイズは、同盟国の特殊部隊にも銃口を向けるのか」

Dボーイズとは、米国陸軍内でのデルタフォースの愛称である。

「何！」

どうやら、当たったようだ。男の顔が一瞬引き攣《つ》った。

「取引しよう。おまえたちは、この男を間抜けにも取り逃がした。そして、俺たちは危険を冒して、この男を捕まえた。ただで渡すことができないくらいおまえにも分かるだろう」

相手がデルタフォースなら、同盟国だと名乗った浩志らに本気で銃を向けることはまずない。

男は、ヘッドセットで誰かと連絡を取り合い、渋い表情をみせた。

「条件を聞こうか」

男は、かなりあせっているようだ。男が言ったようにこのあたりに重武装のデルタフォース一個小隊ぐらい展開しているのだろう。だが、それだけに目立つ。強襲は電撃的なものでなければならない。すぐにでも引き上げたいに違いない。

「おまえたちの部隊の指揮官と直接話をさせろ。俺は、このチームの指揮官だ。トップどうしで話し合うのが筋だろう」

男は、またヘッドセットで連絡を取った。使い走りではないが、この男が指揮官でないことは初めから分かっていた。中堅か、サブリーダーといったところだ。

待つこともなく通りの角から、重武装の男が駆け寄って来た。身長一八〇センチほどで、年齢は三十後半、現場では古参といえよう。

「私がこの部隊の指揮官だ。どこの国の部隊かは知らないが、我々を信じ、行動をともにしてくれ。これ以上、我々は、この場所に留まることはできない。部隊を一刻も早く撤収させたいのだ」

指揮官らしき男は、浩志に敬礼をしてみせた。

「すぐ引き上げたいのは我々も同じだ。俺と、もう一人ついて行く。後の者は、ここから撤収させる」

「……いいだろう。勝手にしてくれ」

仲間を撤退させるということは、浩志らが男たちと行動をともにしていることを知らせることになる。浩志にとっては、安全策ともいえた。

「瀬川、俺について来い。後の者は辰也の指示に従ってくれ」

瀬川は、京介から黒人の男を引き受けた。

「桐生さん、出港は六時間後ですよ」

偽装艦船〝みたけ〟が出港するのは、午前八時三十分。辰也は、捕まえた黒人は手放せばいいと思っているに違いない。海賊の手先一人のために、見知らぬ部隊についていく危険を冒す必要はないからだ。

「先に乗艦していてくれ」

浩志は、わざとらしく敬礼してみせた。傭兵に敬礼は必要ない。これ以上、話し合う余地はないという意味だ。

「了解しました」

辰也も仕方がないとばかりに敬礼を返してきた。

「よし、決まったな。行くぞ」

指揮官らしき男は手招きし、走り出した。浩志らは、男の後を追って、狭い通りから抜け出した。

市場を出たベンダー通りに、ベージュに塗られた砂漠仕様のハンヴィー（高機動多用途装輪車両）が二台停まっていた。指揮官は助手席に座り、浩志と瀬川は、黒人を両脇から抱えて運転席の後ろに座った。浩志の後ろの席には二人の重武装の兵士が乗っていた。

「これは夜明けまで、楽しめそうですね」

ハンヴィーが現場から離れると、瀬川がうれしそうな顔で言ってきた。二年前、はじめて浩志とフィリピンで行動をともにした時は、緊張で全身に汗をかいていた瀬川が、幾多の修羅場を経験して頼もしくなったものだ。これから向かう先は、米軍の駐留地に違いない。現役の自衛官としても働く瀬川は、米軍の知識があるはずと思い、付き合わせた。だが、まったく危険がないとも言い切れない。この状況を楽しめるようなら、いつ傭兵になっても問題ないだろう。

四

黒人居住区〝カルチェ〟を抜け出した二台のハンヴィーは、ジブチの南に向かった。

「私は、デビット・マッキーニ少佐です。見たところアジア系の顔立ちをされているが、さしつかえのない範囲で、名前と所属を聞かせてもらえないか」

助手席に乗った指揮官が自己紹介をしてきた。やむを得ないとはいえ、ハンヴィーに浩志らを乗せてしまった以上、ある程度身分を明かす必要があると判断したのだろう。そういう意味ではアパートを強襲したのは、極秘任務だったとしても大掛かりな作戦でなかったのかもしれない。

「俺の名は、桐生浩志だ。ある特殊部隊のリーダーだが、階級はない。俺たちは傭兵だからな」

「傭兵？　まさか、傭兵で構成された特殊部隊だというのか」

マッキーニ少佐は、驚いて振り返った。

「クライアントは、明かせない。俺たちにも守秘義務があるからな」

「君たちが捕まえた男が、どういう人物か知っているのか」

「おおよそはな」

「分からない。その男を捕まえてどうするつもりだったのだ」

「それは、おまえらが、まず自分たちの任務を明らかにした上で聞くことだな。俺たちは、あんたらに雇われたわけじゃないんだ。付き合ってやっていることを忘れるな」

「分かった。基地に着いたら、責任者から話をさせよう。それにしても、どうして我々の装備を見ただけで、デルタフォースと思ったんだ」

「そんなこと、その辺のガンマニアでもすぐ分かる。フル装備のM四A一カービンにハイキャパ五・一の組み合わせは、米軍でもそうはお目にかかれない。作戦によって服装から、装備まで変える工夫はないのか」

浩志の言葉にマッキーニ少佐は、苦笑を漏らした。

「今回の作戦を指令した人物にも同じことを言われたよ。だが、我々の装備は、軍で決められているのだ。昔は抗弾ベストに入れるセラミックプレートを邪魔だからと言って入れない者やヘルメットを自分でカスタマイズする者もいたが、それがもとで死傷者が出ることもあってね。それで規則が厳しくなったんだ」

マッキーニ少佐は作戦が終了し、気が緩んでいるのか、あるいは浩志に打ち解けようとしているのか、気軽に答えてきた。

二台のハンヴィーはジブチ国際空港に隣接する米軍基地の中心部にある平屋の白い建物の前に着いた。まだ夜明け前で暗いということもあるが、似たような建物が並んでいるので、外見だけではどんな役割を持った建物かは分からない。

ジブチ国際空港は、ジブチ港から南南東四キロに位置し、東西に延びる三千メートルの滑走路が一本あるだけだ。国際空港の施設は、滑走路の北側にあり、米軍基地は反対の南側にフロントと格納庫、それに各種基地施設がある。ちなみに日本が派遣した海上自衛隊のP三C哨戒機は、この飛行場を間借りしている。

浩志と瀬川は、気を失っている黒人の男をハンヴィーから引きずり出した。

「ミスター桐生、とりあえず、その黒人を我々に渡してもらえないだろうか。この男を調べたら、君たちに返すことも可能だ。君のクライアントに口添えが必要なら、我々から事情は説明する。それとも、我々と話している間、その男も同席させるつもりかね」

マッキーニ少佐は、瀬川が抱きかかえている黒人を見て言った。

「男を渡したら、用済みと言われても困る。作戦の責任者をここに呼んで来るんだな」

男と引き換えに米軍から情報を得られれば、今後の作戦も違ってくる。浩志は、相手がたとえ米軍の将軍だろうが妥協《だきょう》するつもりはなかった。

「疑り深いのだな。分かった」

マッキーニ少佐は、肩をすくめ目の前の建物に入って行った。少佐の上官はどうやらそうとうな大物に違いない。

ジブチの街に出ていた二台目のハンヴィーから、六名、浩志たちの乗っていたハンヴィーには、マッキーニ少佐を除いて二名の特殊部隊の隊員が乗っていた。彼らは車から降りても、整然と立っている。

左腕のミリタリーウォッチを見ると、午前三時十二分を指していた。

やがて建物からマッキーニ少佐と上官と思われる男が出て来た。男は、身長一七五、六だが、やたら首回りが太く胸囲もある。そのうえ、スキンヘッドだった。男は、浩志の顔を見た途端、凍り付いたようにその場に立ち尽くした。

「どんなお偉いさんが出てくるかと思ったら、ワットか」

浩志は、目の前で口を開けたまま呆然《ぼうぜん》と立っている男を見てにやりと笑った。

一年前、米陸軍最強の特殊部隊デルタフォースにおいて精鋭といわれるタスクフォースのチームが脱走し、来日中の米国大統領の暗殺を謀《はか》るという事件があった。この時、彼らを逮捕すべく陸軍犯罪捜査司令部の特殊部隊を率いていたのが、ヘンリー・ワット大尉だった。

「驚かせるぜ。ミャンマーで死んだと聞いていたが、俺の目の前にいるのは、本当にトードーなのか」

ワットは、満面の笑みを浮かべ右手を差し出してきた。浩志は、ワットと固い握手をした。この男とは、最新鋭の米軍の輸送艦を乗っ取り、新型のトマホークミサイルで脅しをかけていた脱走兵らを相手に一緒に闘っている。戦友と言っても過言ではない。

「ご存知でしたか」

二人の様子を見てマッキーニ少佐が驚きの声を上げた。

「俺の友人だ。警戒する必要はない。それに俺と一緒に大統領を救った男だ」

「大変失礼しました。ミスター桐生」

大統領を救ったと聞いた瞬間、マッキーニ少佐ははじかれるように直立不動になり、浩志に敬礼をしてきた。

浩志は苦笑を浮かべ、瀬川に黒人を引き渡すように言った。

ワットは、ハンヴィーの近くで整列している特殊部隊の隊員に解散するように命じ、浩志と瀬川を建物の中にある彼の執務室へ案内した。部屋は、二十平米ほどで、机の他にソファーセットが置かれただけのシンプルなものだった。

「ワット、俺たちに時間はない。先にそっちの情報を教えてくれれば、あの男はそのまま引き渡してやろう」

浩志は、ソファーには座らずに尋ねた。旧知とも言えるが、ワットにある疑問を持ったからだ。

「オーケー。俺は今、ソマリアの海賊を封じ込める作戦を任されている。彼らが単に武器を持った元漁師じゃないことは知っての通りだ。彼らには、機動力がある。それは、彼らがソマリア沖を航行する商船の航路やスケジュールなどの情報を得ているからだ。武力で対処すると同時に、その情報源を摘《つ》み取ることが急務だった。数日前、CIAは、やっとジブチにその拠点があることを調べ上げた。そこで、未明に襲撃したというわけだ。あんたが捕まえた男は、情報組織のリーダーだ。その他に、ハッカーなど四人いたが、すでに我々が拘束《こうそく》している」

浩志が予想していた通りの答えが返ってきた。

「その他に、言うことがあるのじゃないのか」

「今説明したことが、作戦のすべてだ」

「それなら聞くが、ワット。前所属していたのは、陸軍犯罪捜査司令部だったな。今はどこにいる」

「作戦上、今の所属や階級は言えない。あんたも軍人ならそれぐらい分かるだろう」

ワットは、両手を振って苦笑いをしてみせた。

「おまえは、元から陸軍犯罪捜査司令部じゃなかったはずだ。しかも去年会った時の階級は、大尉と言っていたが、それも違うだろう」

ワットは、浩志の指摘に渋い表情をしてみせた。

「たとえ日本で大統領の命を救ったとしても、たったの一年足らずで二階級以上、上がるとは思えない。もとから、デルタフォースにいたんだろ」

デルタフォースのマッキーニ少佐の上官である以上、階級は、少佐より上である。現在中佐だとしても、大尉からは二階級上になる。デルタフォースで上級士官ということを考えれば、一年前に陸軍の警察ともいえる犯罪捜査司令部にいたというのも怪しい話だ。

「相変わらず鋭いな、トードー。いくらあんたでも、所属は言えないが、確かに今の階級は中佐だ。俺は、大統領の命を救ったということで一階級上がっている。あれだけの働きをしたら、本来二階級上がってもよかったんだがな」

肌が小麦色をしているワットは、白い歯を見せて笑った。

「確かに我々の作戦は他にもある。だが、これ以上言うことはできない。いくら兄弟でもな。勘弁してくれ」

ワットは、首を横に振った。

浩志はその様子をじっと見ていたが、溜息を漏らした。これ以上、粘ったところで得るものはなさそうだ。

「分かった。あの男を引き渡そう。その代わり、なにか情報を得たら俺にも教えてくれ。期待はしてないがな」

「助かったぜ。どこに連絡をすればいいんだ」

「こっちから連絡をする」

ワットは頷くと、自分の名刺に携帯番号を書き込み、浩志に渡してきた。

「港まで送ってくれ」

「任せろ、兄弟」

ワットは、自分のデスクから車の鍵を取り出した。自分で運転するつもりらしい。この男らしい心遣いだ。浩志は、どうもこの男が憎めなかった。

五

偽装艦船〝みたけ〟と護衛艦〝あさつき〟は、予定通り午前八時三十分にジブチ港を出港した。

ジブチ港からインド洋の警戒保全海域まで抜ける約九百キロ、ジブチ沖から十二隻の商船からなる船団の護衛も兼ねて航行することになった。船団には船足の遅いタンカーも入っているため、まるで遊覧船にでも乗っているような気長な航海だ。行程の半分を過ぎたが、海賊の姿を見かけることもなく、今のところなんのトラブルもない。

「桐生さん、海賊の情報源を潰してから、被害がめっきり減りましたね。後二ヶ月も契約が残っていますが、途中でいらないなんて言われるんじゃないですか」

待機室で銃のメンテナンスをしていた辰也が、あくびをしながら浩志に言ってきた。

「まったくなくなったわけじゃないからな。それはないだろう。ただ、海賊の動きが鈍くなったことは確かだ」

答えた浩志も、銃のメンテナンスをしていたが、ピカピカに磨かれた自分の銃を見て溜息が出た。逆に契約さえなければ、ひたすら待機というこの退屈な仕事から早く降りたかった。ただ、海賊の裏で何かきな臭いものを感じ、その正体を突き止めたいという衝動がなんとかこの場に踏みとどまらせているに過ぎない。

ジブチで拘束した海賊の情報源である男は、早々に米軍に引き渡していた。その後ワットに連絡を取ったが、大した情報は得られなかった。海賊の裏事情が分かると期待していたが、ワットが情報を隠しているのなら別だが、期待し過ぎていたのかもしれない。

今朝、美香からメールが届いた。電話で北朝鮮の貿易会社である端旋貿易開発会社が買い取った船外機の行方を調べるように頼んでいた件だ。型番が違う船外機が、合計で九十六基、すべてロシアの貿易商社エル・ミンスクに転売されていた。結局、エル・ミンスクがチャーターした貨物船に積まれ、ウラジオストクで陸揚げされたことまでは分かっているが、その先は追跡不可能という答えだった。

メールの巻末に、今月から半年間、ターキーの八年もののボトルキープが半額になるキャンペーンをしていると書いてあった。浩志の気を引くためと分かっているが、会いたいとダイレクトに書かないところが彼女らしい。日本に帰ったら、さっそくボトルキープをするつもりだ。

「桐生さん、吉井三等海佐から電話です」

電話を取った加藤が、興奮気味に声を上げた。待機室には他にも仲間が数人いたが、全員手を止めて浩志に注目した。

「桐生さんですか。至急、ブリッジにお越し下さい」

「分かった」

吉井の声が硬かった。この男は、軍人のくせに感情が声のトーンにすぐ現われる。根が正直なのだろう。

浩志は甲板には上がらず、艦内の通路を走り直接ブリッジに向かった。

辰也の裸踊りの件で、特殊作戦チームは、ほとんどの乗組員に知れ渡った。作戦上、接触には神経質になっていたが、気を使う必要はなくなった。艦長が館内放送で、乗組員を集めたのは計算のうちだったのだろう。さすがに指揮官としての気働きがある。

ブリッジに入ると、乗組員が一斉に浩志に敬礼した。

「桐生さん、こちらに」

艦長席の近くの机に海図が拡げられ、艦長である真鍋一等海佐と吉井がその前に立っていた。

「また、海賊船に撃沈された船が出ました。今度は、ロシア船籍の船です」

「いつのことだ」

「昨夜です。場所は、ソマリアの北、インド洋上三百八十キロの海域です」

偽装艦船〝みたけ〟と護衛艦〝あさつき〟が本来警戒にあたっている海域だった。

「くそっ！」

「我々の留守を狙われたような格好になってしまいました」

「それにしても、ウクライナ船籍の次は、ロシア船籍か。偶然とは思えないな」

国籍は違うが、結果的にロシアを刺激している。

「それについては、海賊からメッセージが発表されました。ロシアがソマリア沖を艦隊で埋め尽くしている限り、ロシアに関係する船は撃沈するというものです」

「狂っている。ロシアと戦争でもする気か、海賊は」

「各国が艦隊でソマリアを包囲していることへの抗議で、みせしめに撃沈したウクライナの船に対してロシアが軍艦を派遣するのはおかしいというとんでもない言い掛かりです」

「一隻目は見せしめだが、二隻目は、艦隊を送り込んだロシア船をわざと狙ったのか。馬鹿馬鹿しい。そもそも、自分ではじめたことじゃないか」

「ただし、その一方で、ウクライナやロシア船の撃沈は、我々とは無関係だと発表する海賊も出て来ています。一部の過激な海賊の行動に、仲間も距離をおきたいのでしょうね」

「だが、我々に彼らを区別する方法はない。ロシアが過剰に反応すれば、他の国が迷惑なだけだ」

「ロシアは、今のところ、犯人は必ず見つけ出して責任を取らせるという型通りの声明を出したにすぎません」

「はやく元の海域に戻りたい。なんとかならないのか」

「今、それを検討していたところです」

「説明してくれ」

「現状の航路を維持して進んでいくと、アデン湾を出て、ソコトラ島の北側に出るまでにあと二日かかります。そこで、アデン湾から、ソマリアの北の先端アシル岬とアブドゥル・クーリ島の間を抜ければ、インド洋の警戒海域にショートカットできます」

吉井は海図を指で指し示した。アシル岬は、アフリカの角と呼ばれるまさに突端のことで、アブドゥル・クーリ島は、沖合に浮かぶソコトラ島とアシル岬のほぼ中間地点にあり、アシル岬から百キロほど沿岸にある。つまり岬と島の間を通るということは、陸地からわずか数十キロの沖合を航行するということになるのだ。

「そこまでソマリアの沿岸を通ったら、海賊が群がってくる可能性もある。もっとも護衛艦とこの船を襲うとは考えにくいが。〝あさつき〟の艦長には相談しなくていいのか」

「もちろん互いに海図を見ながら、無線で連絡をしています。我々が、急ぐには理由があります。三日後に喜望峰から回って来た船団が、ソマリア沖を北上する予定がありますその護衛にあたらねばならないのです」

「だが、今の船足じゃ、ショートカットしても、間に合わないだろう」

「その通りです。そこで、アデン湾を先にインド洋まで護衛活動していた護衛艦〝あきなみ〟と〝うつしお〟が、戻ってくる途中でランデブーをすることになりました。彼らに船団を任せ、我々は、全速力で航行し、新たな任務に就くわけです」

「続けてくれ」

浩志は、相槌を打って先を急がせた。

「ランデブーは、ここから三百五十キロ東の海域で、約十時間後の予定です。我々は、そこからアシル岬を抜けて、インド洋上に出て南下します。その後四十時間後にケニア沖で日本の船団とランデブーの予定です」

「間に合うというわけか」

「あくまでも海図上の計算です。この航路を取れば、ソマリアの沿岸を抜けるために、戦艦といえども敵に攻撃されないとは限りません。まして、〝みたけ〟の外見は、補給艦ですので、敵の的になる可能性があります。作戦に入り次第、目視による見張りの数を増やすつもりです」

吉井は、真剣な眼差しで浩志を見つめてきた。もし、海賊に襲われて少しでも被害を出すようなら、世間の笑いものになるのは必至だろう。

「なるほど。俺たちは、いつでも出撃できるようにすればいいんだな」

「お願いします」

真鍋と吉井に敬礼を返して、ブリッジを出た。ようやく仕事らしい仕事になりそうだ。

浩志は、思わずほくそ笑んだ。

六

アフリカの角と呼ばれるソマリアの北東部は、プントランド共和国として、一九九八年独立宣言をしている。もっとも、その西隣りのソマリランド共和国ともども国際社会では、国として認められていない。

次の任務のため、アデン湾から、ソマリアの北の先端アシル岬とアブドゥル・クーリ島の間を抜けインド洋に出る航路は、偽装艦船〝みたけ〟と護衛艦〝あさつき〟を派遣している第八護衛隊の司令部で却下された。多少大回りをしても安全策を取り、喜望峰から北上する船団をケニア沖で待機させることになった。

新たな航路は、ソコトラ島の北側を回るコースとなり、ショートカットのコースに比べ、約四百五十キロインド洋に張り出すように大回りすることになる。距離と潮の流れから、十一時間前後余分にかかる計算だ。

偽装艦船〝みたけ〟と護衛艦〝あさつき〟は、プントランドから北に百七十キロ沖、アデン湾の海上で、予定通り護衛艦〝あきなみ〟と〝うつしお〟に船団護衛の任を交代した。

「プントランドの沖で海賊と遭遇したらおもしろいと思っていたんですがね」

辰也は、並行しながら次第に遠ざかる船団としんがりに就いている護衛艦〝うつしお〟に目をやり、悔しそうに言った。

「通ったところで、艦船が二隻も肩を並べて航行していたら、手出しをする海賊はいないだろう」

言ってはみたものの浩志も残念なことに変わりはない。これでまた退屈な航海が始まるからである。たとえ何も起こらなくても、緊張があるのとないのとでは大違いだ。夕食後後部デッキに出た二人は、揃って溜息を漏らした。

四時間後、事態は急変した。インド洋に向け東に進んでいた偽装艦船〝みたけ〟と護衛艦〝あさつき〟は、ソコトラ島とアブドゥル・クーリ島の間を抜けるように針路を真南に向けたのだ。

待機室では、副艦長の吉井三等海佐と打合わせを終えた浩志がホワイトボードにアフリカの地図を書いて説明していた。

「今から、一時間前、ケニアからソコトラ島に向けて出港した米国の大型ヨット〝ニュープリンストン号〟が、海賊に乗っ取られた。場所は、ソコトラ島の南百キロの海域だ。現在、ヨットは、海賊船に曳航《えいこう》され、南南西の方角に向かっている。おそらく海賊の拠点の一つ、ハラデレに行くものと思われる。我々は、米海軍の特殊部隊シールが〝ニュープリンストン号〟を奪回し、人質を救出する作戦のサポートをすることになった」

ハラデレは、ソマリアの首都モガディシュの北三百キロの海岸沿いの村で、海賊が乗っ取った船を停泊させることで有名だ。

「我々は、何をするんですか。ネイビーシールの作戦中、ただ見ているだけですか」

さっそく辰也が嚙み付いてきた。

「乗っ取られた〝ニュープリンストン号〟は、乗員に急病人が出たために、ソコトラ島に向かっていたそうだ。盲腸だったらしいが、時間の経過を考えれば腹膜炎を起こしている可能性もある。現在、乗っ取られた船に一番近い場所にいる艦船は、我々だ。シールは、この船を基地として、ボートで海賊に接近することになった。彼らに万一のことがないように、我々は彼らの援護をする」

「それでは、一緒に出撃するんですか」

「それは、未定だ。現段階では言えない。ただ、いつでも出撃できる準備はする」

五時間後の午前三時五分、米海軍の対潜ヘリSH六〇Fオーシャンホークが、〝みたけ〟

の後部甲板デッキに着陸し、緊急手術に備えた医療チームが降りてきた。ヘリはすぐに格納庫に移動された後、二機目のオーシャンホークが続けて着陸した。後部デッキは飛行甲板ではあるが、全長二十メートル近いヘリを二機も置くことができないからだ。

二機目のSH六〇Fから、次々とシールの隊員が降りてきた。おそらく日米合同で作戦を行なうのは、これがはじめてのことだろう。浩志らは手持ち無沙汰のため、後部デッキの片隅で、彼らの働きを見物していた。

「気にいらねえな、米国のやり方は」

辰也が、さっそく文句を言った。

「好きなやつがいるのか」

浩志も珍しくぼやいた。というのも、米海軍から防衛省に、現場に急行している偽装艦船〝みたけ〟に装備されている高速高浮力ボートを貸して欲しいと打診があったからだ。米海軍は、やはり〝みたけ〟の特殊任務のことを知っていたのだ。秘密を知られている以上、防衛省では断われるものではなかった。

一時間後、海賊船に曳航された〝ニュープリンストン号〟に二キロと迫った時点で、ネイビーシールの小隊八名が、高速高浮力ボート二隻に分乗し出撃した。時刻は、午前四時五分、夜明け前の闇になんとか間に合った。ボートを送り出した〝みたけ〟は、海上を全速で迂回し、海賊船のコースをインターセプトする形で停泊する。

海賊船は二隻、一列に進んでおり、後ろの船が全長三百フィート（約九十一・五メートル）の〝ニュープリンストン号〟を曳航している。夜間のためか二隻ともいかりを降ろしているかのようにゆっくりと航行していた。

シールは、曳航している海賊船とニュープリンストン号を同時に襲撃した。鍛え抜かれた隊員によって簡単に制圧できたが、肝心の病人は、曳航している船にもヨットにも乗っていなかった。そして、異変に気が付いたもう一隻の海賊船は、いち早く逃走を図った。

これまで海賊は、制圧した船に船員を乗せたまま、武器を持った海賊に見張りをさせて曳航するケースが多かった。まさか病人を移動させていたとは誰も考えていなかったのだ。

海賊たちは、身の安全を図るようにあらかじめ人質を三隻に分乗させていたようだ。

「大変です、桐生さん。病人の他にも二人の人質を乗せた海賊船に逃げられました」

シールからの連絡をもらった吉井は、待機していた浩志に連絡をしてきた。

「馬鹿な。シールは先頭の海賊船を無視したというのか」

「人質を移動させているとは思わなかったようです」

「なんてことだ。相手を見くびっていたな」

「そうなんですが、後二十分もすれば、海賊船は我々の目の前を通り過ぎていきます。シールも、ヘリを飛ばしても、海賊を刺激するだけだと困り果てています。なんとかなりませんか」

「救命ボートでも使えというのか。俺たちには何もできないだろう」

人質が乗っている以上、〝みたけ〟の機銃を使って船のエンジンを撃つような危険な真似はなおさらできない。

待機室の電話口で怒鳴《どな》り声を上げている浩志の肩を田中が叩いた。

「高速ボートならありますよ」

田中は、いたずらっぽく笑っていた。

「どういうことだ」

受話器を押さえて、浩志は首を捻った。

「没収した海賊船ですよ。ちゃんとメンテナンスしてありますから、いつでも乗れますよ」

「本当か！」

海賊船を調べるついでに田中はメンテナンスをしていたらしい。

浩志は、すぐさま没収した海賊船を海上に降ろすように吉井に指示をした。あらかじめ出撃に備えた高速高浮力ボートと違い、海賊船は邪魔にならないようにウェルドックの天井に吊り下げられていた。ドック担当の作業員のほかに別の部署からも応援が来て下に降ろし、浩志たち特殊作戦チームは海上に出ることができた。偽装艦船〝みたけ〟は、海賊を刺激しないように、海賊のコース上をさらに数キロ南下していった。

東の水平線に太陽が顔を見せ始めた。

「北の方角から、海賊船がやってきます」

視力が一番いい加藤が、いち早く疾走する海賊船を見つけた。

「頼んだぞ、サメ雄」

浩志は、操船を任された元特別警備隊員の鮫沼雅雄の肩を叩いた。

キャップ帽にTシャツ姿の鮫沼の上半身は、茶色の靴クリームで塗られていた。黒人といってもなんの遜色もない。

疾走してくる海賊船は、案の定、浩志たちが乗った船を僚船と思ったらしく、スピードを落とした。鮫沼は帽子のツバで顔を隠し、サングラスをしている。どこから見ても現地人に見える。鮫沼は手を振りながら海賊船に船を寄せた。浩志らは、その間、シートを被り腹這いになって身を隠した。

海賊の船は、浩志らの船よりも二回り大きく全長十八メートルほどある。船の中央には、トタン板で作られた船室もあり、おそらく人質はそこにいるのだろう。海賊船から数名の黒人が顔を出し、さかんに何か言っている。鮫沼は、耳に手をかけ聞こえないという仕草をした。

鮫沼は、飛び移るには中央部は船室が邪魔なため、船を海賊船の船尾近くに横付けした。

「攻撃！」

浩志らは一斉に立ち上がり、船から顔を出していた海賊を銃撃し、船に向かって次々とフラッシュバン（閃光弾）を投げつけ、爆発と同時に海賊船の船尾から乗り込んだ。船尾と船室を瞬く間に制圧した。

「下がれ、船首に敵がいるぞ！」

船首に向かおうとした辰也が叫んだ。一斉に物陰に隠れたが、反応が遅れた元特別警備隊員の金子信二が足を撃たれた。他の者が援護射撃をする中、金子は自力で船尾まで戻ってきた。

船首部分にいる黒人が三名、荷物の陰から発砲してきたのだ。見張りとして船首にいたため、フラッシュバンの影響を受けなかったらしい。船室に遮蔽《しゃへい》するものがなかったために全員船尾まで後退した。船室の後ろにうずたかく積まれた荷物で身を隠すことはできるが、身動きが取れなくなった。

船室は、屋根と側面がトタン板で覆《おお》われて、前後に梁《はり》があるだけだ。人質の米国人のうち元気な二人は船尾に連れてきたが、病人は、船室で横になったままの状態だ。床に寝かされているので、今のところ助かっているが、流れ弾に当たる危険性が高い。

「辰也、船にＲＰＧが積んであっただろう。あれで船首部分を吹き飛ばせ。船を沈めても構わない」

浩志は、隣りにいる辰也の肩を叩いた。

「援護しろ！」

浩志の命令で、全員で船首に向かって銃撃をはじめ、辰也はその隙に乗ってきた海賊の小型船に飛び降りた。

辰也の乗った船は、海賊船から二十メートルほど離れ、船首に近づいた。辰也は、RPG七を肩に担いだ。このいかつい武器を扱わせたらこの男の右に出る者はいない。

RPG七が凄まじいバックファイヤーを吐き、ロケット弾が船首に命中し爆発した。船が激しく振動し、船首部分に一メートル近い大穴を開けた。爆発で海賊の一人が吹き飛ばされ、残りの二人は銃を投げ出し、投降した。

「こちらリベンジャー、作戦完了！　人質の奪回に成功した」

浩志が、無線で偽装艦船〝みたけ〟の吉井に連絡を取ると、特殊作戦チームは、歓声を上げた。

モンバサ

一

米国の大型ヨット〝ニュープリンストン号〟は、米海軍シールが奪回し、彼らが取り逃がした海賊と人質は、浩志らの活躍で救い出すことができた。腹膜炎を起こしていた病人も、米軍が派遣した医療チームにより偽装艦船〝みたけ〟で緊急手術が行なわれ命を取り留めた。だが、ケニア沖で待たせていた日本の船団とのランデブーには、先に向かわせていた護衛艦〝あさつき〟も十時間近く遅れてしまった。

喜望峰から回って来た日本の商船は、合計で十隻、南アフリカとの貿易のためにケープタウンから来た船もあったが、ほとんどの船がアデン湾の航海を嫌い、アフリカ大陸を大西洋側から回ってきた商船ばかりであった。そのため、ただでさえ余計に日数をかけているために、護衛艦〝あさつき〟が半日近く遅れて来たのは、ブーイングものだった。それまで外国籍の船も二隻船団に加わっていたのだが、到着を待てずに先に出航してしまったらしい。

偽装艦船〝みたけ〟は、北上する船団に〝あさつき〟より数時間遅れて、午前三時に合流することができた。〝みたけ〟は、あくまでも補給艦なので、合流が遅れても問題視されることはなかった。

船団の警護に就いたその朝、浩志らは、いつものトレーニングメニューをこなすために、後部甲板に集まり出した。すると、その中にトレーニングウェア姿の吉井三等海佐の姿もあった。

「どうした風の吹き回しだ」

浩志は、思わず吉井に声をかけた。

「運動不足で、せめて桐生さんたちの午前中のメニューだけでも付き合わせてください」

吉井は、屈託《くったく》なく答えた。

午前中のメニューは、まず後部甲板を十五周することから始まる。次に甲板下のデッキをバディ（二人一組）で、フル装備をつけて移動する訓練だ。デッキの上には、狭い海賊船の船内を想定し障害物がいくつも置かれ、ＭＰ五ＳＤ六を構えて敵を制圧する訓練だ。また、銃を実際に使うことはできないが、装備を身につけた動きが自然にできるようになる。また、バディになる相手と繰り返し訓練を行なうことで呼吸を合わせることができるのだ。

「吉井さん、俺と組もうか」

ランニングを終え、制圧訓練用の装備を身につけた浩志が吉井を誘った。

「光栄です。よろしくお願いします」

吉井は、うれしそうな顔をした。

甲板下のデッキは、長さ二十六メートル、幅三メートルある。途中に身を隠せるほどの大きな木箱がいくつも置かれて障害物となっており、その陰に敵がいないかをチェックしながら進んでいく。交代で敵の役になるチームは、木箱の後ろに隠れ、時に飛び出して銃を撃つ真似をする。真似と分かっていても、銃を向けられれば結構冷や汗が出るものだ。

浩志は、先に吉井に行かせた。吉井は腰を低くし、MP五SD六を構えて歩いていく。吉井の動きに無駄はない。やはり、元特別警備隊員だったのだろう。銃の構えも様になっている。

一番手前の障害物に、吉井が飛び込んだ。すぐ後ろを浩志が援護する。すると今度は、浩志が先に進み次の障害物を確認し、吉井が援護するのだ。交互に突入と援護を繰り返し、反対側まで移動した。この制圧訓練を三往復した後、さらにバディの数を増やして、何往復かする。敵役は、ただ隠れているだけでなく、隙があれば、パンチや蹴りを入れてもいいことになっている。半端な突入の仕方をすれば、訓練と言えども怪我をすることになる。

吉井は、訓練終了と浩志が掛け声をかけた途端、肩で息をしながら座り込んだ。

「いつでも出撃できそうだな」

日頃、訓練に参加していない者が、おいそれとついてこられるものではない。吉井はよくやった。

「とんでもない。もう現役じゃないんだと、改めて思い知らされました」

額から流れる汗を拭《ふ》きながら吉井は笑って見せ、持ち場に帰って行った。

午前中の訓練を終え、午後は格闘技の訓練、そして後は自主トレだ。仲間のほとんどが倉庫の隅か、待機室でウエイトトレーニングに励《はげ》む。狭い空間で過ごすストレスをそれで発散させているのだ。

夕食が終わり、特殊作戦チームの間で自由時間と呼ばれる息抜きの時がきた。元々待機室は、夜になるとポーカーやブラックジャックなどをする娯楽室に変わっていたが、アルコールを持ち込むことは禁じていた。二十四時間緊張感を持てという方が難しい。だが作戦室にもなる部屋でアルコールを飲めば、規律が乱れるのは目に見えている。その代わり、仲間の部屋が、曜日を決めて、夜の九時から十二時まで酒場と化している。彼らは、寄港したジブチでしこたまアルコールを仕入れて来たようだ。今夜も誰かの船室が簡易バーになっているはずだ。

浩志は、たまに仲間の部屋に飲みに行くこともあるが、基本的には、寝るまでの時間は、静かに本を読むことにしている。偽装艦船〝みたけ〟は、長い航海に備えて、空いている船室におびただしい本を集め、図書室として乗組員に開放している。浩志は、暇に任せてこの図書室の本を片っ端から読みあさっているのだ。一旦寝る前に本を読む癖をつけると止まらなくなった。一人、活字と親しむというのもなかなかいいものだ。

いつものようにベッドに横になり、図書室で借りてきた本を読んでいると、ドアをノックする音が聞こえてきた。腕時計の針は、午後十時を指している。ドアを開けると、吉井三等海佐が赤ら顔で立っていた。

「飲みませんか、藤堂さん」

右手にジムビームのボトル、左手にコップを持っていた。いきなり本名で呼ぶところを見ると、親しみを込めてというよりも、酔っているのかもしれない。

「珍しいな、今日は」

午前中のトレーニングといい、吉井が夜に酒を飲みに来るのもはじめてのことだった。

浩志が招き入れると、吉井は酒瓶を持ったまま敬礼して入って来た。部屋が狭いので、浩志はベッドに座り、吉井を折りたたみのイスに座らせた。

「一人で飲んでいたのか」

「はあ。藤堂さんに申し訳なくて、飲まずにはいられなかったものですから」

吉井は、二人のコップになみなみと酒を注ぐと、いきなり頭を下げてきた。

「何のことだ」

「〝ニュープリンストン号〟のことです」

「それが、どうかしたのか」

「ネイビーシールが彼らだけで作戦を遂行したかのように評価を受けているんですよ。おかしいとは思いませんか。本当の功労賞は、肝心の病人を救った藤堂さんたちのはずです。私は、申し訳ないやら作戦を隠し通す日本政府にも腹が立つやらで仕方がないのです」

〝ニュープリンストン号〟の救出劇は、世界的なニュースになった。病人がいる人質を救い出した米軍の迅速な行動は、世界中から称賛を浴びたのだ。また、たった数時間で隠密に艦船と特殊部隊を派遣したことになっているので、ロシアや中国は、米軍の機動力に脅威を感じたことは間違いない。発表されていない以上、まさか海自の艦船が一役買っているとは誰も思わないだろう。

本来なら日本政府は、米国に貸しを作ったことになるが、米国政府からは日本の特殊作戦を公表しないという条件をちらつかされているので、大したメリットはなかっただろう。

「人知れず働くことが、俺たちの仕事だ。何も問題はない」

あえて浩志は、クールに答えた。戦果を宣伝するのは、政治家がすることで傭兵には関係ないことだ。

「藤堂さんが、そうおっしゃるのは分かっていましたが、命令を出している私は、情けないやら、恥ずかしいやら、本当に穴があったら入りたいくらいです」

「吉井さん、あんたは、まじめ過ぎるんだ。俺たちは、最初から、そんなことは分かっていたし、世間に存在がばれれば逆に商売がやりにくくなる。もともと望んでもいない」

浩志の答えに吉井は、グラスの酒を半分ほど飲んで大きな溜息をついた。

「藤堂さんのチームのことは、陸自の一色三等陸佐から聞いていました。しかし、正直言って、毎日血の出るような訓練をしている我々より、すごい兵士がいることが、信じられませんでした。しかも……」

「傭兵だからな」

浩志は、吉井が飲み込んだ言葉を継いだ。

「すみません、失礼な言い方をして」

「別にいい。傭兵なんて商売は、褒《ほ》められたものじゃない。闘うことにポリシーは持っているが、戦地を求めて、世界中をうろついているんだ。ろくなもんじゃない」

「ご謙遜《けんそん》を。あなたは軍人の鑑《かがみ》です」

「買い被り過ぎだ。俺は、どうしようもなく不器用なだけだ」

不器用。この言葉が一番自分を率直に表わす言葉だ。戦争や武器を嫌いながらも、戦地でしか生きられない不器用さ。そして、好きな女一人、幸せにできない不器用さ。浩志は、グラスの酒を一気に煽った。それを見て、吉井もグラスに残った酒を飲み干した。

「私は、もっと早く藤堂さんに会いたかったですね。いや、会えただけでもよかったと己《おのれ》に言い聞かせるべきでしょう。おかげで気分がよくなりました。ありがとうございます」

軍人でありながら、この男の実直さ、純粋さに浩志は胸打たれた。

「吉井さん、俺もあんたと会えてよかったと思っている。この世界で、誠実に生きていくことは難しい。あんたの裏のない人柄は気に入ったよ。だが、もう少し、肩の力を抜くんだな。その方が俺たちは付き合いやすい」

「これからは、そうします」

吉井は浩志に笑顔で握手を求めてきた。吉井はこれでもかというほど力を込めてきた。浩志も負けずに力を入れた。こんな時、男同士、互いの気持ちはすぐ分かり合えるものだ。吉井は、敬礼ではなく、深々と頭を下げて部屋を出て行った。

浩志は、棚からターキーのボトルを出して自分のグラスに注いだ。ジブチで仕入れたものだ。今日は、新しくできた友のため飲みたくなった。

部屋の艦内電話が唸《うな》りを上げた。

受話器を取りながら腕時計を見た。午前零時二十八分、眠ってから一時間も経っていない。

二

「お休み中すみません、吉井です。緊急事態です。至急ブリッジにお越し下さい」

「分かった」

ブリッジに行くまでの通路では、走り回る乗組員と何度もすれ違った。偽装艦船〝みたけ〟は、ケニア沖で日本の商船の船団のしんがりを務めていたため、速力は十八ノットに抑えられているはずだが、気のせいか速力が上がっているような気がする。

ブリッジには、夜間にもかかわらず艦長の真鍋昌己一等海佐の姿も艦長席にあった。

「十五分前、韓国の貨物船〝トラストコリア号〟から、救難信号を傍受しました。北緯一度二十二分、東経五十度三十八分、我々の現在地からは、百二十キロ北の海域です。見張りがいち早く海賊船を発見したので、全速で振り切ろうとしているようです」

吉井三等海佐は、海図を指し示した。ソマリア南部の首都モガディシュから五百八十キロ沿岸だ。

「現在韓国の護衛艦も現場に急行していますが、一番近い艦船は、我々です。ただ、〝あさつき〟は船団の警護をしていますので動けません。それにこの艦の方が、船足が速いので代わって出動することになりました。先に哨戒ヘリを出動させています。ヘリは十分前に出動していますので、現場への到着予定は、二十分後に、我々は、二時間後に到着予定です」

〝あさつき〟に艦載されている哨戒ヘリＳＨ六〇Ｋは、最大速度百四十ノット（時速約二百六十キロ）のスピードが出せる。ヘリの抑止力に期待するほかない。

「韓国の艦船はどこにいるんだ」

「アデン湾の東のはずれです。現場までの距離は千二百キロ近くあります。哨戒ヘリを出動させたくても距離があります。護衛艦が到着するには、少なくとも二十四時間はかかるでしょう」

「近くにロシアの艦船はいないのか」

「あいにくいないようです。救難信号を傍受したのは、韓国と日本、それにやはり韓国船よりイエメン寄りのアデン湾にいるドイツ艦船だけだったようです」

「まったく、あんなにうじゃうじゃいたくせに肝心な時にいないんだな」

「できれば、一番に駆けつけて救助したいと思っています。というのも、〝トラストコリア号〟は、喜望峰から回ってきた日本の船団にケニア沖まで加わっていたそうです。それに、乗組員に日本人も何人かいると言っていました」

〝トラストコリア号〟は、フランスからの輸入品を日本と韓国に輸送する韓国籍の貨物船らしい。取引先の関係上、日本人の乗組員が乗っており、船会社は韓国だが護衛の対象になっていた。しかし、護衛艦〝あさつき〟の到着の遅れを待てずに船団を離れたのが仇《あだ》となった。喜望峰回りの遅れを取り戻そうとしたのだろう。

「到着は、二時間後、午前三時か。俺たちの出番はありそうだな」

「もちろんです」

吉井から状況を聞いたので、とりあえず自室に帰ろうと思った。他の仲間は一時間後に起こせばいいだろう。

ブリッジを出ようと吉井に背を向けたところで、通信士が声を上げた。

「〝トラストコリア号〟からの通信です」

「どうした！」

艦長の真鍋が声を荒げた。

「船尾に砲撃を受けたらしいです。航行不能になったと言っています」

浩志は、ことの成り行きを見守った。

「例の海賊船か。なんでもいい、海賊船のことを聞いてみろ」

真鍋は怒鳴るように命じた。通信士は、〝トラストコリア号〟に何度も呼びかけた。

「艦長。……通信が途絶えました」

レシーバーを右手で押さえていた通信士が首を振ってみせた。

「くそっ！　せめて二十分でも時間があったら……」

真鍋は、悔しげに艦長席の肘掛けを叩いた。

二十分後、現場海域に到着した哨戒ヘリは、付近を捜索したが〝トラストコリア号〟を発見できなかった。

「例の過激な海賊の仕業でしょうか」

吉井は、呟くように尋ねてきた。

「少なくとも、連中の攻撃対象は、ロシアに関係する船と言っていたはずだ」

浩志は自室には戻らず、哨戒ヘリの報告が聞きたくてブリッジに残っていた。

「しかし、他にも船を撃沈するような海賊がいるとも思えません」

「確かにそうだが、腑に落ちない。最初に撃沈されたウクライナ船は偶然だとしても、次に襲ったロシア船は、特定していたはずだ。なのにどうしてまた関係ない韓国船なのだ」

「船尾にその船の国籍を表わす国旗を掲げるので、国籍は特定できます。韓国船を襲う新たな理由があったのかもしれませんね」

「だだっ広いインド洋上で、ひたすら国旗を目印に待っていたわけでもないだろう」

船は様々な旗を使い、その船の概要が分かるようになっている。船尾に使う国旗もそうだが、レーダーマストには、〝行先旗〟という出航して最初に向かう国の国旗を掲げたり、〝国際信号旗〟といって、アルファベットや数字を表わす世界基準の旗を使って船のコード名を掲げたりする。

「確かに、そうですね。襲撃されたのも日が暮れてからですから、国旗が見えるとも思えません」

「最初の二隻は、航路とスケジュールを知っていれば、襲えたはずだ。事実そうだったのだろう。だが、ジブチにあった海賊の情報源はなくなった。他にもあれば別だが、〝トラストコリア号〟は、喜望峰からの航路で、事前に知ることは難しいはずだ」

「おっしゃる通りです。〝トラストコリア号〟は、ケニア沖で護衛艦〝あさつき〟の到着の遅れを知らずに、三時間ほど待っていたそうですから、なおさら難しいはずです」

「あるいは海賊の言う通りロシア関係の船を狙ったのだが、間違えられたのかもしれないな」

「というと、桐生さんたちがジブチの情報屋を潰す前に入手したコースで、彼らは行動したということですね」

「そうかもしれない。近辺をロシアの商船が通ったかどうか調べる必要があるだろう」

浩志は、首を捻りながらもブリッジを後にした。憶測や推論を重ねたところで結果は得られない。確かな事実が欲しかった。

三

〃トラストコリア号〃が行方不明になって二十四時間後の午前一時、捜索海域に韓国の護衛艦が現われ、偽装艦船〃みたけ〃が前日から行なっている捜索活動に加わった。前回ウクライナの貨物船が行方不明になった時と違うのは、韓国の護衛艦艦長から丁寧なお礼と捜索活動の要請があったことだ。すでに前日、韓国政府から正式な要請を受けていたので、韓国側の対応は紳士的であり良心が感じられた。ソマリア沖を北東に流れる海流を考え、現場から北を韓国の艦船が捜索し、〃みたけ〃は、東側を担当した。

捜索は海上ばかりでなく、P三C哨戒機を現場上空に飛ばしていた。また、日本の船団を警護している護衛艦〃あさつき〃は、任務終了後、この海域まで戻り、参加する予定になっている。

〃トラストコリア号〃がもし撃沈されていたとしたら、海面に浮かぶ残骸《ざんがい》や油などを目視で発見するよりほかない。手持ち無沙汰の特殊作戦チームは、イーグルとパンサーに分かれ、三時間交代で艦橋の屋上にある見張り所としても使われるデッキで双眼鏡を使って捜索活動に参加している。なにしろ目視が頼りだけに人手があった方がいいということで手伝っているのだ。

午後三時、赤道が近いだけに帽子の上からじりじりと焼かれるような暑さを横殴りの潮風がクールダウンさせてくれる。

「海自の仕事って大変ですよね」

双眼鏡を覗きながら、すぐ近くにいる瀬川がぼやくように呟いた。

「大変なのは、どこも同じだろう。捜索活動は、根気がいる仕事だ」

「そうじゃなくて、海の上の仕事って、スパンが長いじゃないですか。陸の場合は、自分の足で移動できないところは、車か飛行機で移動します。今回の仕事は、移動距離が長いわりには、船足のせいでどうしても時間がかかってしまいます。高速艇と言っても時速にすれば、七十キロ程度です。気が長くなりますよ」

いざ戦争になった場合、海上からの攻撃は、ミサイルなどの最新の兵器ならともかく、従来の艦船同士の闘いはあり得ないと暗に瀬川は言いたいのだろう。確かに海自の艦船がすべて必要かというと無駄なものも多い。陸自にしても領土拡張を未だに狙うロシアや中国ならともかく、日本では戦車はすでに形骸化している。世界的にみても対テロという新しい戦争の形になった今、戦略的に戦車というものは意味がなくなっているのだ。

陸自のことを棚に上げて海自を批判する瀬川を、浩志は鼻で笑った。

「戦争が継続的に行なわれる場合は、今でも艦船は必要とされている。現に日本が給油活動していることで、米国が中近東で戦争を続ける助けになっている。それがいいか悪いかは別としてな。第一、敵対国の近くに艦船を派遣するだけで大きなプレッシャーになる。少なくとも最新の戦車を抱え込んでいるよりましだぞ」

「戦車ですか……。痛いところをつきますね。確かに世界一の海軍力を持つ米国が政治的に主導権を握っているのも、いつでもどこでも戦争を起こせるという強みがあるからです。そこへいくと海軍力に劣るロシアや中国は、米国の敵じゃないですからね」

瀬川は、浩志に言われて苦笑してみせた。

「瀬川、下を見ろ」

眼下の後部甲板が急に慌ただしくなった。甲板には、〝あさつき〟の艦載機である哨戒ヘリが停められている。パイロットやその他の乗組員が乗り込みはじめたのだ。

「何か見つけたのですね」

哨戒ヘリは、艦橋の屋上にいる浩志たちを吹き飛ばしそうな勢いであっという間に上空へ飛び立っていった。

二時間後、帰還した哨戒ヘリには、救命ボートで漂流していた〝トラストコリア号〟の乗組員が四人乗せられていた。韓国人が三人、日本人が一人、海流に押し出されるように現場から東北東の海上に流されていたボートを、P三Cが発見したのだ。

「桐生さん、探しましたよ」

吉井三等海佐が監視デッキに現われた。といってもブリッジから非常階段を一つ上がるだけだ。吉井は、デッキにいる乗組員に元の持ち場に戻るように命じた。

「救助した乗組員が他に助かった者はいないと言っていますので、捜索は、終了します。ご苦労様でした」

「怪我人は、韓国の護衛艦に引き渡すのか」

「いいえ、四人とも、すぐにでも病院に入院させる必要があります。哨戒ヘリで一旦韓国の護衛艦に移し、韓国の哨戒ヘリがケニアのモンバサに移送することになりました。ただし、まだ距離がありますので、あと二百八十キロほど南西に進んでから、飛ばすことになるでしょう」

たとえソマリアの上空を通ったとしても、ジブチまではおよそ千五百キロ、ケニア第二の都市、モンバサまでは、千二百キロ、選択の余地はなかった。

韓国の哨戒ヘリの航続距離は、およそ千三百キロ、安全を図る上で、燃料に余裕を持たせなければならない。距離が千キロになった時点で発進させるそうだ。韓国の護衛艦に移さずに直接移送すればよさそうなものだが、予算と政治的な問題でできないようだ。

「日本人の船員がいたそうだが、何か聞き出せたか」

「船が爆発した時に怪我を負ったらしく、医官の話ですと命に別状はなさそうですが、未だに意識を取り戻していません。韓国の船員にしろ、脱出時のショックで朦朧《もうろう》としている感じで、詳しいことを聞き出せない状況です」

「連中が回復したら、海賊船のことを聞きたいな」

「同感です。そこで、我々の次の寄港地が決まりました」

吉井がいたずらっぽく笑って見せた。

「ひょっとして、モンバサか」

モンバサは、ケニア第二の人口を持つ、同国でも最大の港湾都市だ。イスラム教徒が多い都市なので歓楽街こそ期待できないが、海の上よりはいいだろう。

「そろそろ物資の補給をしなければなりません。ジブチより、モンバサの方が近いですからね。今から、二十四時間後には、モンバサに着きます。艦長は、二日は停泊させるようですから、みなさんも下船して羽を伸ばされたらどうでしょうか」

「そうさせてもらう。もちろん、病院に行くんだろ」

「最大の目的ですから」

吉井は、にこりと笑って敬礼をし、デッキから降りていった。

振り返ると、一緒に監視をしていた瀬川と田中、それに加藤まで拳を上げて喜んでいた。

四

二十四時間後の午後三時十分、予定通り偽装艦船〝みたけ〟は、モンバサの港に着いた。モンバサは、ケニアの南に位置する湾の中に浮かぶ大きな島だ。島は、北西に五キロ、北東に三キロ。島の東側が旧市街、反対側の南西はコンビナートなどがある港湾地区で、島の中心から北にかけて中心街がある。

港は、東側にある旧市街のオールドポートとその反対側にあるコンビナート側の新港があり、〝みたけ〟は、新港側の桟橋《さんばし》に係留された。

海自の艦船とはいえ入国に時間がかかることは同じだ。艦長の真鍋昌己一等海佐は、日が暮れてからの乗組員の上陸を禁止した。モンバサの治安が悪いためだが、浩志ら傭兵たちには、こっそり下船の許可を与えてくれた。

「陸は、やっぱりいいですね」

ジブチと同じく、一番はりきっているのは、辰也だった。ケニアは、ナイロビもモンバサも何度か来ているようだ。

オールドポートの近くには、外国の船員目当ての安酒を飲ませるバーがいくつかあるそうだ。ケニアに限らずアフリカでは、酒は一般庶民にとって高価なものになる。そこで密造酒が出回ることになる。気楽に飲めるそうだが、工業用アルコールを混ぜた偽造酒が出回っているという噂も聞く。

目の前がコンビナートの新港では、見たところネオンはおろか、レストランらしきものもない。

「辰也、高くてもいいから、なるべく落ち着いた店に案内しろ。こんなところで安酒はごめんだ」

浩志は辰也を先頭にさせ、一番後ろをぶらぶらと歩いた。〝みたけ〟から降りて、港に足を踏み入れた途端に何者かに監視されている気がしていたからだ。だが、殺気立った気配は感じられず、尾けられるがままにしておいた。

辰也は、桟橋を渡り、中心街に向かう道を歩き出した。昼間なら、桟橋の近くにフェリーの客目当てにタクシーが停まっているそうだが、この時間、港は閑散としていた。一キロほど歩き、小さなホテルがあった。

「ここでタクシーに乗り、ダウンタウンの近くのバーに行きましょう」

ホテルの玄関前で辰也は指笛を吹いて二台のタクシーを呼んだ。

「このホテルにバーはないのか」

浩志は辰也に聞いた。

「あると思いますが、俺は入ったことがありません」

「用事を思い出した。俺は、ここで軽く飲んで先に帰る」

「そんな、用事ってなんですか」

「吉井三等海佐と飲む約束をしていたんだ」

浩志は、適当に嘘を言って、みんなをタクシーに乗せた。

ホテルは、三階建てのこぢんまりとした作りで、ラウンジの奥にバーがあった。カウンターにおもむろに座り、ターキーを頼んだ。

「もっといい店に行くんじゃなかったのか」

隣りの席に、ハーフパンツに派手な柄シャツを着たスキンヘッドの男が座った。

「ワット、尾行がへたくそなのか、わざと分かるようにしたのかどっちだ」

「わざとと言いたいところだが、あんたが別行動をとったところでばれたと分かった。もっとも今日は、飲みに行くだけと分かったから、顔を出すつもりだった」

米陸軍特殊部隊デルタフォースの中佐、ヘンリー・ワットは悪びれる様子もなく、バーテンにテキーラを頼んだが、ないと言われてビールを代わりに頼んだ。

「俺がモンバサに来ることは、知っていたのか」

「情報部から、日本の艦船がモンバサに向かっていると連絡をもらったんだ。ひょっとしてと部下に港で見張りをさせていたんだ」

ワットの言っていることは、本当だろうが、〝みたけ〟がケニア政府に上陸の打診をして半日もたっていないはずだ。とすると、すでに別の任務でこの地に来ていたに違いない。

「俺に会いたくてここにいるわけじゃないだろう」

「まあな。だが、話は後にしないか。一度ゆっくり飲みたいと思っていたんだ」

　ワットは、にやりと笑ってウインクをしてみせた。

「俺も今までいろんな任務に就いてきた。アフガンにもイラクにも行った。だが、あんたと日本で闘ったのが、一番おもしろかったな」

「思い出話をするほどの歳でもないだろう」

「今年、四十一になる。あんたよりは若いが、昇進したおかげで、現場に出ることがなくなった」

「なるほど、それで年寄り臭いことを言うのか」

　ワットはビールを飲み干し、浩志と同じターキーを注文した。

「俺はこれまで米国の敵と戦ってきた。だが、あんたは違う。この間、ミャンマーで軍人を暗殺したとニュースになったがあれは本当か」

「死んだ友人に頼まれた。殺したミャンマーの指揮官はブラックナイトの手先だった。暗殺をリークしたのは、ブラックナイトだ。俺を封じ込めようとしたんだ。だから、俺は国際手配される前に自分を殺した」

「ブラックナイトか、汚い真似をしやがる。それにしても、闘い続けるために自分を捨てたというのか。いったい何のために闘っているんだ」

「俺のニックネームを知っているだろう。前も同じ答えを言ったはずだ」

浩志のニックネームは、〝リベンジャー〟、復讐者だ。

「復讐のために闘っているというのか」

ワットは、驚きの声を上げた。

「そんなところだ」

浩志は言葉を濁《にご》した。脳裏《のうり》には、理不尽な殺意によって亡くなった人の顔が次々と浮かんでは消えた。その中には、名もなき人もいれば、戦友もいる。浩志と間違って殺された明石紀之の姿も浮かんだ。浩志は他人の怨念《おんねん》を背負い、替わって復讐しているようなものだ。だが、それを口にすれば偽善になってしまう。

「今回、日本の特殊部隊として闘っているのもそのためか」

「正直言って、ブラックナイトの闘いで疲れきっていた。連中から逃げたかったんだ。もう二ヶ月以上も海の上にいる。おかげで休養はできた」

二ヶ月の充電で浩志の闘争心は静かに燃えていた。

「かっこよ過ぎるぜ、兄弟。あんただからまともに聞けるが、他のやつが言ったら、笑い飛ばすところだ。ところで、あんたが連れているチームの顔ぶれは変わらないのか」

「ああ、相変わらずだ」

「よっぽど、あんたに惚《ほ》れているんだろうな」

浩志は、鼻で笑って答えた。仲間は、戦友であり、肉親のようなものでもあった。

「俺が退役したら、仲間に入れてくれないか」

「おまえは、一度チームに入っている。おまえ次第だ」

ワットは、休暇中と偽《いつわ》って浩志のチームに入り元デルタフォースの脱走兵のチームを相手に一緒に闘っている。浩志の中では、すでに戦友だった。

「……そうか。ありがとう、トードー、いやトードーは死んだんだったな。コージ」

ワットは、それからしばらく何もしゃべらずにグラスを煽った。浩志も二度、グラスを追加した。

「俺は、帰る。おまえの部下もほっておくと、飲み過ぎるぞ」

ワットの部下と思われる二人の白人が、後ろの席でウイスキーを飲んでいる。見てはいないが、何度もオーダーをしている声が聞こえていた。

「店に入る時に、好きにしろと言っておいた。確かに飲み過ぎているようだ」

「俺に、話があるのじゃなかったのか」

席を立ちながら、ワットの顔をみた。

「モンバサに来たのは、海賊に襲われた船員に話を聞くためだろう。よかったら俺も連れてってくれ」

ワットは、頭をかきながら照れくさそうに答えた。

「そんなことか」

「俺の携帯に連絡をくれないか」

浩志は頷いて、バーから出て行った。

五

翌日の午前十一時半、偽装艦船〝みたけ〟が停泊している埠頭《ふとう》にある駐車場に浩志はいた。駐車場に置かれているコンテナの陰になんとか逃げ込んではみたが、灼熱の太陽の下で長くはいられるものではない。

ワットに連絡をしたところ、車で迎えに来ると言ってきた。しかも昼飯を奢ると言う。任務で何度かケニアには来たことがあるらしい。

日本人の船員も、昨日の夜には意識を取り戻し、韓国人の船員も回復に向かっていると聞いている。彼らが入院しているモンバサ中央病院から面会の許可が得られたのだ。午前中、吉井三等海佐がケニア駐在の大使館員とともに日本人の船員に聞き取り調査をすることになっているので、大使館員が帰った午後に行くことにした。

待つこともなく、ワットの運転するランドクルーザーが現われた。おそらくレンタカーなのだろう。アフリカで車を借りるなら、四駆に限る。

助手席に座ったのだが、フロントパネルから豪快に吹き出すエアコンの風がもろに顔にあたったため、思わず、風量のつまみを下げた。

「コージ、ここじゃジーパンは暑いだろう。俺みたいにハーフパンツを穿くに限るぞ」

浩志は、ジーパンにTシャツ、それに麻のジャケットを着てきた。ワットは、Tシャツの上にグレーの落ち着いた柄のシャツを着ている。病院に行くというのでワットなりに気を使っているのかもしれない。

「俺はおまえみたいに楽観主義じゃないんだ」

浩志は、熱帯のジャングルでの戦闘を何度も経験している。戦地で怖いのは、時として敵よりも自然だ。マラリア、眠り病、テング熱、蚊や蝿などの害虫を媒介とする病気は死に至らしめることもある。素肌をさらさないことが重要だ。また、草むらには吸血性の害虫や毒蛇の類《たぐ》いもいないとは限らない。平地や街にいるからといって、熱帯の国は油断がならない。

「ここはジャングルじゃないんだ。気を使い過ぎるぜ」

ワットは、カメのように太い首をすくめて見せた。

「病院の前の道を通り、島の北に行くと、バンブリビーチに出るんだ。美しい海岸が七百フィートも続いている。リゾートホテルも沢山あるが、ビーチホテルの隣りにおいしいピザとびっきりうまい手作りのアイスクリームを食べさせる店があるんだ」

ワットは、街の中心街を抜ける片側二車線のジョモ・ケニヤッタ・アベニューを走った。日本と同じく左側通行だが信号機は今のところ見かけない。大きな交差点は、ラウンドアバウト（ロータリー）式になっている。この国が元英国の植民地だった名残なのだろう。

「もうすぐ右手にモンバサ中央病院が見える。この島は小さいから、ビーチで食事をしてもすぐに病院に行くことができる」

ワットの言った通り、二ブロック過ぎた道の反対側に病院が見えてきた。

対向車の黒いワゴン車が二台、乱暴にハンドルを切って病院の脇道に入って行った。

「ワット、Uターンさせろ」

「何だ、いきなり」

「いいから、Uターンさせて、病院に行くんだ」

ワットは浩志のただならぬ様子に驚きながらも、次の交差点で対向車を無視して急ハンドルを切った。

「病院の裏口に着けろ。ワット、銃を持っているか」

「グロックを持っている。コージ、予備の銃を使え。グローブボックスを開けてみろ」

グローブボックスを開けると、グロック一九とマガジンが六個入っていた。

「俺にマガジンを三個くれ」

ワットにマガジンを渡し、浩志もジーパンとジャケットのポケットにマガジンを突っ込んだ。

モンバサ中央病院は、五階建てで街を南北に通るジョモ・ケニヤッタ・アベニューに面し、病院の敷地内にある脇道を入ったところに駐車場がある。だが、黒のワゴン車が道に対して縦に停められ、行く手を塞いでいた。車が中に入れないように故意に停められているのは明白だ。

二人は、車を降りてワゴン車の脇をすり抜け、駐車場に出た。

駐車場に面した病院の裏口にもう一台のワゴン車が横付けされ、裏口のドア前に一九〇近い黒人が立っていた。しかも左手に黒い布を巻いた長細い荷物を持っている。

ワットは、男を見て頷いてみせた。

二人は、わざと話をしながら裏口に近づいた。

「止まれ！　病院、関係ない、おまえたち、入れないぞ」

男は眉間に皺を寄せ、へたな英語で怒鳴ってきた。

「おまえ、新入りの警備員だな。俺たちがここの外科医だということを知らないのか」

英語で怒鳴り返すと、男は一瞬たじろいだ。浩志はその隙を逃さなかった。男の左腕を右手で押さえ、左掌底で男の顎下から強烈に突き上げた。男は、後頭部を壁にしたたか打ちつけ気絶した。男が左手に持っていたのは、AK四七だった。

ワットが口笛を吹いて、首を左右に振ってみせた。

二人は、銃を構え裏口から潜入した。裏口の陰に病院の警備員と思われる死体があった。時刻は午後十二時、白昼堂々と病院を襲撃するのは、熱帯の街では昼間の方が人気が少ないためだろう。

非常階段をゆっくりと上った。

突然上の階から、甲高い悲鳴と銃撃音が響いてきた。

「くそっ！」

叫び声を上げながら階段を駆け下りてくる人々を避け、階段を駆け上がった。銃声は三階のフロアーから聞こえてくる。

非常階段から廊下を覗くと四人の黒人が、廊下の奥に向かって乱射しているところだった。彼らの足下には、死体や瀕死の重傷を負っている人が無造作に転がっている。

浩志とワットは、同時に飛び出し、背後から四人を撃ち殺した。すると、またもや悲鳴と銃声が上の階からも聞こえてきた。

非常階段に戻ると、上の階からいきなり発砲された。

「ワット、援護しろ」

ワットは、右腕を階段から突き出し、連射した。

浩志は、階段を駆け上りながら、階段上にいる男めがけて撃った。

男は、すかさず反撃してきた。銃弾が耳元をかすめて飛んで行った。浩志は構わず連射し、男の頭に二発命中させた。

浩志は、階段の上まで行き、ハンドシグナルでワットについて来るように合図した。

廊下を覗くと男が数人、背を向けて廊下の反対側に走って行くところだった。浩志は、すかさず一番後ろの男を撃った。男は、つんのめるように転んで倒れた。すると、前を走っていた男が、振り向きざまに銃を連射してきた。凄まじい銃撃だ。浩志は、すぐさま非常階段に引っ込んだ。バレル（銃身）が極端に短いサブマシンガンだった。サブマシンガンの男は一人だけ目出し帽を被っていた。

いくつもの足音が反対側の非常階段に消えて行った。

浩志は、廊下を覗き敵がいないことを確認し、船員の病室に向かった。四階のフロアーには病室が全部で十二あるが、すべてに銃弾が撃ち込まれていた。床に医師と看護師が倒れている。二人とも胸と腹を撃たれてすでに死亡していた。

浩志は、教えられていた病室まで来て愕然《がくぜん》とした。

病室は、まるで台風でも通り過ぎたような有様だった。何千発も銃弾が撃ち込まれたように、部屋中穴だらけだった。ベッドには、救助された日本人が仰向けに倒れ、床にはスーツ姿の男と、そして制服姿の吉井三等海佐の姿があった。脈を診るまでもなかった。三人とも体中に銃弾を浴びせられていた。吉井の白い制服が、真っ赤に染まっていた。

拳を壁に叩き付けた。

「ちくしょう!」

壁にひびが入り、拳から血が吹き出した。それでも壁を殴りつけた。

「コージ、追いかけるぞ。まだ間に合う」

ワットの声で我に返った。

浩志は、ワットを突き飛ばすように階段を駆け下りていた。

六

モンバサ中央病院の裏口から飛び出すと、二台の黒いワゴン車が後輪から白煙を上げながら、通りに出るところだった。浩志は走って追いかけ、後方の車に連射したが、車はそのままジョモ・ケニヤッタ・アベニューに出て行った。

「くそっ!」

ワットのランドクルーザーが、表の通りにバックで飛び出し、道の真ん中で急ブレーキをかけて停まった。

「コージ、乗れ！」

助手席に飛び乗った。ワットは、すぐさまハンドルを切ってスタートダッシュした。なかなかの腕前だ。後方でワットの車を避けるために数台の車が中央分離帯や他の車にぶつかる事故を起こしたことは大目に見るべきだろう。

百メートル先に黒のワゴン車が見えてきた。ワットは、車を次々と抜いて、ワゴン車のすぐ後ろまでつけた。すると二台前のワゴン車が右の車線に入り、後ろにいたワゴン車と並走した。

「気をつけろ！　ワット」

右車線に入ったワゴン車の後方のハッチバックドアがいきなり開き、ＡＫ四七を膝打ちに構えた男が二人現われた。

浩志とワットが身を屈めると同時にフロントガラスが、銃撃で粉々に砕けた。

「シット！」

ワットは、スピードを緩めハンドルを切って中央分離帯を乗り越えた。そして反対車線に入ってふたたびスピードを上げた。ランドクルーザーは、ワゴン車に並走した。対向車が警笛を鳴らし、次々と避けて行く。

浩志はすぐさま右車線のワゴン車の運転席を銃撃した。銃弾は、運転手の頭と胸に当たった。運転手は、うつ伏せになり、蛇行運転をはじめた。

た。

「くそっ！」

ワゴン車が、中央分離帯に乗り上げて横転し、目の前を転がって来た。

ワットは、ハンドルを右に切ってワゴン車を避け、さらに前から来る車も次々と避けた。

「早く、元の車線に戻れ！」

自分が運転してないだけに浩志も気が気でない。

「分かっている」

ワットは次の交差点を目指した。だが、もう一台のワゴン車は、交差点からジョモ・ケニヤッタ・アベニューを斜めに突っ切る狭い道に入っていた。

「くそったれ、どこにいきやがるんだ」

ワットは悪態をつき、ラウンドアバウト（ロータリー）を反対回りに走り、狭い道に入った。

ワゴン車は、なんとか対面通行できるという狭い道を猛スピードで走って行く。幸い通行人はほとんどいない。この街は、気温が高いだけでなく驚くほど蒸し暑い。そのため、日の高い時間に歩行者をめったに見かけることはない。

四百メートルほど進み、ワゴン車はモンバサを南北に通るアブダル・ナッサー・ロードをも越えて、車一台やっと通れるかという細い道に入った。

「ちくしょう、旧市街に入りやがった」

　ワットも、ランドクルーザーを旧市街に入れた。街の様子は一変した。アラブ様式の石造りの高い壁の家が軒《のき》を並べている。疾走するワゴン車に驚き、イスラム特有の黒いブイ（衣装）を着た女性が家に駆け込むのが見えた。

　ワゴン車は、交差点で左から来た車とぶつかった。ぶつけられた車が、回転して家の壁に激突し、前方を塞いだ。ワゴン車は、前進を断念したらしく右折した。だが、道はさらに狭くなった。

「やつらは、オールドポートに向かっているぞ」

　ワットが吐き捨てるように言った。さすがにこれまでのように走るわけにはいかない。谷底のようにせり出す家の壁に車体を擦《こす》りながら走るワゴン車と同じく、ワットの運転するランドクルーザーも左右のボディを擦り付け、凄まじい火花を散らしながら走っている。

　突然前方を走るワゴン車が急ブレーキをかけて停まり、警笛を鳴らしはじめた。

「ワット、バックさせろ！」

　浩志が叫ぶのと同時にワゴン車のハッチバックが開き、三人の男が銃を乱射しながら降りてきた。車内に銃弾が飛び跳ねた。

「シット！」

ワットは、窮屈そうに運転席の下に身を隠し、罵《ののし》った。

銃撃は、すぐに止んだ。

「行くぞ！」

座席に潜《もぐ》るように隠れていた二人は、すぐさま車を降りてワゴン車と壁の間をすり抜けた。ワゴン車の前に荷物を山ほど載せたロバが立っていた。その脇に白いイスラム帽を被った黒人の少年が頭を抱えて、震えながら座っている。

銃を持った男たちは五人、港に向かうゆるい下り坂を走っていくのが見えた。浩志は、ワットが後ろに続いているのを確認し、男たちを追った。

懸命に走った。その差は三十メートル。

「だめだ、コージ。先に行ってくれ」

三百メートルほど全力で走ったワットが音を上げた。

浩志はかまわず走り通した。

石の壁が突然途絶え、視界が広がった。海岸沿いの道に出たのだ。二百メートル先に船が係留されている桟橋が見える。

一番後ろを走る男に追いついた。男の奥襟を摑み引き倒した。すると先頭を走る目出し帽を被った男が、振り向き銃を乱射してきた。例のサブマシンガンだ。浩志は咄嗟《とっさ》に近くの建物の陰に隠れた。目出し帽の男は、容赦なく浩志が倒した男を蜂の巣にした。

浩志は、銃だけ出して前方に向けて数発撃ち、さっと顔を出して安全を確認した。

四人の男たちは、再び港の桟橋に向かって走っていた。

浩志は、サブマシンガンで蜂の巣にされた男のAK四七を拾い走った。差が百メートル以上開いてしまった。浩志は桟橋の近くで、立て膝を突いてAK四七を連射した。先頭を走る覆面の男の足に当たった。一緒に走る男たちが、慌てて覆面の男を担ぎ上げ、桟橋の突端に泊められている白い漁船に飛び移った。浩志は再び走り出した。

漁船に乗っている乗組員が浩志に発砲してきた。

足下に銃弾が飛び跳ねた。港に身を隠せるほどの遮蔽物はなかった。AK四七で応戦しながら走るしかない。桟橋にやっと足を踏み入れた。漁船までの距離は、四十メートルほどか。

乗組員が肩に何かを担いだ。

「くそっ！」

咄嗟に桟橋から海に飛び込んだ。

乗組員の肩に担がれたRPG七が炎を上げ、吐き出されたロケット弾が、浩志がいた場所に命中した。木製の桟橋が爆発し、海中に飛び込んだ浩志に容赦なく破片が飛んできた。浩志は、肩に軽い怪我をしたものの海中を泳ぎ、桟橋の袂《たもと》近くで海面に出た。

「コージ、大丈夫か！」

ワットが、桟橋の上で叫んだ。

浩志は桟橋をよじ上り、ワットの手を借りて桟橋の上に這い上がった。ずぶ濡れになり、肩で荒い息をした。

「地元のポリスが来る前に引き上げよう」

ワットが浩志の手を取って立たせてくれた。頷いてはみたがどうしようもない脱力感が襲ってきた。敵を逃がした悔しさよりも、吉井三等海佐が死んだという事実が足取りを重くさせた。

任務消滅

一

傭兵という仕事は常に死と隣り合わせである。それが、世間で言うプライベートオペレーターと呼ばれる現代でも変わらない。戦場では道路に転がる死体をまるで瓦礫《がれき》を跨《また》ぐように越えて行くこともあるし、ウジがわく死体の側で食事を摂ることもある。それほど死とは身近なものなのだ。だが、その死が仲間に訪れた場合、魂を抜かれたように途方に暮れる時もある。

異国の地でいわれなき凶弾に倒れた吉井三等海佐の葬儀は、翌日、船内でしめやかに行なわれた。浩志たち、特殊作戦チームも借り物の制服を着て葬儀に参列した。

地元の新聞によれば、銃撃事件で亡くなったのは、ケニア人の病院の関係者六人、入院患者とその関係者では、ケニア人が四人、イスラエル人が二人、それに韓国人が三人と日本人が一人、その他に負傷者が十八人もいた。そして、まったく無関係な吉井と大使館員が一人、死者の中に名を連ねる。

地元の警察は、被害者の中にイスラエル人が二人いたことに注目し、過去の犯罪と照らし合わせてソマリアのアルカイダ系テロ組織〝アルイッティハド・アルイスラミ〟によるテロであると発表した。犯行声明も出ていないのにそう解釈するのは、国内の治安の悪さを部外者のせいにしたいという思惑があったのだろう。だが、驚いたことに警察の発表があった一時間後に、警察署に〝アルイッティハド・アルイスラミ〟を名乗る男から電話がかかり、犯行を認めたという。

葬儀が終わり、偽装艦船〝みたけ〟は、翌日に出航することになった。浩志は、重苦しい空気が漂う中、艦長の真鍋昌己一等海佐に呼び出された。

「桐生さん、大変残念なことになりました。特殊任務の指揮官である吉井三等海佐が亡くなったために、作戦は終了せざるを得なくなってしまいました。帰還命令が出されましたので、本艦は明日出港します」

任務は残すところ十日、帰路のことも考えれば、実質一ヶ月だった。事件をきっかけに任務を早目に切り上げるのは当たり前で、浩志も予測していた。だが、かねてからソマリア沖に艦船を派遣することに、予算の無駄遣いだと言っていた野党の声を政府が無視できなくなったというのが、本当のところらしい。

「葬儀にも出たし、俺は、艦を降りるつもりだ」

「飛行機で帰られるのですか。お急ぎでなければ、本艦で日本まで一緒に帰られても構いませんよ」

「用事があるんだ」

浩志は言葉を濁した。

真鍋は、訝《いぶか》しげに浩志を見つめてきた。

「実は、あなたの部下の浅岡辰也さんから、海賊から押収した武器は、どこで破棄するのかと聞かれました」

「辰也が？　直接聞いたのか」

真鍋は神妙な顔で頷いてみせた。

浩志は首を捻った。隊長である浩志を通さずに直接艦長の真鍋に聞くこと自体おかしなことだからだ。

「押収した武器は、日本ですべて破棄されます。整理番号もふられて厳重に保管されていると答えておきました」

「俺からも言っておこう」

辰也が何を考えているか問いただす必要がある。

「桐生さんの部下も、ここで降りられるのですか」

「いや、俺だけのつもりだが……」

仲間には、確認していなかった。というより、自分を除いてみんな〝みたけ〟で帰るものだと思っていたからだ。

艦長室から、直接待機室に向かった。すると、部屋には仲間が全員顔を揃えていた。しかも、保管されているはずの海賊から押収したAK四七をメンテナンスしていた。

「どういうことだ、辰也」

一心不乱にAK四七のマガジンの掃除をしていた辰也に浩志は尋ねた。

「吉井さんの弔《とむら》いをするんでしょう。俺たちも行きますから」

辰也は、そう言って作業の続きをはじめた。何も言わなくても、すべて見透かされているようだ。だが、そうかと言って素直に気持ちを受け取るわけにはいかない。

「それより、AK四七をどこから持ってきた」

「私たちが保管庫から持ち出しました」

部屋の片隅で、元特別警備隊員の鮫沼雅雄がお辞儀をしてみせた。よく見れば、鮫沼だけでなく村瀬政人や増田孝志、それに足を負傷している金子信二まで武器のメンテナンスをしていた。

「押収した武器は、すべて整理番号を付けられ日本で破棄されると聞いている。数が合わなければ、艦長の責任になるんだぞ」

浩志が問いただすと、鮫沼が黙って頷いてみせた。どうやら艦長の真鍋はそれを承知で許しているらしい。武器の種類と数は、押収した直後に報告されている。八丁も違えば問題になることは歴然だ。真鍋はおそらく責任を取って辞めるつもりなのだろう。

「鮫沼、武器はすべて元の保管庫に戻すんだ」

「せめて武器だけでもという艦長のお気持ちです。それは、我々も同じことです。みなさんが、吉井三等海佐の」

「黙れ、鮫沼。本来なら、隊員を喪《うしな》った海自であり政府が犯人を捜し出し処罰するべきなんだ。だが、日本政府は何もせずに撤退を命令して来たんだ。そんな国から武器を借りられるか」

鮫沼の言葉をさえぎり怒鳴りつけた。浩志は、政府のふがいなさに心底腹を立てていたのだ。

「確かに桐生さんの言う通りだ。武器を勝手に借りようと言い出した俺が悪かった。この通りだ。みんな片付けてくれ」

辰也が、席を立ってみんなに頭を下げた。

「鮫沼、気持ちだけ受け取っておこう。俺たちには、俺たちの闘い方がある」

浩志が鮫沼の肩を叩くと、鮫沼は肩を落とし頷いてみせた。

午後七時、艦内で最後の晩飯を摂った後、浩志たちは荷物をまとめ、下船するために甲板に集まっていた。すると艦長の真鍋が鮫沼ら元特別警備隊員のメンバーを連れて見送りに現われた。

「桐生さん、武器なんてどこで廃棄したって同じなんですよ。本当にいりませんか」

「真鍋さん、気持ちだけで充分だ。本当に俺が復讐するというのなら、誰のためでもない、自分のためにすることだ。それなら武器は自分で調達する」

浩志は真鍋が直接言って来たので苦笑した。

「なるほど、それが道理というものなんでしょうね。そういう武器に対しての考え方も我々自衛官にはありません。失礼しました」

真鍋は、鮫沼に顎で合図をした。すると、鮫沼と村瀬が小さな段ボール箱を仲間に一つずつ配った。もらった面々は顔を見合わせにやりと笑った。

「これは、私ではなく、幕僚長から皆さん方への餞別《せんべつ》です。お受け取りください」

真鍋はそう言うと、残りの一つを浩志に渡すため、近づいて来た。

「幕僚長から、直接伝言を受けました」

浩志の耳元でささやくように言って来た。

「よろしく頼みます、と一言おっしゃっていました」

真鍋の言葉に黙って頷き、小箱を受け取った。

「喜んで受け取っておこう」

浩志は真鍋に敬礼し、仲間と共に艦を後にした。

二

偽装艦船〝みたけ〟を降りた浩志らは、オールドポートに近いロータスホテルにチェックインした。二階建てで客室が二十五部屋しかない小さなホテルだ。シングルで二千シリング（およそ二千円）、値段は中ぐらいだが、これ以上安いホテルは旅行代理店でも決して勧めないそうだ。治安の悪いモンバサでは、合鍵を使われたり、鍵を壊して泥棒というのは日常茶飯事らしい。

部屋に入って餞別でもらった箱を開けてみた。浩志たちが作戦中に使っていたグロック一九と予備のマガジンが五つ、それに高性能無線機とヘッドセットが入っていた。箱のサイズと重量から中身の見当はついていたが、箱の底に米国百ドル紙幣の束が一つ入っていたのには驚かされた。数えるまでもなく一万ドルの束だ。餞別を出すように命じた自衛隊幹部の吉井死去への悔しさがにじみ出ているのがよく分かる。

浩志たちの契約金は、それぞれ指定の銀行に振り込まれている。予想外の餞別に、今後の活動資金としてありがたく使わせてもらうことにした。

ドアがノックされた。

「入ります」

辰也と宮坂を除いた仲間がぞろぞろと入ってきた。浩志はあらかじめ、打合わせができるようにツインの部屋をとってあるが、それでもむさ苦しい男が六人も揃えば、息苦しいことこの上ない。ちなみに辰也と宮坂は、レンタカーを調達するために街に出ている。

「昨日病院を襲った連中の正体をまず摑みたいと思っている。そこで今夜、病院の現場を調べてみようと思う。それから、地元の警察にも潜入しようと思っている」

浩志は、現場の清掃が終わる前に調べたかった。さすがに事件が起きてすぐは現地の警察が入っているため憚《はばか》られたが、翌日の夜ならと思ってのことだ。そのため急いで〝みたけ〟を降りたのだ。

「病院は分かりますが、警察にまで潜入するのですか」

もっともなことを瀬川が聞いてきた。

「犯人が、船で逃げていることはもう分かっている。いまさら調べたところで、捕まらないと現地の警察は思っているに違いない。それなら、警察が押さえている証拠品を盗んだところで何の問題もないだろう」

自分でも無茶な話だとは思うが、襲撃犯の主犯格が使っていたサブマシンガンの話をすると、みんな興味を示した。

極端に短いバレル、枠《わく》だけの金属製ストック。一瞬のことだが、浩志は、ロシア製でも比較的新しいAKS七四Uだと思っている。最近では見かけないが、アルカイダの指導者オサマ・ビンラディンが会見を開く時に傍らによく置いていた銃だ。

「俺が一瞬見た銃が、AKS七四Uかどうか確かめたい。警察に行けば薬莢《やっきょう》ぐらい取ってあるだろう」

「〝クリンコフ〟ですか。確かにテロリストのわりにはいい銃を持っていたもんですね」

武器に詳しい田中が首を捻ってみせた。〝クリンコフ〟はAKS七四Uの愛称だ。ロシアでも、特殊部隊などの限られた兵士にのみ配給されている。

「まず襲撃犯の目的を明らかにすることだ。救出された船員の殺害が目的だったのか、それとも現地の警察が言うようにイスラエル人が目的だったのか。イスラエル人がターゲットだったのなら、吉井さんは、まったく無関係なもらい事故に遭ったことになる」

もう一つ、浩志には疑問に思うことがあった。それは、主犯格だけ目出し帽を被っていたことだ。くり抜かれた穴から見える目の周りも黒かったが、はたして黒人だったのか確証がなかった。襲撃して来た男たちは全員黒人だった。だが、主犯格が必ずしも黒人とは限らない。アラブ人かもしれないし、白人の偽装かもしれない。いずれにせよ、どうして一人だけ顔を隠す必要があったのか。

病院への潜入は、追跡と潜入のスペシャリスト〝トレーサーマン〟こと加藤を相棒に選び、見張り役に瀬川と黒川と宮坂、車の運転手として田中を選んだ。辰也と京介は、次に潜入する予定の警察署の下調べのために別行動を取らせた。

　調べてみると、モンバサ中央病院は、襲撃された三階と四階の修復に時間がかかる上に、医師や看護師も多数死傷者を出したために閉鎖されていた。そのため、外の見張りを黒川と宮坂に任せ、潜入は、浩志と瀬川と加藤の三人ですることにした。全員〝みたけ〟の艦長から餞別でもらった無線のヘッドセットをしている。

　午後十一時、病院の裏口から潜入した。襲撃当日の入院患者の名簿を加藤と瀬川の二人に探させ、浩志は別行動をとった。

　非常階段を三階まで上がり、ハンドライトで床や壁を照らしながら、奥へと進んだ。昨日は、床に薬莢や空のマガジンが多数転がっていたが、さすがにそれらはなかった。銃弾は、廊下の奥にあるナースステーションのようなところに集中していた。床に原形を留めない電話機が散乱していた。襲撃犯は、一階と二階は密かに制圧できたが、三階は通報されそうになり乱射という強行におよんだのかもしれない。

　次に四階に上がった。浩志はこのフロアーに上がり、すぐに顔をしかめた。三階とは比べ物にならないほど、血の匂いと死臭が残っているからだ。被害者が四階に集中していることはこれだけでも分かる。左右の壁には、銃弾の痕が百四、五十センチの高さでまっすぐと続いている。犯人は、ＡＫ四七を脇に構え、歩きながら銃撃したのだ。どの部屋も銃撃されていた。だが、四〇一号室から四〇五号室の内部は、他の部屋と違い銃弾の痕が圧倒的に多い。ちなみに日本人の船員がいた部屋は、四〇五号室だった。床には、二つの大きな血だまりが黒々と残っていた。部屋の中央の血だまりが吉井三等海佐のものだ。

最後に一緒に酒を飲んだ時の吉井の屈託のない笑顔を思い出した。あの時、熱い握手を交わした時、久しぶりに友と呼べる男と出会ったと思った。だが、その思いも瞬きをするほどの短い時間だった。厚い友情を交わすこともなく吉井は新たな使命を浩志に託して死んで行った。

浩志は、血だまりに向かって黙禱《もくとう》した。

ハンドライトをベッドの下に向けた。きらりと光る物があった。浩志は手を伸ばして、拾い上げた。ＡＫ四七の七・六二ミリ弾の薬莢だ。用意した小さなビニール袋に薬莢を入れた。

袋に入れた薬莢をライトで照らし、浩志ははっとして廊下に出た。事件当日、廊下には、医師と看護師の死体があった。むろん死体はないが、看護師が使っていたと思われるワゴンがそのまま置かれていた。ワゴンの下をハンドライトで照らした。薬莢が二つ落ちている。引き寄せて手に取ってみた。二つの薬莢は、大きさが違っていた。

「吉井さん、見つけたぞ」

浩志は思わず呟いた。一つは、ＡＫ四七の薬莢だったが、もう一つは、それよりもひと回り細い。おそらく五・四五ミリ弾の薬莢だ。もし、五・四五ミリ弾なら、浩志が見たサブマシンガンがAKS七四U〝クリンコフ〟だった可能性が濃厚になる。

「こちら、トレーサーマン。入院患者の名簿を発見しました」

加藤からの連絡だ。

「リベンジャー、了解。撤収する」

浩志は、帰る前にもう一度四〇五号室に深々と頭を下げて階下に向かった。

三

モンバサ中央病院を調べて、犯人の狙いは、イスラエル人ではなく救出された船員だった可能性が高くなった。加藤が盗み出した入院患者の名簿によれば、四階は、基本的に個室のフロアーだった。四〇一号室から四〇三号室までに韓国人の船員が入室していた。四〇四号室の患者は、船員らよりも二日前に食中毒で入院していたイスラエル人旅行者で、見舞いに来ていた友人とともに殺された。そして、この病室の隣りが日本人の船員と吉井らが殺された四〇五号室だ。これら五部屋のみに犯人は侵入し、銃を乱射している。犯人は、船員の病室の間にイスラエル人の病室があったとは思わなかったのだろう。三階の被害は、事務室に集中していたことから、狙いは四階だったと見ていいだろう。

また、犯人が、アルカイダ系のテロリストを名乗ったのは、犯行声明のタイミングから考えて、警察が憶測で発表したことに犯人が便乗したと浩志は考えていた。

もう一つの発見は、襲撃犯の主犯格が、ＡＫＳ七四Ｕ〝クリンコフ〟というロシア製のサブマシンガンを使用していたことだ。ロシア軍の中でも、配備されている兵士が限られている銃で、闇で流通している価格もＡＫ四七よりも高く、量も少ない。覆面《ふくめん》をしていたことから考えても、主犯格は国際手配されるような大物なのかもしれない。

翌日の午前一時五十五分、イーグルとパンサーの二チームに分かれた浩志たちは、二台のランドクルーザーに分乗し、一台は、警察署の表、もう一台を裏手に停めて待機していた。場所は、襲撃されたモンバサ中央病院から一キロと離れていない市の中心部であった。

前日、調査をした辰也と京介によれば、午前二時以降の警察署は、ほとんど機能していないと言ってもいいほど署員の数が減るそうだ。ただし、二〇〇三年に起きたモンバサ警察署爆弾テロ事件以来、戸締まりが厳重になっており、夜間外部から侵入することは困難だった。

浩志は、左腕のミリタリーウォッチを見た。午前二時になろうとしている。

ほどなく警察署に潜入させておいた加藤からの連絡が入った。

「こちらトレーサーマン、活動を開始します」

加藤は、警備の薄い昼間の内に署内に潜入して身を隠していたのだ。セキュリティーを解除して、警察署の裏口を開けることになっている。

待つこともなく警察署の裏口から加藤が顔を出し、手招きをしてみせた。

浩志は一人車から降りて、裏口から入った。警察署は、地下一階、地上三階建ての古いビルだ。

「鑑識は、二階にありました。宿直の所員は、三階の部屋で仮眠をとっています。一階にも夜勤の警官が何人かいますが、ポーカーをして遊んでいるようです」

加藤は、じっと隠れているだけでなく、あらかた署内を探索したようだ。話し声が、表の方から聞こえてくる。

浩志は加藤の案内で裏の非常階段から二階に向かった。鑑識は二階の一番手前、正面玄関から見れば、一番奥にあった。鑑識と書かれたドアを開け、真っ暗な部屋に入った。用心のために、ドアを閉めても照明は点けなかった。ポケットからハンドライトを取り出した。

「なんだ？」

ハンドライトで照らし出された部屋を見て浩志は唖然とした。

十五、六畳の部屋には、壁の奥にある棚と部屋の真ん中に置かれた二つの机があるだけだ。棚は埃まみれで雑多に道具箱や書類が置かれている。およそ機能していると思えない。この警察署では、科学捜査はおろか鑑識による証拠の分析はほとんどなされていないのだろう。それでも、一昨日の事件に関する証拠の品がないか調べてみた。

「くそっ」

浩志は舌打ちをした。ざっと目を通してみたが、事件に関する証拠品は何もなかった。

「地下に死体の安置室があるようです。行きますか」

「ああ、もちろんだ」

浩志は溜息がてら加藤に答えた。

非常階段を地下まで降りた。節電なのか、地下の廊下の照明は消されている。

「ん……？」

どこからか動物的な匂いがしてくる。

加藤は、先に進んで中の様子を確認してきた。

「右の通路を進むと留置場があります。何人か留置されているようです」

浩志は頷き、左の通路をしばらく手探りで進み、頃合いを見てハンドライトを点けた。

いくつかの倉庫の前を通り、安置室と書かれた部屋に入った。ドアを閉め、部屋の照明を点けた。

正面に大きな焼却炉があった。この国はただでさえ治安が悪い、そのため運び込まれる被害者も多いのだろう。またソマリアなどの難民が多いため、身元が分からない死体の処理に焼却炉を使うこともあるのかもしれない。いかんせん、アフリカでは驚くほど死体は早く腐る。

部屋の右手前に死体の安置用のロッカーがあった。棚は、四つしかないが、温度計が付いているところを見ると冷凍保存できるようだ。

浩志は、温度計を見て舌打ちをした。針が赤いゾーンに入っている。電源も入れられていないようだ。試しに開けてみたが、案の定死体は入っていなかった。

「藤堂さん」

船を降りた時点で、みんなには元の名前で呼ぶように言っていた。偽名を使うのが面倒になったからだ。

「これを」

加藤が、四つ目のロッカーを調べて、中から紙切れを見つけた。

渡された紙切れを見て、浩志は苦笑した。

〝ここには何もない。Wより〟と書かれてあった。

ワットは、浩志が警察署に潜入することを見越してメモを置いて行ったようだ。

「加藤、帰るぞ」

「はっ、はい」

加藤は、浩志の様子に首を傾げながらも返事をした。

「こちら、リベンジャー。撤収する」

浩志は、改めてヘッドセットでみんなに伝えた。徒労に終わったが、望みは絶たれてないようだ。

四

翌朝、浩志は、ワットの携帯に電話をかけた。挨拶も抜きで、警察署の死体安置所で見つけたメモについて聞いてみた。

「もうメモを見たのか。さすがだな」

ワットは、低い声で笑いながら答えてきた。

「まだモンバサにいるんだろ」

「そういえば、この前、昼飯を奢る約束をしていたな。俺のホテルにこないか。中華を奢るよ」

ワットが宿泊しているホテルは、市内を東西に走るモイ・アベニューに面した〝キャッスル・ロイヤル〟というホテルで、浩志らが泊まるロータスホテルとは、五百メートルほどしか離れていない。

正午過ぎ、観光客も一般人の姿もあまり見かけない。この時間、外を出歩くのは、太陽を直に頭の上に乗せて歩くようなものだからだ。逆に人気のない街を歩く観光客をビルの陰から狙う連中は大勢いる。一人や二人ならともかく、最近では二、三十人で襲われるケースもあるらしい。怖いとは思わないが、いらないトラブルは避けるに限る。浩志は大した距離ではないが、タクシーを拾った。

待ち合わせ場所にしているキャッスル・ロイヤルホテルの二階にある中華レストランに入ると、ワットはごちそうを並べたテーブル席にすでに座っていた。

「遅いぞ、コージ。腹が減ってたまらん。話は飯を食ってからだ」

そう言うなり、ワットは目の前のごちそうを手当たりしだいに食べはじめた。浩志も食べたが、およそ四人前はあったと思われるごちそうの大半はワットの胃袋に入った。

「やっと落ち着いた。ところで、コージ。どこまで調べた」

ワットは、食後のコーヒーを頼み、満足そうな顔で尋ねてきた。

浩志はポケットから、小さなビニール袋を二つ取り出し、ワットの目の前に投げた。

「この薬莢がどうかしたのか」

「病院で見つけた。一つは、AK四七、もう一つは、AKS七四Uだ」

「AKS七四Uだと。銃撃音でサブマシンガンとは分かっていたが、まさかクリンコフとはな」

　ワットは、改めてビニール袋をじっと見つめ、沈鬱《ちんうつ》な表情をしてみせた。

「おまえも、情報を出せ。安置室にメモを残したんだ。何か摑んでいるだろう」

「教えたくとも、あんたの携帯の番号を知らなかったからな」

　海の上でどうせ繫がらないと思っていたので、浩志は携帯の番号を教えなかった。

「この国に限らないが、ちょっと金を出せば、危険を冒して夜中に忍び込む必要はないんだ。襲撃犯の死体と遺留品は、焼却処分される前に、ドライアイスを入れた棺桶《かんおけ》でジブチの基地に送っておいた。何か分かれば、すぐに教える」

「おまえが教えると言ってまともにデータを寄越したことがあったか」

　浩志は、語気を強めた。

「これを見てもそう言えるかな、兄弟」

　ワットは、背もたれに挟んでいたのか、背中に手を回してA四サイズの封筒を取り出し、浩志の目の前に投げて寄越した。

「これは……」

　一瞬言葉を失った。封筒の中身は、三枚の衛星写真だった。

「一枚目がオールドポートに停泊していた襲撃犯の逃走用の漁船の写真で、二枚目は船が港を出た直後の写真だ。三枚目の写真は、十五時間後に船がある港に着いた時の写真だ。未だに停泊しているようだ。アジトと見て間違いないだろう」

写真にはタイムレコードが小さく載っているが、それを見なくても写真がいつのものかすぐ分かった。なぜなら一枚目の写真はオールドポートの三本ある桟橋がはっきり写っており、二枚目の写真は、そのうちの一本がRPG七の攻撃により、爆発したために寸断されているところがはっきりと写っているからだ。

「携帯電話で国防省のある機関に連絡をして、やつらの船を軍事衛星で追わせたんだ」

「なんだと、そんな暇が……」

車を捨てて逃走する襲撃犯らを、浩志は必死に走って追いかけた。だが、ワットは、途中でばてたと言って、ついて来なかった。

「あの時か。走れないと俺を騙《だま》して、その間に、連絡をしていたのか」

「人聞きが悪いぞ。走れなかったのは、事実だ。俺は、走るのが苦手なんだ」

ワットは、辺りを見渡して身を乗り出してきた。

「実は、俺のチームを使って、敵のアジトを殲滅《せんめつ》させようと思ったが、司令部から許可が下りなかった。コージ、あんたのチームが代わりに仕事を引き受けてくれないか」

吉井を殺した連中のアジトを攻撃できるのなら、喜んで引き受けるのだが、デルタフォースの代役をただで引き受けるのはごめんだ。浩志は首を横に振った。

「そういうな、武器はこっちで揃えよう。それに、報酬もむろん払う。俺は指揮官として、予算を使うことを許されているんだ」

「条件を言えよ。ワット」

ここまで甘い話を聞かされて、裏がないわけがない。

「条件か。条件は……俺を連れて行くことだ」

浩志は首を捻った。ワットは、上級指揮官になったため、現場に出られなくなったところがあっていた。だが、司令部がチームに作戦を許可しないのに指揮官だけ傭兵部隊と一緒に参加させるとは思えない。となれば、勝手にワットが立てた作戦なのか。

「許可も得られない作戦なのか。軍法会議にかけられるぞ」

「軍規を破るつもりはない。作戦の実行部隊を腕利きの傭兵に任せるというのは、別に珍しいことではないからな」

イラクでは、要人や高級士官の護衛といった重要な任務を〝ブラックウォーター社〟など民間軍事会社に任せるケースが多い。プライベートオペレーターとして働く傭兵の多くが元陸軍の特殊部隊出身の腕利き揃いということもあるが、彼らの死に対して、政府が責任を負わなくて済むからだ。

「司令部が正規の部隊に許可を出さないんだ。何かあるんだろ」

「……問題は、場所だ」

「もったいぶるな。早く言え」

「……ソマリアのフウーマだ」

一拍置いて、ワットは苦いものを吐き出すように答えた。

一九九三年、長く内戦が続くソマリアに米軍は派兵した。内戦を終結させるためには、和平に反対する最大勢力であるアイディード将軍を倒すことだと米軍は考えた。そこで、アイディードをはじめとした幹部を逮捕するため、彼らの支配地域である首都モガディシュに陸軍レンジャーとデルタフォースの混成特殊部隊、総勢百名を空と陸から送り込んだ。だが、思わぬ民兵と住民の反撃に遭い、特殊部隊は総崩れとなった。あげくの果てに隊員の裸の死体が市中に引きずり回されるという残酷な映像を、全世界に向けてニュースとして流されてしまった。これをきっかけに米軍はソマリアから撤退したのだ。

この惨劇は〝ブラックホークダウン〟というタイトルで映画や小説になった〝モガディシュの闘い〟以来、ソマリアという国は、米国にとってアレルギー的存在になった。

ワットが進言した襲撃犯のアジトの攻撃を司令部が許さないのは、もっともな話だ。

「やっぱり、ソマリアは、だめか」

ワットが上目使いに聞いてきた。

「ノープロブレム」

浩志は、一言で答えた。

米国人とは違う。浩志や仲間にとってソマリアは治安が特別に悪い国というだけだ。

五

モンバサの中心街にあるキャッスル・ロイヤルホテルの二階にある中華レストランのクーラーは冷たくもない風をせわしなく吐き出している。対照的にのどかに回転する天井のシーリングファン（天井扇）が気持ちを落ち着かせてくれる。

シーリングファンをぼうっと見つめ、ワットはなかなか席を立とうとしなかった。

「アジトの攻撃はいつするんだ」

言葉を発しないワットに浩志は苛立ちを覚えた。モンバサの病院を襲撃した犯人が乗っていた船の位置を軍事衛星で特定している。ソマリアのフウーマという小さな漁村らしい。攻撃をためらうような段階ではないはずだ。

「実は、その前に片付けなければいけないことがある。そもそも俺のチームがケニアにいるのは、そのためだ」

「もたもたしていると敵に逃げられるんじゃないのか。その仕事はいつ片付くんだ」

場所が分かった以上、浩志は早く攻撃したかった。

「分かっている。だが、情報待ちなんだ。調べるのは俺たちの仕事じゃない」

「調べているのは、ＣＩＡだろう。頼りになるのか」

最近のCIAは予算が削られ、まともな仕事をしているとは思えない。

「ソマリア沖で海賊に乗っ取られたウクライナ船のことを覚えているか」

二〇〇八年九月、ロシア製の戦車や対空システム、それにロケットランチャーなど兵器を満載したウクライナの貨物船がソマリアの海賊に乗っ取られた。結局、海賊側に三百二十万ドル（約二億九千万円）を支払い、貨物船は解放された。積荷の武器は、ケニア政府あてとされているが、最終の納品先は、南スーダンだったといわれている。

「南スーダン向けの武器を満載した貨物船の事件か」

「公式には、取引先はケニア共和国の国防省だと言われている」

ワットは、試すように聞いてきた。

「馬鹿馬鹿しい。貧乏なケニアが中古とはいえ、あんな高価な買い物をすると思うか。石油で金がある南スーダンに決まっている。北スーダンと決裂したことを考えて南が軍事力を強化していることぐらい、おまえも知っているだろう」

ケニアの北に隣接するスーダンは、アフリカ最大の領土を持つが、南北で民族紛争が続き分裂状態にある。ケニアの国防省は自国のために輸入したと発表していたが、現実には、陸揚げされた武器は、トラックを連ねて南スーダンへと消えていた。

「それなら、あの武器を仲介しているのが誰だか知っているのか」

「ケニア政府の高官じゃないのか」

これまで興味がなかったせいで浩志は詳細まで知らなかった。

「やつらは、ただの使いパシリだ。リベートを武器商人から貰っているに過ぎない。この地域最大の武器商人が関わっている」

「この地域の武器商人？……確かシリア人でムハマド・カサールだったな。奴が裏で動いていたのか。ムハマドを拉致《らち》することが、おまえの目的なのか」

「逮捕と言ってくれ。CIAは、そいつの居所を探している。次のビジネスのためケニアに潜伏していることは確からしいが、未だに見つけられない」

「おまえのアフリカでの任務は、ソマリアの海賊を封じ込めることじゃなかったのか」

「その通りだ」

ワットは、真剣な顔で頷いてきた。

「ムハマドは、ソマリアの海賊にも武器を売っているのだな」

「そういうことだ」

「哀れなやつだな、ムハマドも。さんざん米国に協力したのにな」

ムハマド・カサールは、イラン、イラク、ソマリアなどの中近東や東アフリカ諸国に武器を売りつけていた。だが、時として米国は、イスラム系のテロ組織に対抗するため、ムハマドを通じてイスラム勢力と敵対する組織に武器を売りつけていた。だが、ムハマドに利用価値がないと判断したのだろう、今度は特殊部隊を使ってムハマドの抹殺を図っているに違いない。

「そう言うな。政治家のやることは俺には分からない。ムハマドさえ逮捕できれば、すぐにでも動ける。ソマリア行きを引き受けてくれるのか」

ワットは、口を尖らせ小さく首を振った。

「返事は後でする」

浩志はワットと別れ、早々にホテルに帰った。ホテルで待機していた仲間に米軍の資金で闘えることを話したが、手放しで喜ぶものは誰もいなかった。

「ワットは信頼できるし、いいやつだと思います。だけど米国と組むのはどうですかね。この間までブッシュは、ソマリアの軍閥に資金提供をして、アルシャバーブと闘わせていたんですよ。それが今の大統領は知らん顔だ」

辰也が腕組みをして難しい顔をした。他の仲間もおおむね同じ意見だった。ちなみにアルシャバーブとは、ソマリアのイスラム系過激派のことだ。

「米国と組むのは確かに用心が必要だ。ただ、吉井三等海佐を殺した連中のアジトについては信じてもよさそうだ。作戦を実行する前にこっちでも調べておくつもりだ」

浩志が瀬川を見ると、頷いてみせた。すぐにでも傭兵代理店の友恵に連絡して、調べてくれるはずだ。彼女なら、米国の軍事衛星をハッキングしてアジトの詳細な衛星写真を送ってくれるだろう。

「ＣＩＡが武器商人のムハマド・カサールを探しているらしいが、見つけられないらしい」

「ムハマドは、用心深いですからね。特にかつての協力者だったＣＩＡには見つからないようにしているはずです」

「だが、俺たちには見つけられる」

浩志は、にやりと笑った。アフリカの大半の国がなんらかの紛争を抱えている。そのため、アフリカには大小の傭兵代理店が数多く存在する。彼らは個々に独立した会社ではあるが、互いに太いネットワークで繋がっている。傭兵代理店にコンタクトを取れば、ムハマドはすぐにでも見つかるだろう。

「ムハマドを捕まえて、米国に引き渡すんですか」

「ムハマドに義理はないが、米国の犬のような真似はしたくない。とりあえず、アフリカからいなくなれば、事足りるだろう。もっともそれはムハマド次第だがな」

「ムハマドが抵抗したらどうするんですか」

「その時は、ムハマドの死体をワットに渡すまでだ」

浩志にとって、ムハマドは人の死で儲ける死の商人に過ぎない。

「辰也、サタジット・カプールに今晩会いに行くと連絡を取ってくれ。俺の名は出すな。姿を見せないと俺が生きていることを信じないだろうからな」

「了解」

辰也は、返事をすると口元を緩めた。

サタジット・カプールは、首都ナイロビにある傭兵代理店〝ケニア・パワー・サービス〟の社長で、英国の植民地時代に商人としてケニアに移民してきたインド系ケニア人だ。ケニアは、紛争国であるソマリア、スーダン、ウガンダに隣接しており、傭兵や警護の需要は高い。そのため、〝ケニア・パワー・サービス〟は南アフリカの代理店に並ぶ規模を誇り、要員輸送のための輸送ヘリや、バックアップのための戦闘ヘリも保有している。当然ながら武器貿易については詳しい。浩志も、何度か利用したことがあるので、サタジットとは旧知の仲だ。

六

モンバサから首都ナイロビまでは、舗装はしてあるものの穴だらけで起伏の多い悪路が約四百七十キロ続く。

午後二時過ぎ、二台のランドクルーザーでモンバサのホテルを出発した。モンバサの郊外で荷物を積んだ車が一台、ぴったりと後ろについてきた。尾けられているのかと思いきや、辰也によれば、ナイロビに行くのに仲間を探していた地元の人間らしい。車一台では途中で必ずと言っていいほど、襲撃されるということで、キャラバンを組みたかったようだ。鉄道を使う手もあるのだが、週に三便、夜行列車があるだけでしかも十三時間もかかる。強盗が出没する道路に比べれば安全だが、使う気にはなれない。また、飛行機は、武器を持ったまま搭乗できないので選択肢にはなかった。

ナイロビまでの道は予想よりはるかに悪路だった。途中で明らかに強盗団らしい車が近づいて来たが、車内から全員が銃を見せるとおとなしく引き下がって行った。

午後九時半、海抜約千七百メートルの高地にあるナイロビに無事到着した。窓を開けると、肌寒いくらいの風が車内に吹き込んでくる。とても赤道直下に位置する街とは思えない。

浩志らは、ハランベー・アベニュー沿いにあるシェレラビルの地下駐車場に車を停めた。シェレラビルは、街のシンボルである三十六階建てのケニヤッタ・インターナショナル・コンファレンス・センタービルの目と鼻の先にあり、オフィス街にふさわしい十階建てのガラス張りのビルだ。

浩志と辰也は、駐車場からの専用エレベーターに乗った。エレベーターには、行き先の部屋にインターホンで確認してもらわないと、乗ることもできないようになっていた。監視カメラも死角なく設置されている。また、このビルは、正面玄関から入ると、守衛に金属探知機で調べられるため、他の仲間は駐車場で待たせることにした。治安が悪いナイロビにあって、こうしたセキュリティーの高いビルは、海外のビジネスマンや裕福なケニア人には好評だ。

八階で降りた二人は、非常階段に近い廊下の一番奥の部屋をノックした。

ドアを開けたのは、身長一九〇近い黒人のガードマンだった。その男から距離をとり、同じような体型の男が腕組みをして立っている。二人とも腰のベルトには、シグ・ザウエルP二二六、九ミリ自動拳銃が光っていた。

「武器を預かります」

男は、浩志と辰也に籐《とう》のかごを差し出してきた。仕方なく二人は、ジャケットの下のグロックをかごに入れた。するともう一人のガードマンにボディーチェックをされた上で奥の部屋に案内された。

「よくいらっしゃいました」

浩志と辰也が、部屋に入ると、でっぷりと太ったインド人、サタジット・カプールが執務机からゆっくりと立ち上がった。頭ははげ上がり、神経質そうな銀縁のメガネをかけている。それに白いシャツにネクタイ、グレーのパンツに黒光りの革靴、アフリカの典型的なビジネスマンの格好をしている。身長は一七六センチほどだが、体重は優《ゆう》に百キロを超えているだろう。

「ミスター藤堂、やっぱりあなたは不死身でしたね。殺されたと聞いていましたが」

サタジットは分厚いグローブのような手で握手を求めてきた。

「ただの噂だ」

ミャンマーでの出来事をかいつまんで話した。

「あいかわらずブラックナイトに狙われているのですか、けしからん」

傭兵代理店は世界中にあり、それぞれが独自の経営をしているが、彼らは様々な情報を共有している。ブラックナイトの活動は、敵対する彼らにとっても懸案なのだろう。

「まったくうるさい連中だ。それより、ずいぶん儲かっているみたいだな」

四年前に来た時は、街の東にあるインド系商人街のビルに会社はあった。ケニアで最も治安が悪いところの一つだ。

「イーストタウンの事務所のことを言っているんでしょう。あそこで今も営業していますよ。ここは、私のプライベートオフィス。普段は、クライアントしか通しません。ミスター浅岡から連絡をもらった時に、多分あなたが来るだろうと思ってこちらにお呼びしました。特別ですよ」

傭兵代理店のネットワークでは、辰也は特Aクラスに入っているが、浩志はさらにその上のスペシャルAにランク付けされているからだろう。

「俺が一緒にいることを知っていたのか」

「あなたたちは、ジブチのクラブでロシア兵を叩きのめしたでしょう。ソマリア人の店のオーナーの情報です」

「何！　そのソマリア人は俺のことを知っていたのか」

「まさか。指揮をとっていたあなたの人相風体を教えてくれただけですが、私にはピンときました」

「恐れ入ったな。あんたは、ジブチにスパイでも置いているのか」

「違いますよ。私は仕事柄ソマリアのいくつかのクランの長《おさ》と親しいので、その中の一人から聞きました。彼らは、強力なコミュニティーを世界的な規模で持っていますから、ロコミで情報が入るのです。ロシア人を倒したことで、あなた方はすごい評判だったんですよ。あれが、米国やフランス人なら英雄になっていたでしょうね」

クランとは、ソマリアの軍閥のことだ。ソマリア人は国家が破綻《はたん》したせいで、国外に逃れた人々がアフリカに留まらず、世界中にいる。彼らは、ソマリア国内ではいがみ合っていても、国外に出たものはコミュニティーを形成し、まるで互助会のような仕組みで助け合っているという。

浩志は絶句した。

「それにしても、千六百キロも離れた場末のクラブの話が話題になるのか」

「クランは、ソマリア人のコミュニティーを守る役割をしています。そのためにコミュニティーの情報に詳しいのです。また彼らは、ビジネスのため飛行機で世界中を飛び回っています。ジブチとナイロビなんて、隣り街のようなものですよ」

今までクランと呼ばれる軍閥は、銃を持って支配地域を守っているだけだと思っていたが、どうやら見識を変える必要があるようだ。

「クランは、組織内の何千もの兵士に武器を持たせ、生活も保障してやらなければなりません。だから、自分の支配地域を守るには、お金がいるのです。しかし、ソマリア国内では、収入を得る手段はありません。大きな軍閥は、国外にビジネス拠点を持ち、その収入で国内の地位を守っているのです」

サタジットの言葉は、納得できた。ソマリアの北にあるプントランドの氏族たちは、そのビジネスを海賊という手法に求めているからだ。

「ところで、ミスター藤堂。何年もアフリカでは仕事をされていないはずですが、久しぶりにこちらで働く気になられたのですか」

「いや、情報が欲しい。それだけだ」

「どのような情報でしょうか」

サタジットは、訝しげな表情をした。

「ムハマド・カサールを探している」

「あなた方も、ムハマドを狙われているのですか」

「狙う？　いや探しているだけだが、誰か狙っているのか」

ＣＩＡが探していることは知っているが、浩志はとぼけて聞いてみた。

「ソマリアのクランですよ。もともとムハマドは、ソマリア人だけでなく、彼らに敵対するエチオピアや、イスラム系のテロリストにまで武器を売るという無節操な男なので、嫌われていました。それが、今月に入ってから、立て続けに契約違反をしたために、怒ったソマリア人たちに狙われています。おそらくイスラム系のテロリストにも狙われているでしょう」

「ケニアには、ビジネスで来ていると聞いていたが」

「今は、ナイロビのホテルからは、一歩も出られない状態ですよ」

「会って、話がしたい。ホテルの名前を教えてくれ」

「どうしたものでしょう。ミスター藤堂なら問題ないと思いますが、へたに教えてソマリア人に恨まれたくはないですからね」

サタジットは、はげた頭をかきながら渋い表情をしてみせた。

オフィスの電話が鳴り、サタジットの思案を中断させた。電話にすばやく出たサタジットは、小さな驚きの声を上げた。

「ミスター藤堂、残念ながら、あなたはムハマドに会うことはできなくなりました」

「逃げたのか」

「いえ、ついさきほど、ムハマドはホテルで殺されたようです」

「犯人は？」

驚きはしなかった。武器商人にありがちな死に方だからだ。

「まだ分かりませんが、警察に知り合いがいるので、詳細は後ほどご連絡しますよ」

「そうしてくれ」

浩志は、辰也を連れ、すぐに仲間の元に戻った。長い一日だった。結果的に目的は果したのだが、徒労感だけが残った。

「このままモンバサに引き返しますか」

車で待っていた瀬川が尋ねてきた。

「いや、今日は、酒を飲んで寝る。それで充分だ」

浩志の言葉に誰しも疲れた表情で頷いてみせた。

アジト襲撃

一

下北沢の代沢三叉路にほど近いコインパーキングに、森美香は自慢の愛車、赤のアルファロメオ・スパイダーを入れた。いつものように車をアイドリング状態にし、タコメーターで回転数をチェックすると静かにエンジンを切り、キーを抜いた。ハンドルに両手を置き、しばらくじっと赤いボンネットを見つめていたが、大きな溜息をつき、車を降りた。

茶沢通りを横切り狭い路地を奥へと進み、美香は丸池屋の前に出た。深呼吸するかのように大きく息を吸い込んだ美香は、意を決したように丸池屋に入って行った。

「いらっしゃいま……」

厚い防弾ガラスと鉄格子で仕切られたカウンターの向こうで馬面の池谷が驚きの表情を見せたが、老眼鏡を外してゆっくりと頭を下げてみせた。

「本日は、どのようなご用件でいらっしゃいましたか」

「ご相談したいことがあるのですが、いいかしら」

しばしの間、池谷は探るような目で美香を見ていたが、顎を引き小さく頷いた。

「こちらへどうぞ」

美香は池谷に案内され、店の奥の応接室に通された。

「突然、いらしたので驚きましたが、上司の方に指示されたのですか」

美香の出方によっては、上部組織である防衛省の情報本部を通じて内調（内閣情報調査室）にクレームを入れることもできるという意味を込めて池谷は質問した。

「いいえ、私の独断で来ました。藤堂さんに役に立つ情報がありますので」

「……大胆なことをおっしゃる。直接ご連絡されないのですか」

美香の答えが、あまりにも率直だったため驚きを隠せず、池谷は一呼吸置いて尋ねた。

「もちろん何度も連絡をとりましたが、通じませんでした」

浩志が持っている携帯は、グローバル携帯だが、ナイロビからモンバサに戻る途中で、電波がまったく届かない荒れ地を車で移動中だった。また、浩志たちが昨夜泊まったホテルも感度が悪いため、通じなかった。つまり、ナイロビへ向かう往路から、二十時間近く通じなかったことになる。美香は、切羽《せっぱ》詰まって池谷の元にやって来たのだ。

「なるほど、携帯の電波が届かないところにいらっしゃるのですな」

傭兵代理店のスタッフである瀬川からは、定期的に連絡をもらっていたので、池谷は驚くことはなかった。というのも瀬川が持っている携帯は、衛星携帯のため電波障害はほとんどない。

「こちらでは、通信の手段を何か確保されていると思いましたが、違いますか」

「むろん、緊急時に備えて通信は、いつでも確保しています」

池谷の答えに、美香はほっと胸を撫で下ろした。

「今から、私が言うひとりごとを聞いていただけますか」

「もちろんです。あなた様から直接お聞きするわけではなく、漏れ聞くわけですな」

美香は、真剣な眼差しで頷いた。

「藤堂さんに頼まれ、海賊が使っていた高速艇の船外機の貿易ルートについて調べていました。最後に取り扱ったのが、ロシアの貿易商社エル・ミンスクでした。残念ながらロシア国内に入ってからの行き先がまったく分からなかったのですが、この商社を調べているうちに意外なことが分かりました」

貿易商社エル・ミンスクは、ロシアの首都モスクワに本社がある。また、世界中に三十以上の支社があった。インドのニューデリーにあるエル・ミンスクの社員が、一週間ほど前にスパイ容疑で逮捕された。これは、一般にニュースになることはなかったが、内調の国際部には、同盟国からの情報が入ることになっている。

逮捕された社員は、ブラックナイトのエージェントとして手配されていた人物だった。インドの情報局はただちにニューデリーのエル・ミンスクの支社を調べたが、ブラックナイトに関わる情報は何も得られなかった。だが、エル・ミンスクに対して警戒するように同盟国に情報は流されたのだ。

「貿易商社エル・ミンスクですか。それは私も知りませんでした」

池谷も美香の話に夢中になり、つい下北沢のしがない質屋のおやじの顔を脱ぎ捨てて真顔で相槌を打っていた。

「そこで、エル・ミンスクが中東やアフリカ諸国に向けて輸出した際の船を調べましたが、ウクライナのオデッサからも船を出すことはあるようですが、大半はアジアが中心でした。ただ、エル・ミンスクは世界中に支社があり、トルコのイスタンブールやインドのムンバイなど、数え上げたらきりがありません。しかし、調べ上げるうちに意外な事実が分かってきました。エル・ミンスクの支社がバングラディシュにもあったのです」

「バングラディシュですか」

かつてアジアで最貧国の一つに数え上げられていたが、今では衣料品を主体とする貿易で目覚ましい経済成長を遂げていた。もっとも昨今の世界不況と急激な人口増加で経済ははやくも陰りを見せている。

「私は、バングラディシュの衣料という表の顔とは別に、武器の密輸という裏の顔も知っていますので、バングラディシュ最大の港チッタゴンについて徹底的に調べてみました。するとここに寄港した二隻の船が先日、ソマリア沖で海賊に撃沈されたウクライナとロシアの船だったのです」

「なんと、両方とも、チッタゴンに寄港していたのですか」

池谷は顔を長くして驚いてみせた。

「二つの船は、ロシアのウラジオストックを母港としていました。ちなみにウラジオストックにもエル・ミンスクの支社はあります。これらの船がウラジオストックで積載したものは、衣料や食料品ばかりでした。ですから、撃沈された際も貨物に関してニュースになることはありませんでした」

「すると、チッタゴンで武器にすり替えられた可能性があるということですか」

「エル・ミンスクのバングラディシュの支社は、首都ダッカではなく、チッタゴンにあります。大使館に問い合わせたところ、チッタゴンでロシア系の船は、給油をはじめとした補給のサービスは、エル・ミンスクが行なうそうです」

さりげなく美香は、大使館と言っているが、駐在の大使館員の中で、内調に対応できる者かあるいは内調の関係者がいるのだろう。

「確かに怪しいですね。すると海賊は、二隻の船から武器を奪い、証拠隠滅を図って沈没させたとも考えられますね。しかし、それなら、なぜ韓国の船も襲ったのですか。この船もチッタゴンに寄港していたのですか」

「韓国船は、間違えられたのでしょう。ケニアのモンバサから出港したロシア船がありますが、レーダーの故障から、港を出た直後に引き返して、修理しています。そのため、予定より半日スケジュールが狂ったらしいのです」

「そのロシアの船とコースが同じだったということですか、なるほど。しかし、その船荷はなんだったんでしょうね。もし、ケニアで武器を降ろしていたら、襲う必要はないでしょうし」

「理由は分かりませんが、積荷を降ろすことをケニア側で拒否されています。貨物は積まれたままだったのでしょう」

積荷の受取人である武器商人のムハマド・カサールが、CIAやソマリア人をはじめとした武器の買い手に狙われていたために、港での手続きができなかったという理由は、さすがに美香でも調べることはできなかったようだ。

「なるほど、辻褄は合いますね」

「チッタゴンで積荷がすり替えられたのなら、巧妙に行なわれたのでしょう。しかし、それは現地に行って直に調査しないことには分かりません。現段階では憶測の域を出ませんが、エル・ミンスクがブラックナイトの関連企業だとして、武器密輸を何者かが邪魔した。あるいは、ブラックナイト自身が何かの目的で船を撃沈したとも考えられます」

「いずれにせよ、またブラックナイトが関わっているということを藤堂さんにお知らせすればいいのですね」

「お願いいたします」

美香は、深々と頭を下げた。

「ところで、私がとある筋を通じて、あなたの行為をリークする危険性は考えていないのですか」

「たとえ、そうなったとしても、藤堂さんにはこの情報を伝えていただけますね」

美香は射るような強い眼差しで池谷を見つめた。その瞳には、この件で失職しても構わないという決意が秘められていた。

「分かりました。もちろんそんなことはしませんよ。ご安心ください。それにしても、藤堂さんは、過ぎた彼女をお持ちのようですな」

池谷は、首を振りながらも感心したように笑ってみせた。

二

ナイロビに一泊し、浩志らは再び蒸し風呂のようなモンバサに戻って来た。ナイロビが肌寒いくらい涼しかっただけに、モンバサの暑さは堪《こた》える。一昨日まで宿泊していたオールドポートに近いロータスホテルに再びチェックインし、荷物を置くと浩志は一人、ワットが宿泊しているキャッスル・ロイヤルホテルに向かった。

一階のラウンジで、ワットは昼間からビールを飲んでいた。

「ムハマド・カサールを探しにナイロビまで行ったそうだが、どうして、うちの連中より早くムハマドが殺されたことを知っていたのか、教えてもらおうか」

ワットは、浩志がテーブル席につくなり、詰問してきた。ワットには、ナイロビの傭兵代理店〝ケニア・パワー・サービス〟を出てすぐに連絡をしていた。を見張っていたソマリア人からもたらされたもので、現地の警察よりも早い情報だった。

むろん、居所すら掴めていないCIAは、せいぜい警察の情報か、最悪現地のニュースで知ったに違いない。

「場所を変えよう」

浩志は、ラウンジを見渡した。白人や東洋人もいるが、大半は黒人だ。ソマリア人もいるのかもしれない。いつの間にか監視されていたとしても、判断がつかない。

ワットは勘定をすませ、三階にある自室に浩志を案内した。

「コージ、ムハマドのことを詳しく聞かせてくれ」

部屋の隅に置いてある冷蔵庫から、ビール缶を二本出すと、ワットは浩志に一本を投げてよこし、ベッドに座った。

「情報元は教えられないが、今度の犯人は、五・四五ミリ弾を使用していたことは知っているか」

浩志は、ビール缶を開け、一口飲むと近くのイスに座った。

「AK七四シリーズか」

首を振りながらワットは答えてきた。浩志は、傭兵代理店の社長サタジット・カプールから事件の詳細を聞き出していた。サタジットは、親しい地元の警察幹部から情報を得ているらしい。

「いや、落ちていた薬莢は、五・四五×十八、ムハマドの体内から発見された弾頭は、フルメタルジャケット、いわゆるKGB弾だ。おそらくPSMだろう」

「PSM……」

PSMは、ロシアの治安部隊や特殊部隊が使うハンドガンで、重量が四百六十グラムしかない極めて小さな銃だが、スチールを芯にした特殊な弾丸を使用し、防弾チョッキすら貫通する威力を持っている。ロシアは世界中に武器を輸出している。だが、このハンドガンに関しては、マカロフのように巷《ちまた》でそうはお目にかかれない。

「ムハマド・カサールは、ナイロビのホテルの一室で、四人の手下とともに殺害されていた。ケプラー繊維の防弾チョッキを身につけていたが、役に立たなかったようだ」

ワットは、腕組みをしていつもの渋い表情をみせた。

「俺たちが、殺したとでも思っていたのか」

「いや、それはないが、うちの連中は、二週間も東アフリカの国々を追っていたんだ。それを一晩で捜し出したあんたの捜査の秘訣《ひけつ》を教えてもらいたかっただけだ」

「ＣＩＡは、ナイロビにも支局を持っているだろう。それに現地の情報屋も使っているはずだ。だが、肝心なことは、米国はアフリカ人に嫌われているということだ」

「確かにな……」

　ワットは、眉間に皺をよせ頷いてみせた。

「それじゃ、ムハマドが命を狙われていたことは、知っているな。おまえらは、ムハマドを捕まえるんじゃなく、保護しようとしていたんだろ」

「……どうして、そう思う」

　ワットは、一瞬言葉を詰まらせた。

「今月に入って、ウクライナとロシアの船が海賊によって沈没させられている。ニュースではどちらの貨物船も食料や衣類を積んでいたことになっているが、実は武器を満載していた。取引先は、どちらもケニア政府になっている。だが、これはダミーで実際の取引先は、ムハマド・カサールだった。ムハマドは、売りさばくはずの武器が手に入らなくなり、取引先から命を狙われることになった。違うか」

　浩志は傭兵代理店の池谷経由で、美香が調べ上げた沈没船の積荷のことを聞いていた。

それが、ムハマドが相次いでソマリア人との契約を反古《ほご》にした原因ではないかと考えたのだ。

「また反古にした取引先に追われたムハマドは、外部と接触できなくなり、ロシアの貨物船と貨物の受け取りができなくなった」

そう考えれば、これまでの事件は説明できる。憶測に過ぎないが、あえてワットにぶつけてみた。ワットは、大きな溜息をついて天井を仰いだ。

「まいったな、本当に。ムハマドが姿を消す前に同じことを言っていた。やつはブラックナイトの武器シンジケートと取引きしていたらしい。撃沈されたウクライナとロシアの船の積荷は武器だった。韓国の船は第三のロシアの貨物船と間違って撃沈されたのだろう」

「やはり、エル・ミンスクは、ブラックナイトの関連会社なんだな」

「さすがだな、エル・ミンスクのことも知っていたのか。我々は、ムハマドを利用し、情報を得ていた。だから、彼を拘束し、イスラム系のテロ組織の情報を得たかったが、その前に消されてしまった」

推測は、当たっていたらしい。

「去年、日本でデルタフォースの脱走兵たちと闘った時もそうだった。CIAの情報だけでは、俺たちは身動きすら取れなかった。コージの助けがなければ、大統領の命も守れなかったんだ。まったく情けないよ。それにしても、コージ、いったいあんたは、何者だ。

ただの傭兵じゃないことは、分かっている。あんたのバックにいるのは、日本の情報部か」

「俺は、ただの傭兵だ。それに俺の情報源は、すべて友人からのものだ」

「大した友人たちだ。ＣＩＡも落ちたものだな」

「そんなことより、ソマリアのフウーマへの攻撃はどうなった」

モンバサの病院を襲撃した犯人は、ソマリアのフウーマにアジトを構えているとワットに聞いた。また、日本の傭兵代理店の土屋友恵に、軍事衛星を使い犯人の漁船がフウーマに停泊していることを改めて確認させている。彼らを逃がしては、偽装艦船〝みたけ〟を降りた意味がない。

「むろん、決行する。幸い、フウーマはソマリア南部の海岸線にあり、ここからも近い。出撃に当たっては、米海軍の輸送揚陸艦〝グリーン・ベイ〟が明日にでも補給という名目でモンバサに寄港することになっている。〝グリーン・ベイ〟には、Ｖ二二が積載されている」

「何！〝オスプレイ〟から降下するのか」

〝グリーン・ベイ〟は二〇〇九年に建造された新型のサン・アントニオ級ドック型輸送揚陸艦で、この揚陸艦に比べれば、偽装艦船〝みたけ〟の性能など、〝グリーン・ベイ〟がスポーツカーなら、〝みたけ〟は五十ＣＣのバイク程度だ。それに艦載機であるＶ二二

〝オスプレイ〟は、固定翼飛行機でありながら、垂直離陸ができるヘリコプターの特性を持つ、これも最新鋭のティルトローター機なのだ。

「別に今回の作戦用に〝オスプレイ〟を艦載しているわけじゃないんだ。個人的には、ブラックホークの方が、安全だし俺は好きだね。〝オスプレイ〟が配備されてから、実戦で使われたとは俺たちもあまり聞かない。信用するにはまだ早いと俺は思う。だが、スピードは、ヘリコプターの一・五倍、兵員も二倍以上乗せられる。文句は言えん」

これまで〝オスプレイ〟は、何度か事故を起こしている。実戦配備はされているが兵士に信用がないらしい。

「まさか、俺たちを使って、実戦訓練するつもりじゃないだろうな」

「そのまさかも入っている。フウーマを傭兵部隊で攻撃するにあたって、司令部から〝オスプレイ〟を使用することを条件に入れられた」

「パラシュート降下か？」

「いや、今回は、ヘリと同じようにラペリングを予定している。パイロットの技術を要求される低空で兵員を降ろす訓練も兼ねているんだ」

ラペリング（ロープ降下）と聞いて浩志はほっとした。なぜなら、田中、宮坂、加藤、それに京介は、パラシュート降下の技術に不安がある。彼らは、浩志のチームに入り自主的に訓練を重ねているが、実戦経験はない。

「準備はできているようだな。作戦を聞かせてもらおうか」

浩志は、手に持った缶ビールを飲み干した。

三

翌日の午後五時、モンバサの百五十キロ沖合に停泊した輸送揚陸艦〝グリーン・ベイ〟の後尾飛行甲板から、最新鋭のティルトローター機〝オスプレイ〟は垂直に飛び立った。浮上する瞬間は、まるでヘリと同じだが、両翼の巨大なプロペラをエンジンごと徐々に前に倒して水平にするにしたがい、速度を増して行った。その姿は、小型輸送機のプロペラの代わりにヘリコプターのローターが付いていると思えばいい。ヘリに比べれば、騒音は少ない。胴体部の格納庫も広いため、快適と言えた。機体は輸送機と同じで、尾翼下の後部ハッチが開き、武器や人員を搭載できる。また、降下もこのハッチを利用する。目的地であるソマリア南部のフウーマまでの距離は、約五百四十キロ、三百五ノット（時速約五百六十五キロ）で一時間後には着く。

浩志ら傭兵部隊とワットは、フル装備で機内の中ほどに座っていた。チームはいつもの二チームに分けている。浩志がリーダーとなるイーグルチームは、オペレーションのスペシャリスト〝ヘリボーイ〟こと田中俊信と、追跡と潜入のプロである〝トレーサーマン〟

の加藤豪二、傭兵代理店のコマンドスタッフである瀬川里見、それにワットを加えた五名だ。

もう一つのパンサーチームは、リーダーで爆破のプロ〝爆弾グマ〟こと浅岡辰也と、〝針の穴〟と呼ばれるスナイパーの宮坂大伍、スナイパーカバーの〝クレイジーモンキー〟の寺脇京介、それに代理店のコマンドスタッフである黒川章だ。

装備は、すべてデルタフォースからの借り物だが、戦闘服は自前だ。M二〇三グレネードランチャーを装備されたM四A一カービン。五・五六ミリNATO弾を使用するM一六A二の全長を短くしたものだ。発射速度は毎分九百発、銃身を肉厚にし、フルオート射撃による加熱に対処してある頼もしい銃だ。ハンドガンは、四十五口径ハイキャパ五・一。リベンジャーズでも採用しているハンドガンである。それにM六七手榴弾、通称〝アップル〟を四発。それに各自高性能通信機とヘッドセットをつけている。ただし、ヘルメットも防弾チョッキもしていない。防弾チョッキは、セラミック板や鉄板を中に入れないとAKなどのアサルトライフルには役に立たない。動きやすさを重視し、誰も着用していないのだ。死ねば置き去りは覚悟のうち、彼らが正規の軍隊と違うところだ。

浩志とワットは、仲間から少し離れた操縦室に近いイスに座っていた。

「俺一人が傭兵チームと行くことに、部下からはブーイングが出たよ。中には年寄りの冷や水だと言う者もいた。だが、当面の間、部下を一兵も喪うことはできないと司令部で厳命されていることは連中も知っているからな」

　離陸して安定飛行に入り、ワットは、浩志に話しかけてきた。

「それなら、なおさら大統領を救ったほどのおまえの参加がよく許されたな」

　作戦を聞いた時から、疑問に思っていたことだ。

「それは、俺が辞表と交換条件にしたからだ。許可されなければ、本当に辞めるつもりだった」

「馬鹿な。それほどおまえにとって重要な作戦とは思えんが」

「作戦の規模が問題なんじゃない。ソマリアに行くかどうかが問題なんだ。こんなチャンスはもう二度とないかもしれないんだ」

　浩志は、ワットがむきになって答えたので首を捻った。

「俺の親父もデルタフォースの隊員だった。モガディシュの戦闘で死んだんだ。俺がまだ学生のころだ。どこでもいい、ソマリアの大地を踏みたい。そう思い続けて来た。本当はモガディシュに行きたい。どんなやつらが親父に銃弾をぶち込んだのか、見てやりたいと思っている」

「復讐するつもりか」

「いや。親父も沢山のソマリア人を殺しているはずだ。復讐されるのはむしろ俺の方だ」

　自嘲《じちょう》ぎみにワットは笑った。

「部下は、何人いるんだ」

「タスクフォース、四チーム。十六人だ」

「タスクフォースを四チームも抱えているのか。見かけによらず優秀なんだな」

「タスクフォースとは、デルタフォースの中でも精鋭を選び、四人単位で作られるチームのことだ。たったの十六人とはいえ、陸軍の通常兵士で、二千人前後の兵力があると米軍では換算される。

「俺はともかく、部下は自慢できる。とびっきり優秀なやつらばかりだ」

ワットは、屈託なく笑った。

「コージ、おまえのチームも優秀じゃないか。あのチームなら、どこの特殊部隊にもひけはとらない」

「俺についてくるんだ。当たり前だろう」

浩志も笑った。仲間は自慢できるやつらばかりだ。

今回、浩志が偽装艦船〝みたけ〟を降りた時に、彼らは全員ついてきた。しかも傭兵代理店のコマンドスタッフである瀬川と黒川まで一緒だった。だが、何も聞かなかった。彼らは、皆浩志と闘うことを当たり前だと思っていたからだ。彼らが、〝みたけ〟を降りた時、浩志は二度と彼らの気持ちを聞こうとは思わなかった。確かめるまでもなく気持ちは同じ、そう思えばいいのだ。

三十分後、機内のランプが赤に変わった。

――降下態勢に入る。

ヘッドセットから機長の声が聞こえてきた。

機首が下げられ、海面すれすれに〝オスプレイ〟は飛びはじめた。両翼のプロペラが、斜め前に角度が変わっている。機体が波に洗われるのではないかというほど高度は低い。

「準備しろ」

浩志の号令で、全員尾翼下の後部ハッチの前に集まった。

後部ハッチが開いた。地上から一メートルほどの距離だ。当初、ラペリングを予定していたが、フウーマの南二十キロの地点に岩壁に囲まれた広い砂浜が見つかったため、急遽〝オスプレイ〟を地上すれすれまで降下させることに決まった。

〝オスプレイ〟は、空中で反転し、海側に機首を向け、尾翼側を砂浜の波打ち際で、ホバリング状態になった。ヘリコプターより数段大きな機体を自在に扱うには相当な技術を要する。これも、彼らにとってはいい訓練になるのだろう。

「ムーブ、ムーブ。岩壁にはりつけ」

仲間にワットが加わったことで、チームで使う言葉はすべて英語になる。浩志は、次々と仲間を先に機内から降ろした。

全員砂浜から岩壁に集合すると、〝オスプレイ〟は、プロペラを水平に戻しながら、瞬く間に夕暮れの空に消えて行った。

ワットは足下の砂を摑み、じっと見つめていた。

「行くぞ」

浩志は、傍らのワットの肩を叩いた。

四

目的地のフウーマの南二十キロの着陸地点から、海岸線沿いを移動した。イーグルチーム、パンサーチームの順に一列で進んでいる。時おり粗末な小屋を掃いて寄せたような小さな村がいくつかあったが、どこも人が住んでいる様子はなく荒涼《こうりよう》とした風景が続いていた。

先頭を行く加藤が、拳を握りしめた。すぐ後ろを歩く浩志も拳を上げ、チームを停止させた。加藤は、追跡と潜入のプロとしてトレーサーマンと呼ばれている。動物のような感覚で瞬時に状況を摑むことができる。そのため、斥候《せつこう》に優れており、浩志も自分の前をよく歩かせるのだ。

「どうした」

「あれを見てください」

「…………」

百五十メートル先にドラム缶がいくつも砂浜に放置されているのが見える。すでに日が暮れているため視界も悪い。よく見るとドラム缶とは違う円筒形のコンテナだった。

「ひょっとして、有害物質を入れたコンテナじゃないでしょうか」

加藤の視力は、三・〇以上ある。コンテナに表示されている文字も読めるようだ。

「瀬川、確認してくれ」

すぐ後ろにいる瀬川がすぐさま暗視ゴーグルで確かめた。

「あれは、〝プログレッソ〟の廃棄コンテナです」

浩志は、とりあえず百メートル前進した。

ソマリアが国家として破綻するころ、スイスの〝アケア・パートナー〟とイタリアの〝プログレッソ〟という有毒廃棄物処理会社が、こぞって化学物質や放射性廃棄物を入れたコンテナをソマリア沖に廃棄した。破綻国家に賠償請求されないことをいいことに不法投棄したのだ。二〇〇五年の暮れに起こった津波により、海底から廃棄物を入れたコンテナがソマリアの海岸に打ち寄せられた。

その結果、海岸沿いの何万人という住民が健康を損ない、数百人もの人が死亡したと言われている。おそらく実際の被害はそれを上回るだろう。途中で見かけた無人の村は、廃棄物から漏れ出した化学物質により廃村へと追い込まれたのかもしれない。

「放射性物質ではなさそうです。触れなければ大丈夫だと思います」

瀬川が再度、暗視ゴーグルで容器の表示を確認した。

「分かった」

浩志は、チームを前進させた。だが、廃棄物を入れたコンテナを横目で見ながら、やり場のない怒りが込み上げてきた。

後ろを歩くワットの「シット！」と罵《ののし》る声が耳に残った。

午後十一時、予定通り、フウーマに到着した。月明かりを受けた浜辺から突き出た木製の粗末な桟橋に、モンバサの病院を襲撃した犯人が逃走に使ったと思われる中型の漁船と、その他にも二艘の小舟が舫ってある。

ワットがCIAから得た情報によれば、フウーマは一度廃村になっているため、現在村にいる者は、すべて襲撃者たちに関係しているとみていいということであった。米軍は、犯人たちはロシアとウクライナの船を撃沈した新手の海賊の手先か、あるいはその仲間とみている。

浩志たちの使命は、村をアジトとする犯人を捕獲し、海岸で〝オスプレイ〟に回収してもらうことだ。捕えた犯人から船を撃沈した真犯人の居所を自白させるのは、米軍の仕事と割り切っている。目的は、モンバサを襲撃した犯人の捕獲、殺害だ。

作戦前のブリーフィングでは、村の衛星写真を見せられた。それによれば、二百メートル四方にほぼ収まる広さの村は海岸から二百五十メートルほど内陸にあり、村の裏手は、背の高い雑草が生い茂る草原になっている。また家屋は、小さな建物が四十数戸あるだけで、ほとんどの家が、トタン板で屋根は葺《ふ》かれ、壁は日干しレンガか、布を張っただけの粗末なものらしい。衛星から赤外線で調べた結果、住人は百九十人ほどいるらしい。CIAの情報では村民はほとんどいないということだったが、軍事衛星での結果は、確実だ。海賊の集落と軍では分析された。

「トレーサーマンです。村の要所にAKを持った男が監視しています」

斥候に出した加藤からの連絡だ。

浩志は、チームを浜辺の桟橋近くまで進めた。村の両端に一名ずつ見張りが立っているのが見える。加藤によれば、村の四隅に立っているらしい。彼らは、いったい何を警戒しているのだろうか。浩志たちの攻撃を予測しているのだろうか。それにしては、見張りの数が少ない。しかも、彼らは時おり時計を見るようなしぐさをして、どこか落ち着きがない。

「辰也、パンサーは、村の裏側に回れ。見張りは殺しても構わない」

村の表は、東側の海岸に向いており、村の裏側は西に向いている。裏側は背丈の高い草原が広がっているようだ。海賊の関係者は、百九十人近くいる。人数からして女子供もいることが考えられる。村を乱射するわけにもいかない。見張りの人数も少ないので、密かに見張りを倒してから、住居を一つずつ調べて行くほかないだろう。そのため、各自かなりの量のプラスチック手錠を用意している。

「こちら爆弾グマ、位置に就きました」

数分後、辰也から連絡が入った。

「こちらリベンジャー、見張りを倒して、一気に制圧するぞ」

「了解！」

浩志とワットは村の前面の右側、田中は、瀬川と加藤の三人で、左側の見張りを倒した。ほぼ、同じ頃、村の裏側では、辰也が率いるパンサーチームが二手に分かれて、見張りを倒していた。

「こちら爆弾グマ、見張りを倒しました」

「リベンジャーだ。前面の見張りも倒した。村を制圧せよ」

浩志は、全員に命じると同時に、ワットとバディで村の前面、右端のトタン屋根の家に踏み込んだ。

「ん……！」

家の中に黒人の女と子供三人が、雑魚寝《ざこね》をしていた。四十前後の女は、浩志たちの気配に気が付いて起き上がった。

浩志は、口元に指をあて、声を出さないように指示をした。女は分かったのか、頷いて子供たちを抱きしめて横になった。

浩志とワットは、隣りの家に踏み込んだ。今度は、老人夫婦が寝ていた。二人は浩志たちに気が付かずに寝ている。次の家も、どこにでもいる家族が住んでいた。テロリストの残像すらない。

「どうなっているんだ」

次々に家に踏み込んでみたが、結果は同じだった。

裏手から踏み込んだパンサーチームと村の中央で出くわした。

「どの家も、村人と思われる家族が住み着いています。武器を所持している者はいません」

辰也が首を捻りながら報告してきた。

「ワット、どういうことだ」

思わず、浩志はワットに詰め寄った。

「分からない、一度廃村になってから現在の住民は住みはじめたと聞いている。だから村にいる連中は、海賊の関係者だと分析された。CIAは、ソマリア人のタレコミ屋からの情報だと言っていたが、どうやら古い情報だったのかもしれない」

「襲撃犯はどこに行ったんだ。見張りは四人倒したが、もっといるはずだ」

浩志とワットが言い合いをしていると、真っ暗な海の方から、ヘリコプターの爆音が聞こえて来た。

「全員、遮蔽物の陰に隠れろ！」

浩志の命令で、傭兵たちは家の陰に隠れた。すると、暗闇から突然、両翼にロケット弾ポッドと対空ミサイルを備え付けた小型のヘリコプターが二機現われた。

「アパッチか！　違うアリゲーターだ」

ワットが叫んだ。

米軍戦闘ヘリＡＨ六四Ｄ〝アパッチ・ロングボウ〟とはエンジンや車輪の位置が明らかに違っていた。ロシアでの愛称は〝アリゲーター〟、ＮＡＴＯのコードネームは〝ホーカムＢ〟と呼ばれるロシア製の最新鋭戦闘ヘリＫａ五二だった。乗員は、二名で対空、対地攻撃武器に加え、温度探知システムを備えており、夜間の攻撃能力に優れている。敵に回すにはあまりにも分が悪い。こっちは、対空ミサイルどころかＲＰＧさえないのだ。

「〝アリゲーター〟をやり過ごすんだ」

浩志は命令し、建物の陰で息を潜めた。

五

ロシア製の戦闘ヘリ〝アリゲーター〟が、魔界から抜け出たようにフウーマの小さな村の上空にその不気味な姿を現わした。二機の戦闘ヘリは、探るように村の上空をゆっくりと数回旋回すると、海岸寄りと内陸寄りの二手に分かれた。

汗と砂にまみれた肌がざわついた。

「まさか……」

〝アリゲーター〟は、いきなり高度を落とし、機体右側面の三十ミリ機関砲が咆哮《ほうこう》を上げた。浩志の予感は当たった。射程四千メートル、初速毎秒九百八十メートルで撃ち出される重量およそ四百グラムの三十ミリ弾が、砂煙を上げながら粗末な村の小屋を粉砕《ふんさい》していく。

突然の兇行《きょうこう》に方々から悲鳴が沸き上がり、村人たちは次々と家から飛び出してきた。

「イーグルチームは、〝アリゲーター〟を攻撃。パンサーは、村人を裏の草原に誘導しろ」

浜辺は見通しがきく、格好の標的になるだけだ。

狭い村の路地はあっという間に逃げ惑う村人たちで騒然となり、その人ごみを狙って三十ミリ機関砲が火を噴いた。その破壊力は凄まじく、手足なら吹き飛ぶだけですむが、腹や胸に当たれば、まるで火薬でも仕込まれたように体は爆発する。路地に死体が折り重なり、三十ミリ弾がまともに当たった者がいたるところで肉片と化していた。

「イーグル、海側の路地を塞ぎ、群衆を反対側に押し返せ！」

パニックになった群衆は手がつけられない。言葉や身振りではもはや誘導できないのだ。浩志らは、海側に逃げ出そうとする人々の目の前で威嚇射撃をして、村の裏に行くように仕向けた。

村人が一斉に村の奥へと走り出すのを確認した浩志は、上空の化け物を睨《にら》みつけた。

M四A一カービンの五・五六ミリ弾では、〝アリゲーター〟の装甲を貫くことはできない。もっともローター部分に当たれば、多少なり被害を与えることができるかもしれない。

「くそったれ！」

浩志は、〝アリゲーター〟の真下に走り寄り、M二〇三グレネードランチャーを発射した。だが、M一六グレネード弾は〝アリゲーター〟の脇をそれ、海岸で爆発した。その間も、三十ミリ機関砲が容赦なく、家や逃げ惑う村民を撃ち殺して行く。

「ちくしょう！」

ワットもM二〇三を撃った。グレネード弾は、〝アリゲーター〟の車輪の近くで爆発し、一瞬〝アリゲーター〟の機体を大きく揺らしたが、ダメージを与えることはできなかった。

「ワット、ローターかエンジンを狙うんだ」

浩志は、銃身の先に装着してあるM二〇三の後ろから、グレネード弾を装填《そうてん》した。

〝アリゲーター〟が急旋回し、機首を浩志らに向けた。

「逃げろ！」

三十ミリ機関砲の銃弾が、浩志らの足下に砂煙を上げながら撃ち込まれてくる。〝アリゲーター〟の装弾数は四百六十発と聞く、弾切れを期待するのは当分先だ。

二発のグレネード弾が続けて別の〝アリゲーター〟の側面に当たった。瀬川と田中が打ち込んだのだ。一発は角度が悪く、跳ねて村の外で爆発したが、もう一発は、左側面の尾翼下のミサイルポッドに当たり爆発した。

「ローターかエンジンを狙え！」

思わず、浩志は叫んだ。だが、ローターは上部にあるため、下から狙いにくい。またエンジンもミサイルポッドと地対空ミサイルをぶら下げた両翼に邪魔されて攻撃しにくい。

〝アリゲーター〟は、左に機首を旋回させ、瀬川らを銃撃しはじめた。瀬川らは慌てて狭い路地を駆け抜けて、脱兎のごとく逃げて行く。

〝アリゲーター〟の最大の欠点の一つは、三十ミリ機関砲が機体の右側面に固定されていることだろう。銃撃するためには、常に攻撃目標に機首を向けなければならない。また、機首と同じ方向に弾丸が飛んで来るため、弾道を読みやすい。その点、米軍戦闘ヘリの〝アパッチ〟シリーズは、機首のすぐ下にあり、角度もある程度自由に変えられるので、動く標的に対しても即応性のある攻撃ができる。

「トレーサーマン、どこにいる！」

「リベンジャーの三時の方角です」

加藤は、瀬川と離れ、浩志と三十メートル離れた地点にいた。

「トレーサーマン、グレネードを撃って引きつけろ！」

「了解！」

「ピッカリ！　ワンチャンスだ。エンジンを狙え！」

「ピッカリ、了解」

ワットのコードネーム〝ピッカリ〟は、辰也がスキンヘッドのワットの頭から名付けたものだが、意味を知らない本人は気に入って使っている。

浩志は銃を構え、ヘリに目標を定めた。同時にすぐ隣りにいるワットも、グレネード弾を装塡し、銃を構えた。

「トレーサーマン、撃て！」

浩志らの頭上を通り越し、〝アリゲーター〟の胴体下に加藤の撃ち込んだグレネード弾が炸裂《さくれつ》した。後尾の右タイヤが吹き飛んだ。一般に軍用ヘリは、不時着時の生存性を高めるために、下部の構造は特に頑丈にできている。タイヤがなくなったところで飛行に影響はない。

〝アリゲーター〟が急旋回し、機体を右に傾けた。

「今だ！」

浩志とワットが同時にM二〇三を撃った。白煙を引きながら、浩志の撃ったグレネード弾は、ローターのすぐ下に、ワットのグレネード弾は、右エンジン前部に当たり、炸裂した。ローターの上部が吹き飛んだ。同時に右エンジンが爆発し、〝アリゲーター〟は、まるでスローモーションフィルムを見るように失速し、墜落した。

「やったぞ！」

浩志とワットは、思わずハイタッチをした。だが、村の裏側では、もう一機の〝アリゲーター〟が猛威を振るっていた。

浩志らイーグルのメンバーは、村の裏手に向かって走った。

もう一機の〝アリゲーター〟は、仲間がやられたために攻撃法を変えてきた。高度を上げ、両翼の八十ミリミサイル弾を撃ってきた。三十ミリ機関砲とは比べ物にならない爆煙が上がり、一発で三メートル四方の粗末な小屋は消えてなくなった。これでは、銃はおろか、M二〇三で狙うこともできない。これ以上、攻撃したところで、まぐれでも当たることはないだろう。

「パンサー、アリゲーターを銃撃して、村から離れさせろ！　イーグルは、生き残りがいないか、もう一度家屋を捜索するんだ！」

パンサーチームは、草原とは反対の海岸の方角に移動しながら、銃撃を開始した。

すでに多くの村人が、裏の草原に逃げているはずだが、狭い路地には、村人たちの死体と血肉で埋まっていた。浩志たちができることは、逃げ遅れた村人たちを救い出し、草原に逃がすことだけだ。

〝アリゲーター〟が辰也らの攻撃に誘われ、村から離れた。その隙に浩志らは、手分けして家々を探した。ほとんどの家が、もぬけの殻か、原形を留めぬ死体が転がっているだけだった。諦めかけた時、壊れた家屋の中に血まみれになって死んでいる母親の側で震えている三、四歳の女の子を見つけた。幸いどこにも怪我はない。

浩志は、女の子をしっかりと抱きしめ外に出た。いつのまにか正面に〝アリゲーター〟がいた。路地を銃弾が飛び跳ねながら、まっすぐ向かってくる。浩志は、〝アリゲーター〟の左側に回り、建物の陰に隠れた。

「大丈夫だ。心配するな」

英語で話したが、通じたのか女の子は浩志の首に両手を回してしがみついてきた。

〝アリゲーター〟は、また攻撃を八十ミリミサイル弾に切り替えた。凄まじい爆音を上げながら、爆風で周りの家屋がまるで蒸発するかのように跡形もなくなっていく。

「パンサー、援護しろ」

「爆弾グマです。いくら撃っても誘いに乗りません」

「攻撃中止。パンサーも救出作業に加われ」

〝アリゲーター〟のパイロットも銃で攻撃されることに慣れてしまったようだ。

浩志は、今や残り少なくなった家屋の陰に隠れながら、草原に向かった。足下の死体をいくつも飛び越し、血だまりに足をとられながらも走った。一本離れた路地をワットが老人を抱えて走っていた。その向こうには加藤や瀬川が村人の手をひっぱりながら移動している。

浩志らは、なんとか草原にたどり着いた。近くに何人もの村人の姿が見え隠れする。他の仲間も、怪我をした村人を抱きかかえて、次々と戻って来た。

インカムで点呼をし、仲間全員を確認した。

「全員、草原で待機」

村に再び戻ろうとした仲間に待機を命じた。これ以上の救出は、もはや自殺行為だ。〝アリゲーター〟は村の痕跡すら残すまいとしているのか、ロケット弾で形がある家屋を狙って攻撃している。もはや、村の中で生きている者は誰もいないだろう。

〝アリゲーター〟がふいに機首を草原に向けてホバリングをはじめた。赤外線センサーで探っているのだろう。背の高い雑草に身を隠していても、センサーからは逃れることはできない。匂いを嗅ぎ付けた肉食獣のように〝アリゲーター〟は、ゆっくりと草原に向かって移動を開始した。

「くそっ！」

浩志は激しく舌打ちをし、銃を構えた。

その時、後方で爆音がした。何かが浩志らの頭上を越えて〝アリゲーター〟の後方で爆発した。振り返ると、立て続けに大きな炎が上がり、白煙とともにロケット弾が弧を描きながら〝アリゲーター〟に向かって飛んで行く。

「RPG!」

誰かが叫んだ。

〝アリゲーター〟は、瞬く間に上昇し、機首を変えて海の彼方に消えて行った。

浩志は、女の子を抱きかかえたまま立ち上がった。

いつの間にか数百人はいるかと思われる黒人の民兵に背後を取り囲まれていた。

六

真夜中の草原に突如出現した城壁のように、ソマリア人と思われる数百人の黒人民兵が浩志らの背後に迫っていた。彼らは銃を浩志らに向けながらゆっくりと広がり、やがて浩志らを取り囲んだ。

浩志は、チームを一ヶ所に集結させた。危ないので女の子を下ろそうとしたが、女の子は腕を組んで浩志から離れようとしなかった。

人の壁が完全に繋がると、一人の男が、銃を構えた二人の部下を従えて浩志の前に進んできた。

「おまえたちは何者だ」

なまりのない英語で、男は尋ねてきた。身長は一八〇センチほど、一人だけベージュの軍服に身を包み、顎には白いひげを蓄えて風格がある。歳は五十半ばといったところか。窪《くぼ》んだ眼は強い光を放っているが、危険は感じられない。

「人にものを尋ねる時は、銃を下ろし、名を名乗れ」

「大した度胸だな」

男は右手を高く上げて、また下げた。すると一斉に民兵たちは銃を下ろした。

「私の名は、オマル・ジルデ。ジャマーメ周辺を支配しているクランの長だ」

ジャマーメは、フウーマより百二十キロほど北にある海岸沿いの小都市で、オマル・ジルデは、ジャマーメを拠点にし、首都モガディシュの南部まで支配するクラン（軍閥）の長だ。浩志も名前は聞いたことがあるが、モガディシュの戦闘が激化している最中、まさか本人に遇《あ》うとは思わなかった。

「俺の名は、藤堂浩志だ。友人を殺した犯人を捕まえるために仲間とここまでやってきた」

オマルは、浩志にすがりついている女の子が気になるらしい。女の子をちらちらと見ている。

「この子の母親は、殺された。助け出したが、俺から離れない。どうにかしてくれ」

オマルは頷き、部下に草原に散らばっている村人を集めさせた。すると、年配の女が現われ、女の子を浩志から引きはがすように抱きしめて離れて行った。それまで一言もしゃべらなかった女の子は、ソマリ語でわめいて泣き出した。よほど怖いのを我慢していたのだろう。泣き叫ぶ女の子を浩志は目で追って一人頷いた。

「村を救うために闘ってくれたのか」

「行きがかり上、そうなった」

「逃げることもできたはずだ」

「それは、腰抜けのすることだ」

オマルは、笑みを浮かべ右手をさしのべてきた。浩志も右手を出し、オマルの手をしっかりと握りしめた。彼の手は大きく節くれ立っていた。片時も銃を放さない男の手だ。

「どうやら、ミスタートードー、おまえは友人と思ってよさそうだな」

手を放すと、オマルは傍らの部下にソマリ語で何か命令をした。すると伝令になった男は、周りを囲んでいる民兵たちに指示を出し、大半が村に向かった。そして、残りの民兵が、担いでいた荷物を下ろし、シートを草むらに敷きはじめた。

オマルは、浩志らをシートの上に座るように勧めた。

「我々は、首都モガディシュを攻撃してくる〝シャバブ〟と〝ヘズラ・イスラム〟と闘っている。そのため、何日か前にこの村から助けを求められていたのだが、来ることができなかった。戦闘が落ち着いたので、部下にモガディシュを任せ、五百人だけ連れてここまで来たのだ」

〝シャバブ〟も〝ヘズラ・イスラム〟もイスラム原理主義のテロ組織だ。

「やはり、この村は、占拠されていたのか」

浩志は呟くように言った。

「突然銃を持った男たちに襲われて、村を守っていた男たちは殺されたと聞いている。おそらくおまえの友人を殺したという連中なのだろう」

オマルが瓦礫と化した村を見て答えた。

浩志は、モンバサの病院で起きた事件と、襲撃犯の船がこの村の桟橋に停泊していたことを説明した。

「するとおまえたちは、この村を占拠したやつらは、ソマリア沖で商船を沈没させている海賊の一味と思っているんだな」

「俺たちだけじゃない。ロシア政府もそう思っているはずだ。その証拠にさっき攻撃してきたヘリは、ロシア海軍のものだろう。どこで嗅ぎ付けたのか、連中もここが海賊のアジトと思って襲撃してきたに違いない」

オマルは、浩志の言葉を咀嚼《そしゃく》するようにゆっくりと何度も頷いてみせた。

「今、世界中でソマリア人と聞けば、海賊と思っているようだが、海賊を指揮しているのは、北のプントランドの族長たちだ。彼らの直下にいる民兵たちは、鍛えられた海軍だ。その海軍が、一般の住民にも海賊になることを勧めている。彼らのビジネスは、システマチックに行なわれる。強奪、拉致、身代金の交渉、人質の解放、それぞれ専門のプロがいる。やつらは、自分のビジネスのために世界中を敵に回し、そして稼いだ金の一部が、我々が闘っているイスラムのテロ組織にも流れている。あいつらは、我々の敵と手を組んだのだ。まったく迷惑な話だ」

プントランドでは、海賊が儲かるという概念がすでに生まれているという。新たに海賊を希望する者に、船や武器を買うための金を貸す会社もあるらしい。プントランドの南にあるエイルやムドゥグという海賊の本拠地には、儲けた身代金で建てた豪邸が建ち並んでいるそうだ。拉致された人々を収容する施設や専用のレストランまであるというから驚きだ。今や海賊は、プントランドでは武器や麻薬の密輸と並ぶ一大産業になっている。

「これは、噂に過ぎないという前提で聞いてくれ」

オマルの英語は、英国式の発音で、彼のしゃべり方には知性を感じる。おそらく英国かヨーロッパに留学経験があるのだろう。

「プントランドの族長に知り合いがいないこともない。彼らと時に連絡を取り合うこともある。又聞きだが、プントランドの海賊は、商船の撃沈事件と関わりがないと言っているそうだ。本当かどうかは、調べる術がない。そんな暇もないし、彼らを庇《かば》いだてする義理もないからな」

オマルの言葉に何かひっかかりを感じた。

浩志は頭の中で、商船の撃沈事件からポイントを抜き出して整理してみた。

まず、撃沈された商船には、武器が満載されていた。その武器は、ロシアを本拠地とするブラックナイトの関連会社がシリア人の武器商に売るためのものだった。

次にモンバサの病院で、ロシア船と間違えられ海賊に撃沈された韓国の船に乗っていた船員が殺された。ということは、彼らの目撃証言から攻撃してきた船か犯人を特定できたのかもしれない。

そして、オマルの話が本当なら、ソマリアの海賊は、ロシアなどの商船撃沈事件とは関わりを持っていないという。それならば、誰かが海賊になりすまし、武器を満載した船を撃沈したことになる。だが、その関係者と考えられる病院の襲撃者たちのうち四人を浩志たちが殺してしまっている。後何人かはいたはずだが、見つけられなかった。ひょっとして、他にも何か村に証拠があったのかもしれないが、結局ロシアの攻撃ヘリの出現で消えてしまった。

「ロシア……？」

撃沈された船は、ブラックナイト絡みと思われる。彼らの本拠地はロシアである。そして、最後の証拠もロシアの攻撃ヘリが消し去った。頭の中にロシアという言葉が何度もキーワードとして登場した。

「ロシアなのか?」

浩志は、後ろに座っているワットを振り返った。

ワットは、ゆっくりと首を縦に振ってみせた。

フウーマ救援

一

インド洋に顔を見せ始めた太陽の薄日を浴びながら、ソマリア南部にある村、フウーマから帰還した。出撃した時と同じく最新鋭のティルトローター機〝オスプレイ〟に迎えられ、輸送揚陸艦〝グリーン・ベイ〟でモンバサの港まで帰って来た。

午後一時、寝起きのシャワーを浴びた。朝の八時に仲間と〝ロータスホテル〟に辿り着き、そのまま自室のベッドで、惰眠《だみん》をむさぼったのだ。

洗面台でヒゲを剃《そ》っていると、ベッド脇に置いた携帯が鳴った。

「よく眠れた？」

美香の声だ。日本は午後八時、店からかけているのだろう、スタンダードジャズのBGMが聞こえる。

「さっき起きたところだ」

「あなたの読みはどうやら当たっていたようよ」

浩志は寝る前に美香に電話をかけて、ロシア政府について調べさせていた。

「今月になってから、ロシア政府の高官が二人相次いで失脚していたわ。どちらも体調を理由にしていたから、ニュースにもならなかったけど、改めて経歴を調べてみたら、二人とも貿易商社エル・ミンスクの大株主だった。それから、先月は、三人の政治家が賄賂《わいろ》の罪で捕まっているけど、この人たちもエル・ミンスクの株主だったわ」

モスクワに本社がある貿易商社エル・ミンスクは、ブラックナイトとの関わりを疑われている。

「すると、ロシアでは、政界からブラックナイト関係者を粛清《しゆくせい》しているということか」

「そうとも言えないわ。前大統領の側近が会長を務めるロシアの国営企業ロフチェンコに関係する政治家や官僚に動きはないわ。ロフチェンコもブラックナイトとの関係が取りざたされている会社よ。不思議でしょう」

「ブラックナイトの内部分裂かもしれないな」

「それは、考えられるわね。でも今の段階では何とも言えないわ。私もこれ以上の情報を得るのはたぶん難しいと思う。日本政府は、この情報に関してはまったく興味を持ってないから。この話は、米国の友人から聞いたのよ」

以前、美香はCIAに友人がいると言っていた。

「ロシア政府内のエル・ミンスクに関わる政治家が粛清されたのと、エル・ミンスクが関わる商船が撃沈された時期があまりにも符合するな」

「引き続き調べてみるわ。あんまり無理しないでね。言っても無駄だと思うけど」

「分かった」

浩志は世話女房のような美香の口調に思わず苦笑した。


三十分後、浩志はワットを訪ね、彼が宿泊しているキャッスル・ロイヤルホテルの二階の中華レストランにいた。二人は、話をする前に腹ごなしと、注文をしては次々に皿を平らげていった。

「コージ、昨日はすまなかったな。うちの連中のガセネタであやうく死ぬところだったぜ」

ワットは、最後に注文したあんかけの焼きそばを器用に箸で食べながら言った。

「だが、ジェノサイドは免《まぬが》れた」

「それは俺もよかったと思う」

ワットも浩志の言葉に頷いてみせた。

CIAの情報の通り、フウーマは、海岸に打ち寄せられた化学物質のせいで、一度は廃村に追い込まれていた。この地域を治めるクランの長《おさ》であるオマル・ジルデの話によれば、首都モガディシュでイスラム系テロ組織の攻撃が激化したため、首都と周辺地域に離散していた村民は村に戻りつつあった。それでもかつて二百戸以上あった世帯は、現在は半分にも満たない三十一戸、村民の数は、百九十二人、ほそぼそと漁と農業をして生活していたらしい。だが昨夜のロシア海軍の攻撃ヘリの襲撃で四十八人が死亡し、負傷者は三十四人も出た。半分以上の村民を浩志たちは助け出すことができたが、働き手を喪った彼らが今後生きて行くことは難しいかもしれない。

「ロシア政府の発表を聞いたか。呆れてものが言えなかったぜ」

ワットは、ナプキンで口元を拭きながらあざ笑うように言った。

今朝方、ロシア政府は、相次ぐ撃沈事件の犯人である海賊のアジトを攻撃ヘリで殲滅したと発表し、今後とも、海賊に対して強固な姿勢を崩さないと強気の姿勢を示した。村民を攻撃したことはもちろん、攻撃ヘリを撃墜されたことなど一言もなかった。

「反撃されて逃げ帰ったとは言えんだろう」

浩志も空腹を満たされ、箸を置いた。

ワットは、食後のコーヒーを頼んだ。

「ワット、おまえの本当の任務を教えろ。ロシアが裏で動いていることは知っていたんだろう。俺がおまえを昼飯に誘ったのは、昨日の続きを聞くためだ」

昨夜、ソマリア人のクランの長、オマル・ジルデと話していた時、浩志は、一連の事件の裏にロシアが関係していることに気が付いた。その時、ワットに問いただしたのだが、ワットはただ頷いただけだった。オマルの手前、浩志も詳しく聞き出そうとは思わなかった。

「ロシアは、常に侵略される恐怖感を持ち続けることで国家の安泰を図っている」

核拡散防止条約は、米国、ロシア、英国、フランス、中華人民共和国の五カ国以外の核兵器の保有を禁止する条約であるが、実際は、インド、パキスタン、北朝鮮、それに密かに保有していると見られるイスラエル、イランも加え、年々増えつつある。これらの国々に対して最も脅威を感じているのは、ロシアである。というのもいずれの国でも保有している中距離ミサイルで充分ロシアを射程圏内に入れることができるからであり、遠く離れた米国のみ、安全圏にいる。

「ロシアは核を減らすことには積極的な姿勢をみせる一方、旧ソ連邦の領土を回復しようと武力と経済力で周辺国を恫喝し、同時に新たな軍事基地を同盟国に築いている」

「米ロの核兵器は、現在保有している十分の一以下でも抑止力がある。だから、余分な核は減らしたいだけだ。平和のためじゃない。世界中に軍事基地を作り、自らの立場を優位に立たせる。それはお互い様だろう」

米ロはどちらも数千発の核弾頭を保有している。人類を何度も滅亡させられる量だ。しかも、同盟国に軍事基地を持っているのは、米国も同じだ。ワットの言う大国の理論に皮肉の一つも言いたくなる。

「回りくどいぞ、ワット」

「俺の立場をまず分かって欲しかったからだ」

「おまえというより、米国の立場だろ」

ワットは、肩をすくめた。教えろと言って素直に任務を言えるものではない。それは分かっているが、殺されかけたことを考えれば聞く権利はあると思っている。

中国人のウェイターが、コーヒーカップを二つテーブルにのせ、皿を片付けていった。

「ワット、俺はおまえに米ロのパワーバランスの講義を受けに来たんじゃないぞ」

浩志はコーヒーを口にし、ワットに話の先を促した。

「分かっている。……ユーリー・セルジュコフを知っているか」

ワットもコーヒーカップを手に取り、聞き覚えのないロシア人の名を口にした。

「聞かない名前だな」

「ロシア連邦軍参謀次長だ。今年の四月、ロシアでは異例だが、ユーリー・セルジュコフが二人目の参謀次長として就任した」

「二人目の参謀次長？」

「ユーリー・セルジュコフは、まだ四十九歳。陸軍出身のエリートで、アフリカ地域の戦略を任されている。我々の任務の大きな目的は、この参謀次長の対アフリカ政策を探知し、米国に不利になるようなことがあれば、事前に対処することだ」

「ユーリーは、ブラックナイトの関係者か」

「CIAの調査では、今のところ関係がないらしい。だが、アフリカでのロシアのプレゼンスは、すさまじい。彼が参謀次長に就任してから、加速的にロシアはアフリカに関わりを持つようになった。特に武器を大量にアフリカの国々に売りつけ、同盟関係を築いている。我々は、これ以上、アフリカ大陸でロシアの力を巨大化させるわけにはいかない」

アフリカは、ロシアと中国の武器で溢《あふ》れている。だが中国の武器は、所詮ロシア製のコピーだ。また、中国製の武器は安いが、不具合が多いと不評だ。

「ユーリーが参謀次長に就任したのと、ロシア政府内でブラックナイトの関係者が粛清されているのと関係はないのか」

浩志の言葉に、ワットはコーヒーを吹き出しそうになった。

「粛清の件を知っていたのか」

「詳しくは、知らないがな」

美香に教えてもらったばかりなので、浩志は苦笑を漏らした。

「ロシアの政治家は、おおむね何かの後ろ盾がある。大企業家のパトロンを持つ者もいれば、ロシアンマフィアが後援会という政治家や、ブラックナイトという大きな後ろ盾を持つ者もいる。だが、今回の粛清で、ブラックナイトに主流派と反主流派が存在することが分かった。主流派は欧米、反主流派は主にアジア、アフリカを担当しているそうだ」

「ユーリーは、何に属するんだ」

「あえて言うならば、無派閥だ。そして、有能なゆえに様々な派閥から声をかけられているらしい」

「逆に言えば、どこの派閥からも影響を受けるということにならないのか」

「さすがだな。ユーリーは、これまで様々な派閥から利益供与を受け、若くして参謀次長になったと推測される。おそろしくやり手だ」

「米軍は、これまでのソマリア沖で起きたロシア、ウクライナ船、それに韓国船沈没事件の裏に、ユーリーが関係していると見ているのか」

「直接関与しているかは、分からない。だが、彼の傘下の組織が手を下しているのは確実だろう。彼が最高責任者であると、我々は認識している」

「やつの狙いは、何だ」

「アフリカは、大きな武器市場だ。だが、これまで反主流派のブラックナイトが死の商人と結びついていたため、ロシア政府の売り上げは年々減少していた。それを取り戻すのがやつの狙いだと本国の戦略研究所では考えている」

浩志は、大きく頷いた。

武器を満載した船が相次いで撃沈され、アフリカ国内の武器商も殺された。ロシア政府が年々減少する武器輸出対策に乗り出したと考えれば辻褄が合う。だとすれば、昨夜のフウーマへの攻撃は、商船を撃沈した犯人を海賊のせいにするためと考えてもいいのではないか。

「ワット、次の作戦は決まっているのか」

「いや、未定だ」

「俺たちは、戦友の弔いをすませてない。次の作戦も俺たちを参加させろ」

「M二〇三で〝アリゲーター〟を撃墜したことを司令部に報告したら、仰天《ぎょうてん》していたよ。司令部が何と言おうと、俺があんたを指名するつもりだ」

浩志は、ワットの目を覗き込むように見た。その目に曇りはなかった。

二

キャッスル・ロイヤルホテルの二階の中華レストランに来るのは二回目だが、今日はエアコンの調子がいいらしく冷たい風を送り出している。

「ところで、サンタクロースの準備はできたか」

浩志は、席を立ちながら聞いた。

「三時間後には、出発する」

ワットは、ウインクをしてみせた。

攻撃ヘリ〝アリゲーター〟に蹂躙《じゅうりん》されたソマリア南部の村フウーマに救援物資と医師を派遣することを、浩志はワットに約束させていた。村で出会ったクランの長、オマル・ジルデから要請があったからだ。ワットは、帰還する輸送揚陸艦〝グリーン・ベイ〟から、司令部に直接問い合わせをしていた。

「早くて二、三日後だと思っていたが、意外に早かったな」

断わられることを覚悟していただけに、迅速な対応に浩志は正直言って驚いた。

「非戦闘員である民間人に多数怪我人が出ていると口を酸っぱくして言ったからな」

「それだけか？」

浩志は、疑いの目をワットに向けた。

「オマル・ジルデは、モガディシュでは二番目に大きな軍閥の長だ。武器でなく救援物資で恩を売れるならそれに越したことはないと司令部で判断したのだ」

米国は、ソマリアが安定した次の段階を睨んでいるようだ。

「派遣される医師の護衛は、どうなっている」

「俺の部下に行かせようと思っていたが、まさか行くつもりか」

「護衛は、俺たちに任せろ。米軍人が銃を持って大勢村に行ったら、逆に反感を買うことになるんじゃないのか。医者と物資だけで恩を売る方が得策だ」

「確かに司令部でも、医師と護衛を派遣することに難色を示していたからな」

「俺たちは、オマル・ジルデとすでに面識がある。それにしばらく暇になる。ちょっとは稼がせろ」

　昨夜の作戦でも、浩志のチームは、米陸軍から支払いを受けていた。別に金が目当てではないが、村に再び行く口実にはなる。

「それなら、俺も部下を二、三人連れて行く。これ以上、部下に恨まれたくないからな」

　ワットは、肩をすくめて苦笑いをしてみせた。


　四時間半後、フゥーマの剝き出しの土が広がる荒れ地に、米軍のティルトローター機オスプレイは着陸した。ヘリと違い、三百ノット（時速約五百五十五キロ）というスピードは、さすがに速い。飛行時間は、わずか七十分だった。

　今回は、救援を目的としているため、モンバサに停泊している輸送揚陸艦〝グリーン・ベイ〟の甲板から直接飛行してきた。受け入れ側のオマルも部下を配置し、周辺の安全を確保することを約束していたので、着陸に問題はなかった。

　浩志たちは、念のため銃を構えて一番先に降りて、オスプレイの安全を確保した。着陸した場所のすぐ近くに昨夜、住民を避難させた草原があった。よくよく見ると雑草に混じりトウモロコシが生えていた。背の高い草原と思っていたが、驚くほど粗末な畑だったようだ。雑草の方が生育はよさそうだ。トウモロコシ自体、実は痩《や》せ、収穫されても住民の腹を満たすとはとても思えない。

ワットは、二人の部下を伴っている。一人は、スパニッシュ系のアンディー・ロドリゲス、もう一人は、黒人のマリアノ・ウイリアムスだ。階級は聞いていないが、どちらも一八〇を超す頑丈な体つきをしている。

「ハロ！」

村の方から、背の高い黒人が手を振りながら走ってきた。遅れてAK四七を肩に担いだ二人の男も走ってくる。

「ミスター藤堂ですか。私はオマル・ジルデの部下で、ウサイム・ユスクといいます。オマルは、モガディシュに戻りましたので、私がここの責任者として残りました。なんでも私に言いつけてください」

一九〇センチ近いウサイムは、見下ろすように浩志に握手を求めてきた。年齢は分からないが、百人の兵士のリーダーだそうだ。オマルほどではないが、英語は、ちゃんと話せるようだ。

「あなた方の闘いぶりを昨日見ていて大変驚きました。オマル将軍から、傭兵だとお聞きしましたが、本当ですか」

「まあな」

「たったの九人だったようですが、チームのメンバーに役割はあるのですか」

ウサイムは村に案内すると言いながらも、興奮した口調で矢継ぎ早に質問をしてきた。

ソマリア人は、子供の頃から銃の扱いには慣れているが、ただそれだけだ。まともな軍事訓練を受けたわけでもないので、兵士の数こそ力だと彼らは頑なに信じている。彼らの辞書に少数精鋭という言葉はないらしい。

「ウサイム、俺たちがここに来たのは、第一に怪我人の治療だ。そして、援助物資も運んできた。機材と物資を運ぶのに二十人ほど人手が要《い》る。俺たちは二、三日中には帰るつもりだ。急いでくれ」

浩志は、ウサイムの質問をさえぎり、指示をした。

「質問は、夜にでも聞いてやる」

「分かりました」

ウサイムは不満そうな顔をしてみせたが、部下たちに命令を出し、四十人近い男たちがオスプレイの周りに集まった。五十人が村の周辺の警備をしており、残りは何もすることがないらしい。おかげで作業は、はかどった。機材や物資を降ろすとオスプレイは、モンバサに戻って行った。一機、六十七億もする輸送機を危険地帯に長く置いておくわけにはいかないのだ。

村の外れにテントを設営し、仮の診療所とした。輸送揚陸艦〝グリーン・ベイ〟の軍医と二名の助手が救護にあたっているが、怪我人があまりにも多く、浩志らも手伝うことになった。

浩志らが昨夜撤退する時に確認した村人の被害は、四十八人が死亡し、負傷者は三十四人だったが、一夜で負傷者の中から新たに十六人も死亡していた。ほとんどが、三十ミリ機関砲で負傷した人々だった。残りの十八人も手当をしているが、うち十人近くは助かる見込みはなさそうだ。昨日殺された村人はすでにまとめて埋葬《まいそう》されているが、まだまだ死体は増えそうだ。

治療に目処《めど》がついたのは、日も暮れて午後七時を過ぎていた。

「藤堂さん、ちょっといいですか」

田中俊信が、テントの外から手招きをしてきた。ハンドライトを持ち、村の外れに向かう田中に無言でついていった。

村から北西に二百メートルほど離れた草むらに、まるで朽《く》ち果てた恐竜のような惨《みじ》めな姿をさらけ出す、ロシア製の戦闘ヘリＫａ五二〝アリゲーター〟の墜落現場があった。

〝アリゲーター〟は、右側面を下にして横たわっている。機首は潰れ、ローターは折れ曲がっていたが、外見上、思いの外機体は原形を留めている。

「これが、どうかしたのか」

浩志の質問に田中は、機体の左側面をライトで照らし出してみせた。

「墜落した高度が低かったためだと思いますが、右エンジンが爆発したに留まり、機体はある意味無傷の状態です」

説明しながら、田中は〝アリゲーター〟の左側面のパネルを次々に開けて行った。パネルの中から様々な機械類が顔を覗かせた。

「〝アリゲーター〟はロシアのカモフ設計局が開発したもので、最新鋭の攻撃ヘリです。ロシアでも正式に発注をして、正規軍に配備されているところはまだ少ない状態です。攻撃力も優れていますが、生存性も極めて高いといわれています」

田中は、動くものなら何でも運転するというオペレーターのプロで、ヘリの操縦が得意なことから、〝ヘリボーイ〟と呼ばれている。同時に機械オタクでもあり、武器に関しても詳しい。

「本来なら、一つのエンジンが爆発しても反対側のエンジンが補《おぎな》うように設計されていますが、昨日は同時にローターも破壊されたので、墜落したのでしょう。ただ、ご覧の通りメンテナンスパネルも無傷の状態です」

「とすると、この機体は、米軍にとってよだれが出るほど機密情報に溢れているということだな」

浩志もやっと田中の言わんとしていることが理解できた。

「そういうことです。パイロットは、脱出する暇もなく、自爆装置も作動しなかったようです」

浩志は頷くと、ワットを呼び寄せた。

「こいつは驚いた。ずいぶんきれいな状態で残っているな。ペンタゴンのやつらが聞いたら小躍りするだろう。とりあえず司令部に連絡をしてこいつを回収させよう」

ワットは、口笛を吹いた。

「これが欲しかったら、もう少し村に援助することだな」

「ペンタゴンは出さなくても、ダグラス社なら気前よく金を払ってくれるだろう」

ワットは、笑いながら何度も頷いてみせた。

世界最強と言われる攻撃ヘリ〝アパッチ〟を生産しているマクドネル・ダグラス社なら、裏金を出すかもしれないという意味だ。

三

村に戻ると、仲間は仮設診療所の近くで村人とともに夕食をとっているところだった。

「藤堂さん、探しましたよ」

加藤が黒人の女の子を抱きかかえて走り寄ってきた。女の子は浩志の顔を見るなり、抱きついてきた。昨夜、攻撃ヘリの銃弾をかいくぐって救い出した子だった。女の子を抱きかかえている浩志を見て、仲間はにやにやと笑っている。

「どうしてか分かりませんが、僕のところに来て、コージ、コージって言うんですよ」

加藤が困惑した表情で説明するには、診療所になっているテントの近くで女の子は加藤をじっと見つめていたそうだ。仲間の中では、加藤は一番おとなしい顔をしているからだろう。間違っても、京介のように凶悪な顔をした男に子供が助けを求めるはずがない。近寄って話しかけたところ、いきなり手を握られ、浩志を探せとジェスチャーでせがまれたそうだ。三十分ほど、二人で村を探しまわり、女の子が疲れてしまったので加藤は抱き上げて一緒にいたようだ。

女の子は、ソマリ語で浩志に話しかけてくるが理解はできない。浩志は、女の子を抱いたまま加藤を連れ、民兵がキャンプをしている浜辺に向かった。子供の扱いは分からない。というより苦手だ。

浩志は、民兵の責任者であるウサイムを探した。彼は、浜辺で仲間とともに夕食をとっていた。救援物資を食べていたようだ。浩志を見ると慌てて食事を片付け、きまり悪そうな顔をしてみせた。彼らにとっても救援物資は宝の山だ。

「ウサイム、この子をなんとかしてくれ」

「ヌデレべがどうかしました」

「抱きついてきて離れない。それに何を言っているのか分からない」

ウサイムが、ヌデレベに話しかけた。ヌデレベは、一生懸命答えているが、ウサイムは首を傾げた。

「分かりました」

「この子は、村を見張っていた犯人たちが会話するのを聞いたそうですが、犯人の一人が仲間に〝砂糖〟、〝行く〟と言っていたそうです」

浩志らが倒した見張りは、全員黒人だった。それにヌデレベが理解できたということは犯人らはソマリ語を話していたことになる。

「このことを藤堂さんに伝えたくて探していたと言っています。よほどあなたのことが好きなんですね」

浩志は、ヌデレベを見て苦笑した。彼女の父親は、村を最初に襲った犯人に殺され、攻撃ヘリの銃撃で母親と八歳になる兄を喪ったらしい。唯一の親戚である母親の姉である伯母が今は面倒を見ているようだ。ヌデレベは、六歳になるそうだが、三、四歳にしか見えない。栄養失調特有の手足は細く腹が突き出た体型をしている。見つめられると視線を外したくなるような澄み切った目をしている。

「砂糖とはどんな意味があるんだ？」

「彼女にはそう聞こえたようです。私にも意味は分かりません。動転していて聞き間違えたのじゃないですか」

ウサイムは、両手を上げて首を振ってみせた。

「それなら、ソマリ語で砂糖は何と言うのだ」

「ソンコルです」

ウサイムは英語で答えているため、ソマリ語の発音にヒントがあると思ったが、ピンとこなかった。

「この子に、分かったと言ってくれ。それから、この子の肉親を呼んでくれ」

ウサイムは部下に命令して、ヌデレベの伯母を探しに行かせた。そして、ヌデレベに言い聞かせるように話しかけたが、彼女は何度も首を振ってみせた。

「あなたと一緒にいたいと言っていますが、どうしますか」

「だめだ。またロシアのヘリが襲ってくるかもしれない。一緒にいると危ないと言ってくれ」

ウサイムは、また説得を試みたがヌデレベは首を振るばかりだ。さすがに浩志も弱ってしまった。無理矢理にでも引き離したいのだが、家族を喪った女の子だけに強い態度もとれない。

「藤堂さん、すぐに戻ります」

弱り切った浩志を見ていた加藤が、何を思ったのか突然村に走って戻って行った。

しばらくすると、ヌデレベの伯母がウサイムの部下に連れられてやってきた。

「彼女は、自分の息子が怪我をしているので、ヌデレベの面倒を見てなかったようです」

ウサイムはヌデレベの伯母を叱っているようだ。恐縮した彼女は、すまなそうな顔をしてヌデレベに手を差しのべてきたが、ヌデレベはいやいやをして泣き出してしまった。

泣きたいのは自分だった。浩志は助けを求めて周りを見たが、取り囲んでいる兵士や村人も首を振るばかりだ。

「藤堂さん、これを」

弱り切った浩志の目の前に加藤が現われ、小さな袋をいくつか差し出してきた。M&M'sのチョコレートで、今回持ち込まれた米軍の救援物資の一つだ。M&M'sは元々戦地でも溶けないように開発された軍用チョコで、現在でもレーション（軍用食）の一つとして兵士に配られている。他にもハーシーズが開発した砂漠でも溶けない耐熱チョコバーは第二次世界大戦から米軍に支給されているが、非常時以外に食べないようにわざとまずく作ってあるらしく、兵士には評判が悪い。もっとも米軍のレーションは総じてまずい。戦場の米兵の士気が上がらないのは理解できる。

「気が利くな、加藤」

M&M'sの袋をヌデレベに一つ持たせ、別の袋を開封して、チョコを彼女の口に入れてやった。ぐずっていたヌデレベは、驚きの表情を見せ泣き止んだ。そして、チョコを噛み砕き、にこりと笑ってみせた。

　浩志は、ヌデレベを彼女の伯母に引き渡し、開封したM&M'sの袋も手に持たせてやった。手を振るヌデレベに浩志は、小さく手を振って答えた。

「藤堂さん、子供の扱いがうまいですね」

　加藤が妙に感心してみせた。

「馬鹿野郎、子供は苦手だ」

　子供に抱きつかれて泣かれるようなら、敵の弾幕の下にいた方がましだ。

「ヌデレベは、犯人たちの会話を聞いていたようだ。明日は、生存者を集めて、犯人の手掛かりになる情報を集めるぞ」

　浩志は、ヌデレベが言った砂糖という言葉が気になった。ウサイムが言うように彼女が聞き間違えたのかもしれないが、兵士の会話に出て来た言葉なら、地名や基地などのコードネームだったのかもしれない。浩志は、すぐさま瀬川を呼び、彼の衛星携帯で下北沢の土屋友恵に連絡させた。〝砂糖〟、〝ソンコル〟この二つのワードにひっかかる地名や基地などすべて調べるように指示をした。

四

浩志は、風の音で目を覚ました。

耳を澄ますと、小屋の残骸に張り付いている布が微かに風にたなびいている音が聞こえる。破壊し尽くされた村は静寂《せいじゃく》そのもの。片付けることができなかった死体の一部や血だまりから死臭が漂うだけだ。

だが、何か危険なものが迫っているような不安を感じる。これまで戦地で何度も危険な場面に遭遇したが、なんとか生き残ることができた。それは、死の恐怖を知っているからだ。恐怖により研《と》ぎすまされた感覚こそ、兵士の生存率を高めることができる。

浩志らは、仮設の診療所の近くで各自地面の上にシートを敷き、野宿をしている。左腕のミリタリーウォッチを見た。午前一時十二分。眠りについてまだ一時間ほどしかたっていなかった。傍らに置いたM四A一カービンを右手に持ち、静かに立ち上がった。すると浩志に合わせるかのように離れた所で加藤も立ち上がった。加藤も何かを感じたようだ。

この男の動物的な感覚に何度も救われたことがある。

ウサイム・ユスクと百人の部下は、村を取り囲むように野宿し、何人かを見張りに立たせているはずだ。今のところ彼らからは、何の合図もない。だが、浩志と加藤が二人同時に何かを感じたのなら、異変が起きていると疑ってかかるべきだ。

加藤にハンドシグナルで、仲間を全員起こすように命じた。

浩志は、近くで眠るワットの肩を軽く揺すった。

ワットは浩志が銃を持っているのを見てすばやく起き上がり、一緒に来た部下を起こした。その間にも仲間が装備を整えて集まりだした。

西北の方角から、AK四七と思われる銃声が響いて来た。予感は当たったようだ。

「アリゲーターの方角だ」

浩志は、ロシア製攻撃ヘリの墜落現場の方だと直感した。すぐさま辰也のパンサーチームを村の警備にあて、村の西北を目指してチームを進めた。ロシア軍が墜落した最新兵器を破壊するために、再度攻撃ヘリで襲撃してくる可能性は予測していた。だが、ヘリの音がしなかったところをみると、敵はパラシュート降下してきたのかもしれない。日が暮れてから、念のため墜落現場の近くに塹壕も掘っておいた。無駄ではなかったようだ。ロシアは軍事衛星を使って、墜落したヘリの損傷を確認したのだろう。

村から百メートルほど先で、ウサイムの部下たちが、北の方角に向かって膝打ちで銃を撃っている光景に出くわした。そうかと言って闇の向こうに敵のマズルフラッシュが見えるわけでもない。

「敵は、どこだ！」

浩志は一人を摑まえて問いただしたが、北側の闇を指で指し示すだけだ。

「馬鹿野郎、同士討ちになるぞ！」

浩志は男にウサイムを呼んで来るように命じた。

間もなくウサイムは、二人の部下とともにやってきた。

「どうしたんだ」

「見張りがこの先でパラシュートを見たと言っていますが、まだ発見できてないようです」

浩志に呼びつけられ、ウサイムは困惑しているようだ。

「闇雲に撃ったら、敵を撃つ前に仲間を殺すことになるぞ。銃撃を止めさせろ」

ウサイムは二人の部下をすぐさま伝令として走らせた。

「まずおまえの部下の半分を村に戻して警備にあたらせろ。後の者は、ヘリの墜落現場を中心に二人一組にさせて、散開させるんだ」

生き残った村人たちは、村の外れの仮設テントに避難させている。彼らを襲撃してきたとは思えないが、村人たちを安心させる意味でも近くに兵士がいた方がいい。

「分かりました」

ウサイムは大声を出して、部下を振り分けはじめた。

「敵がソマリ語を理解できないことを願うばかりだな」

ワットは、鼻で笑って首を振ってみせた。

ソマリアを一躍有名にした一九九三年の〝モガディシュの戦闘〟で、米陸軍が投入した特殊部隊で死亡したのは、百人のうち十九名だった。それに対して、ソマリア人の死者は千人にも及んだ。ソマリアの民兵が一般人を盾にしたことや同士討ち、それに銃火機の違いを考慮しても、ソマリア民兵の射撃の腕が悪かったことは事実だろう。

墜落した〝アリゲーター〟は、機首を西に向け、テールローターを東に向けた状態で横たわっている。〝アリゲーター〟の全長は約十六メートルある。この残骸を中心に、直径二十メートルの円を描くようにして掘られた塹壕に浩志たちは身を隠し、その周りに二重に取り囲むようにウサイムの部下たちを配置につかせた。ちなみにウサイムと二人の部下は、浩志の近くの塹壕に入るように指示をした。

後方で大きな爆発音がした。南西の海岸付近だ。桟橋付近で炎が見える。

「敵は、桟橋にいるぞ！」

ウサイムは立ち上がって大声で叫んだ。その声に呼応し部下たちも雄叫びを上げ、中にははやくも海岸に向かって走って行く者も現われた。

「ウサイム、落ち着け。部下を持ち場から離れさせるな！」

浩志は舌打ちをした。

「敵を殲滅させるぞ！　全員、桟橋に行け！」

ウサイムは、浩志を無視するかのように声を張り上げ、部下たちをせき立てた。

「聞け！ ウサイム、敵の陽動だ！ 行っても無駄だ」

「ミスター藤堂、この村の住人にとって、粗末な桟橋や船は命と同じなんだ。それを奪おうとするやつは許さない。皆殺しにしてやる」

ウサイムは吐き捨てるように言って、部下と共に海岸に向かって走っていった。

「こちらリベンジャー。爆弾グマ、そっちの状況はどうだ」

浩志は、村のウサイムの部下たちの動きを知るため、無線で辰也に連絡をとった。

「爆弾グマです。民兵たちは、今のところ、持ち場についています」

村に指揮官がいないため、最初の命令通りにしているのだろう。

「敵の狙いは、〝アリゲーター〟だ。村人の警備は民兵にまかせろ。敵は、おそらく北と南から我々を挟撃するはずだ。パンサーは、大きく迂回して、北側から回り込むんだ」

パラシュート降下した敵は二手に分かれ、一チームは桟橋か船を爆発させた後、海岸線に沿って移動し、南から来るはずだ。もう一チームは、降下した北から攻めてくるだろう。夜間にパラシュート降下するほどの技量を持った部隊となると、かなり手強いと考えた方がいい。

「またロシア人か。こんなところで、連中と闘うとは思ってもみなかったぜ」

同じ塹壕にいるワットは、ガムを噛みはじめた。戦闘前にガムを噛むのは気持ちを落ち着かせるのと、戦闘時に喉の乾きを防ぐのに役に立つ。隣りの塹壕にいるワットの二人の部下も涼しい顔をしてガムを噛んでいる。おそらくイラクかアフガニスタンで実戦の経験を積んでいるのだろう。彼らの服装や装備の身につけ方、それに使い込んだM四A一カービンがそれを物語っている。

五感は、何事も見逃すまいとピリピリと敏感になっている。こんな時、頭はクールダウンしているものだ。だが、血液中のアドレナリンの量は増え、体は熱く感じる。この緊張感が浩志はたまらなく好きだった。戦争や武器を嫌いながらも、闘うことに喜びを感じる、傭兵の悲しい性《さが》とも言える。

五

攻撃ヘリ〝アリゲーター〟の墜落現場から、お祭り騒ぎのように移動して行った民兵を待っていたものは、地獄だった。

桟橋付近から立て続けに爆発音が響いてきた。

「しまった。地雷か」

浩志は、鋭く舌打ちをした。もっと強く彼らを押しとどめるべきだった。

桟橋が攻撃されたのは、単に陽動作戦と思っていたが、そこに罠まで仕掛けてあるとは思わなかった。敵は、労せずにこちらの戦力を削《そ》ごうとしているのだろう。だが、この程度の子供騙しの作戦に乗るような兵士は、役には立たない。

「こちら、爆弾グマ。イーグルの北百五十メートル地点に着きました。ナイトビジョンで確認していますが、敵の姿はありません」

「リベンジャーだ。狙撃の用意をしろ」

今回、米軍からデルタフォースとまったく同じ装備を支給されている。したがって各自のM四A一カービンには、ナイトスコープが標準装備されていた。スナイパーである〝針の穴〟こと宮坂大伍なら、その有用性を最大限引き出すことができるはずだ。

「爆弾グマ、了解」

辰也に命令してみたものの、浩志は首を捻った。敵は陽動作戦を使って墜落現場の守りを薄くし、その間に一気に攻め立てて、〝アリゲーター〟を爆破すると浩志は読んでいた。陽動作戦から攻撃までの時間が開けば開くほど、作戦に新鮮みはなくなる。

北東の方角で、ポンという破裂音がした。次いでヒュルルという笛を鳴らすような音が続いた。

「迫撃砲だ！」

浩志が叫び、全員が塹壕に身を屈めた。途端に〝アリゲーター〟の三十メートル北で土煙を上げて砲弾が炸裂した。

続けてまたしてもポンという発射音が続いた。

「くそっ！」

砲弾は、間髪を入れずに着弾してくる。しかも確実に〝アリゲーター〟に着弾地点は近づいてくる。二十メートル向こうで爆発した場所から飛んできた土が、雨のように頭上に降り注いできた。爆発音で耳の奥がじーんとする。

「パンサー、北西三百メートル付近に急行しろ！　迫撃砲を潰せ」

「爆弾グマ、了解」

発射音から着弾までの時間からしても、敵は遠くにはいないはずだ。辰也なら、敵の位置をすぐ突き止めて粉砕してくれるだろう。

「イーグル、五十メートル西に撤退」

浩志の命令で、イーグルチームとワットらは塹壕を抜け出し、五十メートル西の方角に移動した。

迫撃砲は、尻に羽（安定翼）が付いた砲弾を筒状の砲身に落とすことで発射させることができる。構造が簡単なので、一分間に三十発の砲弾の発射が可能だ。また最も軽量の米軍が使用する六十ミリ迫撃砲なら、重量はわずか八キロしかない。

まさかパラシュート降下してくるような部隊が迫撃砲を用意しているとは思わなかった。敵の意表をつく作戦は、ソマリアの民兵の数が多いことをあらかじめ予測し、なるべく直接交戦しないように作戦を立ててきたに違いない。前回の作戦で〝アリゲーター〟を一機撃墜されたことが、よほど身にしみているのだろう。もっとも、撃墜したのが、民兵でなく浩志らだと知ったのなら、納得すると思うが。

「海岸方向に注意しろ。敵は、絶対現われる」

軽量の迫撃砲は、砲身を斜め上に突き立てて二本の足で支える。発射された砲弾は大きく弧を描き着弾する。命中率は悪い。着弾ポイントを変えるには、砲身の角度を勘で微調整することになる。

敵があえて迫撃砲を用いるのは、墜落現場から敵を四散させるためで、直接〝アリゲーター〟を狙ったものではないだろう。確実に破壊するのなら、〝アリゲーター〟に爆薬を仕掛けるはずだ。

「来ました！」

ナイトビジョンで見張っていた瀬川が、大声で知らせてきた。迫撃砲の爆発音でインカムからの音が聞き辛い。それに、近くで着弾した際に鼓膜をやられているのかもしれない。

「銃を構えろ」

墜落した〝アリゲーター〟の西五十メートルに陣取っていたイーグルチームは、M四Aカービンを地面に固定するように構え、ナイトスコープで照準を合わせた。敵の人数は、五名。ほぼ三メートル間隔で近づいてくる。

数秒間隔でしていた爆発音が突如《とつじょ》止んだ。砲弾が発射される破裂音もしない。辰也らイーグルチームが迫撃砲の攻撃に成功したようだ。

ナイトスコープに敵の姿がくっきりと入ってきた。距離はおよそ百メートル。引き金に指を添えた。

まさに引き金を引こうとした瞬間、敵の姿を見失った。

「何！」

ナイトスコープで敵の姿を探した。

「いました」

加藤が、一番に声を上げた。敵は、腹這いになって近くの草むらに隠れていたのだ。銃で狙われていることを知り、咄嗟に身を隠したに違いない。

浩志は、いやな予感がした。

殺気を感じ、振り返った。背後からナイフを持ち、目出し帽を被った男たちが数人襲ってきた。

「後ろだ！」

浩志は、咄嗟に襲って来た男の右腕をおさえ、一本背負いで投げ飛ばした。

気配を消した敵の襲撃があまりに俊敏だったため、M四A一カービンで対処できなかった。それに同士討ちの危険性がある。銃を使う者はいなかった。たちまち敵味方入り乱れての肉弾戦になった。敵の奇襲は失敗し、しかも味方七人に対して、敵は六人、こちらに分がありそうだが、敵はナイフを持っている上、不思議な格闘技を使う。突きや蹴りを肩や肘で受け流し、攻撃に転じてくる。攻守に遅滞がない。銃を使わずにナイフで攻撃してきたのは、彼らも同士討ちを防ぐためだろうが、格闘技もそうとう自信があってのことだろう。

「これは……」

経験したことがないこの武道は、ずいぶん昔にフランスの外人部隊で訓練の時、映像で見たことがある。ロシアの軍の格闘技〝システマ〟だ。〝システマ〟は、ロシアのコサックが古くから伝えてきた民族格闘技が源流と言われ、ナイフ、棍棒、槍などを使い接近戦を得意とする。この〝システマ〟を自由に使いこなし、特殊な任務についている男たちと言えば、ロシア陸軍最強の特殊部隊〝スペツナズ〟だ。

浩志は男の攻撃をかわしながら、三メートル左前方で加藤に組み付いた敵の背中に腰のホルダーからナイフを抜いて投げた。ナイフは男の背中に命中し、のど元にナイフをあてられていた加藤を危機一髪助けることができた。気を抜く間もなく背後から組み付かれ、敵の腕が首に絡みついた。反射的に体を左に回転させ、同時に肘撃ちを相手の肋骨にきめ、腕を振りほどいた。ちょっとしたコツだが、背後から首を絞められた時、左に体を回転させると、簡単に逃げられる。逆に右に回転すると、かえって首は絞まるのだ。

男は、脇腹を押さえながらも目と金的を狙ってきた。この掟破《おきて》りの急所攻撃も〝システマ〟の特徴だ。瞬時に敵の戦闘能力を奪う、戦場の格闘技ならではの技だ。

浩志は、男の右腕を摑み大きく引き回すように捻り、肩を外してさらに男の顔面に頭突きを喰らわし、昏倒《こんとう》させた。これで、形勢は一挙に変わった。フリーになった浩志が、苦戦している仲間に手を貸し、敵を倒して行った。

背後で銃撃音がした。

ワットの部下でスパニッシュ系のアンディー・ロドリゲスが、足を撃たれて倒れた。

「伏せろ！」

百メートル南に潜んでいた敵が、味方の危機を悟って銃撃してきたのだ。

全員草むらに伏せた。その隙に浩志たちと格闘していた男たちは、逃走して行った。

六

浩志が指揮するイーグルチームの頭上を無数の銃弾が飛び越して行く。海岸からやってきた敵が南東の方角から銃撃しているのだ。一時は制圧しかけた敵に逃げられてしまった。足下に浩志が最初にナイフを投げて倒した男の死体があるだけだ。敵のチームプレイは、徹底している。混戦で味方に銃弾が当たる可能性もあるにもかかわらず、援護射撃をしてきた。作戦に遅滞がないように味方の犠牲も覚悟の上なのだろう。

敵はロシア連邦軍参謀本部情報総局の特殊部隊〝スペツナズ〟だろう。彼らは、偵察、破壊工作、要人暗殺を得意とする。また平時においては私服でスパイ活動も含めた特務任務もこなすそうだ。そのため将校クラスには、数カ国語も話せる者もいるという。そういう意味では、イギリス陸軍のSASや、米陸軍のデルタフォースといった特殊部隊とは性格が異なる。

ナイフを持った敵に襲われたために迂闊《うかつ》にもM四A一カービンを手放していた。腰のホルスターからグロックを抜いて反撃した。だが、サブマシンガンとハンドガンでは明らかに分が悪い。

別の方角から銃声が轟《とどろ》いた。北の方角にマズルフラッシュが点滅している。銃弾は、南東に潜む敵に向けられたものだ。

「こちら爆弾グマ。遅くなりました」

辰也の声が頼もしく聞こえた。

浩志らもM四A一カービンで、反撃を開始した。

敵は、辰也たちパンサーチームの側面攻撃に、瞬く間に三名が撃たれ、逃げようとした二名も浩志らイーグルチームによって射殺された。

「爆弾グマ、助かったぞ」

「リベンジャー、三百メートル北に迫撃砲が放置してあるのを発見したのですが、敵はいませんでした。迫撃砲は、砲身に土を入れて使えなくしておきました」

辰也の連絡が本当なら、ナイフで襲って来た連中以外にも、まだ周辺に敵が潜んでいる可能性がある。

「爆弾グマ、敵は、また襲ってくる可能性がある。その位置から、敵の襲撃に備えよ」

「了解」

辰也たちイーグルは、〝アリゲーター〟より四十メートル北で、数メートル高い位置にいる。そのため、見張りとしても都合がいい。

今のところ、味方で目立った怪我をしているのは、太腿《ふともも》を銃撃されたワットの部下だけで、ナイフで怪我をした者もいるが、応急処置で事足りている。

「ワット、ドクターのところにアンディーを連れて行くんだ。それから、桟橋に行って、ウサイムたち民兵に村から動くなと言ってくれ。連中が出て来て同士討ちになることだけは、避けたい。そのまま村の警備についてくれ」

「分かった。すまんな」

ワットは、負傷した部下をもう一人の部下とともに抱え上げ、村に戻って行った。

敵は、ロシア最強の特殊部隊〝スペツナズ〟だ。ウサイムら素人民兵が加われば、足を引っ張られ、勝算はなくなる。戦争のプロ同士の闘いに素人が入り込む余地はない。

「敵は、また攻撃してきますか」

瀬川が厳しい表情で訊ねてきた。戦闘服の左肩の部分が斬り裂かれている。止血の布を肩に巻いているが滲《にじ》んでいる血はさほど広がりを見せていないので、心配はなさそうだ。

「やつらなら、目的を達成するまでは、挑んでくるだろう」

「それにしても、スペツナズとまともに闘うことになるとは思いませんでしたよ」

「知っていたのか」

「私は、陸自の空挺部隊に所属していますが、特殊な教育課程を経験しています。そのなかで、各国の特殊部隊の格闘技を学びましたから」

イギリスの〝フェアバーン・システム〟、イスラエルの〝カパプ〟、ロシアの〝システマ〟などが有名で、各国の特殊部隊は、これらの格闘技を取り入れたり、組み合わせて採用するところが多い。

「やつらは、ブラックナイトと関係しているのですか」

「いや、単純に墜落した最新兵器の機密を守るために任務に就いているのだろう」

いつの世も末端の兵士は、任務に忠実なのだ。彼らを動かしている司令官、政治家、国次第で、兵士は、極悪非道な略奪者にもなり、テロリストにもなる。

「移動するぞ」

浩志はさらに西に二十メートル移動することにした。墜落現場からは離れてしまうが、辰也らがいるところと同じように少し高くなっている。ナイフで襲ってきた連中はおそらくそこから、浩志たちが仲間を狙撃する態勢に入っているのを見たのだろう。

浩志は移動するにあたり、なぜか背後の〝アリゲーター〟が気になって仕方がなかった。

「瀬川、ナイトビジョンで〝アリゲーター〟に異常がないか確かめてくれ」

瀬川の使っているナイトビジョンはナイトオプティクス社製の双眼鏡タイプで五百メートル先の対象物でも認識することができる。

「特に異常は……」

ナイトビジョンの調整をしながら瀬川が首を傾げてみせた。

「今、何かが動いたような気がします。〝アリゲーター〟のローター部分です」

「貸してくれ」

浩志は、瀬川からナイトビジョンを受け取り、〝アリゲーター〟の上部を覗いた。〝アリゲーター〟は天井のローター部分を北にして墜落している。ナイトビジョンの緑色のスコープの中でカメレオンのように緩慢《かんまん》に動くものがあった。機体に沿って匍匐《ほふく》前進をしているようだ。おそらく浩志らが、南東に潜んでいた連中との銃撃戦の間隙《かんげき》を縫って、墜落したヘリに接近したのだろう。

「こちら、リベンジャー。針の穴、そこから、〝アリゲーター〟のローター部分に取り付いている敵兵が見えるか」

浩志は、スナイパーの宮坂に連絡をした。

「針の穴です。いました。これまで気が付きませんでしたが、はっきりと見えます」

「足を撃って、動きを止めろ」

「了解」

間もなく、二発の銃声がした。

「こちら、針の穴。二発とも敵の太腿に命中しました」

宮坂は普段と変わらない様子で報告してきた。

兵士は、撃たれた拍子に転がってヘリの機体から離れ、浩志のナイトビジョンでも全身が確認できた。

「こちら爆弾グマ。敵を回収します」

辰也のチームから、京介と黒川が陣地からそろりと出て来た。

浩志は、ナイトビジョンで撃たれた兵士を観察した。

「戻れ！　クレイジーモンキー、コマンド二、〝アリゲーター〟から離れろ！」

インカムに向かって、浩志は叫んだ。

それが合図だったかのように、〝アリゲーター〟は目映い閃光を放ち、爆発した。

「クレイジーモンキー、コマンド二、応答せよ」

浩志は、インカムに呼びかけた。

「こちらクレイジーモンキー。コマンド二も無事です」

京介が荒い息をしながら、答えてきた。

「コマンド二です。危ういところでした。クレイジーモンキーが負傷しましたが、大したことはなさそうです。ありがとうございました」

爆発の煙がはれ、〝アリゲーター〟のあった場所には大きな穴が空いていた。三十メートルほど離れたところに、京介と黒川が、尻餅をついて座っていた。

ヘリの近くで狙撃された兵士は、右手に何か持っていた。それが起爆装置だと浩志は気が付いたのだ。数秒連絡が遅れていたら、まちがいなく二人は死んでいただろう。

「民兵の手を借りて山狩りでもさせますか」

瀬川が、聞いてきた。

「残党は、今頃、回収されるため味方とのランデブー地点に急いでいるはずだ。深追いしない方がいいだろう。それよりも夜明けまで、村を警備し、負傷者の手当をする方が先決だ」

守るべきものもなくなった。これ以上闘う理由もない。

「結局、連中は、大きな犠牲を払って任務を達成しましたね」

瀬川の言葉にむなしい響きがあった。

「藤堂さん」

田中が、浩志と瀬川を交互に見ながら声をかけてきた。

「実は、記念にと思って、取り外して持っていたんですが」

布に包まれた金属製の箱と何かの基盤を田中は差し出した。

「〝アリゲーター〟のメインコンピュータのハードディスクと基盤です。これで、プログラムと飛行性能を解析できるはずですが、どうしましょうか」

機械オタクの田中らしい、抜け目ない行動だ。

「辰也に渡して、爆破しろ。何も残すな」

「米軍に渡さなくてもいいんですか」

田中が呆然とした表情をした。

「あの〝アリゲーター〟は俺たちがしとめた獲物だ。関係ない」

〝アリゲーター〟を米国に渡そうと思って闘ったのではない。奇襲攻撃に単に対処したに過ぎない。彼らの執拗《しつよう》な攻撃が許せなかっただけだ。

「はなむけですか」

田中は、浩志の気持ちを察したのか、静かに頷いてみせた。

「そんなところだ」

敵とはいえ、くだらない任務のために命を落とした兵士へのせめてものはなむけであり、地獄への手土産だ。もっとも彼らが三途《さんず》の川を渡れるならばだが。

敵の姿

一

ケニア第二の都市モンバサ。その歴史は古く、戦いの歴史でもあったという。十六世紀、ポルトガルが海からの攻撃を防ぐために造られた巨大な要塞、フォート・ジーザスはその象徴といえる。インド洋を見下ろす要塞は、イギリス保護領時代は刑務所として使われ、現代では絶景のビューポイントとして観光客を集める。

ソマリアのフウーマに墜落した〝アリゲーター〟を巡って、ロシアの特殊部隊と攻防が行なわれた二日後の午後。浩志たちを乗せた米軍のティルトローター機オスプレイは、モンバサの港に停泊している米海軍の輸送揚陸艦〝グリーン・ベイ〟に着艦した。ホテルに帰ろうとする浩志らに、ワットはめずらしく仲間全員を晩飯に誘ってきた。場所は、市の中心を東西に走るモイ・アベニューのタスクスの近くにある韓国レストランだ。

タスクスは、モンバサのシンボルとも言うべき巨大な象牙の形をしたアーチで、英国王女、エリザベス二世の訪問を記念して作られたそうだ。高さは十メートル、二本の象牙がクロスしたアーチの形になっており、左右の車線に一つずつある。

午後六時過ぎ、浩志たちは、ホテルからレストランまで全員でぞろぞろと歩いて行った。距離は二キロもないうえ、屈強な男たちが八人も揃って歩けば、強盗団もさすがに手が出せるものではない。むしろ地元の人間は怪しげな東洋人の一団を恐れて道を開けてくれた。

レストランでワットは、フウーマに同行した二人の部下と待っていた。足に銃弾を受けて怪我をしたスパニッシュ系のアンディー・ロドリゲスも何気ない顔をして、テーブル席に座っている。タフな男だ。

時刻は六時半、店内は白人の観光客が数人と、黒人のビジネスマンが数人。満席ではないが、入口で案内を待っている客もいる。ワットは、六人掛けのテーブル席を二つ予約していた。

「ワット、俺はともかく、仲間の胃袋を甘く見過ぎてないか。おまえの一月分の給料はなくなるぞ」

「大丈夫だ。俺は独身で使い道のない金を沢山持っているからな。今日は、祝賀パーティーだ」

ワットは、上機嫌だった。

「祝賀パーティー？」

「コージ、俺の隣りに座ってくれ」

浩志は、ワットの隣りに座った。ワットは、さっそくビールやごちそうを注文した。一緒に闘った仲間だけに、誰一人気兼ねする者はいない。席に着くなり、仲間たちはワットの部下も交えて盛り上がった。別に騒いでいるわけではないが、総じて地声が大きいだけにうるさい。店にいる他の客が、迷惑そうな顔をしている。今さら、この男たちに何を言っても無駄だろう。いやなら、他の店に行ってもらうしかない。

「機嫌がいい訳を聞かせろ」

ビールをラッパ飲みしているワットに浩志は訊ねた。

「オマル・ジルデが米軍への協力を約束してくれた。それに、とりあえず、ロシアの出ばなを挫《くじ》くことができた。司令部も高く評価してくれた。ケニアでの任務は終わったんだ。今日で、このくそ暑いモンバサともお別れだ。明日ジブチに戻る。他の部下は、おまえも知っているデビット・マッキーニ少佐に任せて先に帰すことにした」

デビット・マッキーニ少佐は、浩志らがジブチで捕らえた海賊の一味の引き渡し交渉に当たった男だ。ワットの右腕で、チームの副官らしい。軍人らしい男で、浩志の印象もよかった。

「モンバサに比べれば、まだましだ。ケニアでの責任者は俺だったから、あんたたちを雇うことができたが、次回は保証できない」

「ジブチも暑いことに変わりはないだろう」

「コージ、あんたたちはどうする。次の作戦は正直言って、どうなるか分からない。ケニアでの責任者は俺だったから、あんたたちを雇うことができたが、次回は保証できない」

「敵の姿は、摑みかけてきた。だが、この先まだ闘うかどうかも含めて、俺たちは独自に動くつもりだ」

浩志はあいまいに答えた。

モンバサの病院で殺された吉井利雄三等海佐を殺した犯人をまだつきとめていない。浩志は、犯人を追いつめ、港から逃げて行った漁船に乗っていることは確認していた。そして、その漁船の行き先をワットが、米国の軍事衛星を使ってソマリア南部のフウーマだということを調べ上げていた。

正直言って簡単に考えていた。フウーマに行けば犯人を捕まえることができると思っていたからだ。だが、結果は、フウーマは貧しい漁村で、海賊の出撃基地として囮《おとり》にされたに過ぎなかった。本当の海賊がいるソマリア北部にある村は、民兵も海賊もいるためとても近づくことはできない。その点、フウーマは寂れた村ということで囮にするには都合がよかったのだろう。

フウーマで村民を拘束し、監視していたのは、四人の黒人だった。彼らは単なる雇われ兵に過ぎないだろう。問題は彼らのバックには、ロシアが見え隠れしていることだ。

　ソマリア沖で相次いで撃沈されていた商船は、ブラックナイトに関係していた。それは武器密輸を力ずくで潰そうとするロシア政府が動いたものなのか、あるいは、撃沈された商船に関係していたブラックナイトとは別のグループの仕業《しわざ》なのか、今のところ分かってはいない。同時にフウーマを海賊の出撃基地だと偽装しようとした犯人も、ロシア政府かブラックナイトなのか、今のところ判断はできない。

　ただし、フウーマを攻撃してきたのは、ロシアの正規部隊だったことは間違いない。二機の最新鋭戦闘ヘリ〝アリゲーター〟が村を急襲し、翌日ロシア政府から正式に攻撃したことを発表されたことからも明白だ。しかも、撃墜された〝アリゲーター〟の破壊工作にロシア最強の特殊部隊〝スペツナズ〟も登場している。

　ワットによれば、ソマリアを含むアフリカでのロシア軍の総指揮官は、ロシア連邦軍参謀次長のユーリー・セルジュコフというエリート軍人らしい。ワットの任務は、ユーリー・セルジュコフの企《くわだ》てを事前に察知し、目的を阻《はば》むことだという。任務といっても、それは、米ロの二大強国が裏でしのぎを削るよくある小競り合いのようなものだ。殺された吉井利雄三等海佐は、その馬鹿げた争いの犠牲者なのかもしれない。

　浩志がひっかかりを覚えるのはそこだ。自分だけならともかく、仲間までそんな価値のない闘いに引きずり出したくはないという気持ちがあった。

携帯が鳴ったため、ワットは中座した。盛り上がりは最高潮のため、店の外に出るしかないだろう。

数分後、ワットは、まるで亡霊にでも取り憑《っ》かれたようにふらふらと席に戻って来た。その顔は異常に青ざめていた。あまりの変貌ぶりに騒いでいた連中も静かになった。

「どうした、ワット。何があった」

「やられた」

浩志の質問にワットは、ぼそりと答えてきた。

「何のことだ」

「ジブチ行きの最終便が、ナイロビ空港から離陸直後に爆発した」

「何だって！　本当かボス」

ワットの言葉に驚いたのは、部下のアンディー・ロドリゲスだった。彼ともう一人の部下である黒人のマリアノ・ウイリアムスも頭を抱えている。

「説明してくれ、ワット」

「その飛行機には、俺の部下が乗っていた。俺たちも乗るはずだったが、パーティーを開くために、急遽キャンセルしたんだ」

浩志の質問に答えるなり、ワットは両手を握りしめ、テーブルを叩いた。彼は、タスクフォース、四チーム、十六人の部下を持つ指揮官だった。一度に十四人の部下を失ったことになる。

二

ケニア航空のB七三七は、離陸直後に爆発し、ナイロビの郊外に墜落した。乗客乗員八十九名の命が失われた。墜落現場の調査を依頼された英国の会社が、事故の二日後に、飛行機の残骸から、貨物室が爆発したことを突き止め、事故ではなくテロとして捜査が進められることになった。

ワットの片腕で、彼らのチームの副官だったデビット・マッキーニ少佐を含めたワットの部下十四人もこのテロの巻き添えになっていた。後で分かったことだが、マッキーニ少佐をはじめとしたワットの部下の遺留品から、ロシアの人形マトリューシュカが出て来たそうだ。彼らの持ち物でもなく、もちろんケニアの土産物でもない。関係者だけに分かる犯人からのメッセージなのだろう。ソマリアのフウーマで壊滅状態になったロシアの特殊部隊の仇を見せしめ的に報復されたに違いない。

ワットは、司令部から帰還命令が出たために、米空軍の輸送機C一三〇〝ハーキュリーズ〟でジブチに戻って行った。部下を失い落胆するワットに司令部が配慮したのだろう。

浩志は、いずれジブチに行こうと思っていたが、ソマリア人のコミュニティーの代表と彼らの事務所があるナイロビで接触し、情報収集をしていた。最初は彼らも警戒していたが、ソマリアのジャマーメを拠点にしているクランの長、オマル・ジルデに紹介を受けた途端、浩志はフウーマのソマリア人を敵から守り、支援物資まで持って来た男として、英雄扱いされた。そのためコミュニティーの情報は、望むだけ入って来るようになった。コミュニティーは、複数存在し、仲間と手分けして接触した。だが、ロシア船を沈没させた海賊に関する情報を得ることはできなかった。

ソマリア人からの情報収集とは別に、フウーマで出会った少女ヌデレベから聞いた犯人の会話の一部については別に捜査をしていた。彼女が犯人から聞いた言葉は、〝砂糖〟、〝行く〟だった。単純に考えれば、砂糖と名のつく場所に行くことになる。この〝砂糖〟というキーワードで、傭兵代理店の友恵に調べさせたが、満足な回答は得られなかった。

一つだけ〝砂糖〟という言葉から類推されるのは、サトウキビである。とりわけアフリカの南東部にあるモザンビークには、広大なサトウキビ畑があり、その国章には、サトウキビがあしらわれているほどだ。そこで、辰也のパンサーチームをモザンビークに派遣し、現地の傭兵代理店とともに情報収集をさせていた。

飛行機事故からすでに三日目になるが、得られる情報も底をついていた。モザンビークに派遣した辰也らも、捜査が的外れだったことがすぐ分かり、すでにナイロビに引き返していた。

ナイロビでは、街の北、ジパンジーガーデンの向かいにあるコンフォートホテルに滞在していた。バジェットホテルのため低予算で泊まれ、設備も充実しておりセキュリティーもしっかりしている。

浩志らは、ホテルのレストランで最後のランチを食べていた。食事が終われば、ナイロビから飛行機でジブチに行くつもりだ。ナイロビでの情報収集に限界を感じたことと、先にジブチに戻ったワットから早く来るように催促を受けたからだ。移動には、〝ケニア・パワー・サービス〟社所有の小型ジェット機、〝リアジェット〟をチャーターした。爆弾テロが起きたばかりなので、航空会社の旅客機に乗ることを避けたのだ。

食後のコーヒーを飲んでいると、向かいの席に座る辰也の表情が変わった。つられて後ろを振り返り、浩志も目を丸くした。レストランの入口に、偽装艦船〝みたけ〟で特殊作戦チームの一員として一緒に働いていた元特別警備隊員である鮫沼雅雄と村瀬政人が立っていたのだ。二人は浩志を見つけ、緊張した表情で近づいて来た。

「桐生さん、お願いがあって参りました」

二人は、浩志の前で直立不動の姿勢で立っている。鮫沼が二人を代表するように口を開いた。

「座ってくれ。他の客が驚くだろう」

辰也が気を利かせて席を立ち、二人は浩志の正面の席に座った。

「日本に帰ったのじゃないのか」

「〝みたけ〟は、積載していた補給物資を降ろすためにジブチ港に寄港しました。我々は、辞表を提出し、港で降りました。三日前ナイロビ経由でモンバサに行き、桐生さんたちを探しましたが、いらっしゃらないので昨日、ナイロビに来ました」

手当たり次第ホテルに電話をかけ、足を使って浩志らが宿泊しているホテルを捜し出したらしい。

「何をしにきたんだ」

二人の行動からして目的は分かっていたが、あえて訊ねてみた。

「足手まといは分かっていますが、我々を桐生さんのチームに入れてください。お願いします」

鮫沼らは、テーブルに額をつけんばかりに頭を下げた。

「理由を聞こうか」

浩志はあえて冷たい表情で訊ねた。近くにいる仲間は、固唾《かたず》を飲んでその様子を見守っている。

「〝みたけ〟に乗船していた我々四人は、今回の任務がある以前から、亡くなった吉井三等海佐の直属の部下でした。吉井三等海佐は大変厳しい方でしたが、人間として尊敬でき、時として兄のような存在でした」

鮫沼は、その先を言わなかった。だが、彼らが吉井を殺した犯人に復讐するためここまで来たことは誰にでも分かった。

「一時的な感情に流されているのじゃないか」

「それは決してありません。辞表を提出したことで汲《く》み取ってはいただけませんか。お願いします」

鮫沼は真っ赤な顔をして答えてきた。

「この二週間、俺たちはそれなりに動いてきた。だが、まだ犯人には手が届いていない。しかも、この先、犯人を見つけられるという保証もない。そんな当てもない捜査に加わってどうする」

「それは、承知しております。とことん納得して諦めたいのです。あの日、我々二人は、吉井三等海佐がモンバサの病院に行かれる時、護衛を志願しましたが、大げさになるからと断わられました。あの時、無理にでもお供をしていれば、あのようなことにはならなかったかもしれません」

「馬鹿馬鹿しい。素手でＡＫ四七や七四サブマシンガンに勝てたとでもいうのか。おまえらの死体が二つ増えただけの話だ」

浩志は、鼻で笑った。実弾が飛び交うような戦場に行ったことがない人間は、ものごとを簡単に考え過ぎるからだ。

「いいえ、この身はたとえ銃弾を受けようとも、敵から銃を奪えたと思います。あそこでむざむざ吉井三等海佐を死なせるようなことはなかったと思います」

鮫沼は、声を荒げた。

「私も同感です。吉井三等海佐の盾になってでも、あの方を死なせはしませんでした」

鮫沼の隣りで黙っていた村瀬も口を揃えた。二人は、吉井に同行できなかったことを悔やみ、この二週間地獄の日々を送って来たのだろう。また、彼らにそういう気持ちにさせる吉井に人徳があったといえよう。

「馬鹿野郎！　自分の命を粗末にするやつに人の命が守れるか」

浩志の怒鳴り声に、レストランは騒然となった。レストランの入口に駆けつけた警備員を瀬川が慌てて押しとどめている。

「何が何でも生きようとしなければ、戦場では生き残れない。生への執着は、兵士の力になる。死ねばよかったと思えば簡単に死ねるのが戦場だ。そんなやつに足を引っ張られて死ぬのはごめんだ」

「自ら死ぬつもりは、我々にはありません。ただ……」

「黙れ！」

浩志は、二人をしばらく無言で睨み続けた。二人は、浩志の視線を外すことなく、見返して来た。彼らの決意を何人も変えることはできないだろう。二人とも死を覚悟しているからだ。

「俺たちは正規の兵士じゃない。戦場で怪我をすれば置き去りにされる覚悟はしておけ」

二人は、きょとんとした顔で首を傾げた。

「今度、自分の命を差し出そうなんて言ったら、その場で俺が殺してやる」

チームに入れとは言わない。自ら志願した者だけがチームに入る資格があるからだ。

「はい、ありがとうございます」

二人は深々と頭を下げた。すると、辰也が席を立って、二人の前に右手を差し出した。

「思いっきり叩け」

辰也は、真剣な顔で言った。

二人が辰也の手を叩くと、他の仲間も次々と席を立って二人に手を差し出した。どうやら仲間からも認められたようだ。

浩志は仲間を見渡して頷いた。みんな清々しい顔をしていた。

三

高地で過ごしやすいナイロビから、灼熱のジブチに移動した浩志らは、ジブチの半島の東側にある〝ホテル・ラ・シエスタ〟に宿をとった。中心街よりやや北に位置したシエスタ海岸に面しており、治安は比較的いい場所だ。ラ・シエスタは、中堅のホテルで物価が高いジブチでも宿泊料金は手頃だ。

ジブチ空港からホテルに入った浩志らを、ワットはラウンジで待ち構えていた。ラウンジからの眺めは、夕陽で赤く染まった海を背景に三角形のプールサイドがライトアップされて見える。とはいえ、特別いい眺めとも言えない。可もなく不可もない、そんな印象のホテルだ。

「ここに予約を入れたと聞いたから来てみたが、ずいぶんしみったれたホテルに泊まっているな。どうせなら、俺が泊まっているケンピンスキーホテルにすればよかったのに」

ワットは、笑いながら手を差し出してきた。

浩志は、ワットの手を握り、力強く握手をした。この男は、すでに悲しみを乗り越えているのか、それとも人に見せないようにしているのか。いずれにせよ強靭《きょうじん》な精神力の持ち主だということに変わりはないだろう。

ケンピンスキーホテルは、ホテル・ラ・シエスタとちょうど半島の反対側の西海岸沿いにあり、正式にはジブチ・パレス・ケンピンスキーホテルという五つ星のホテルだ。二〇〇八年に施工は終わり、二百万平米の敷地に国際会議が可能なコンベンションホールを備えた大規模で豪華なホテルだ。日本の大手ゼネコンが、日本の建築技術を導入し短期間で施工したため、ジブチの奇跡とまで言われているそうだ。もっとも成功の裏には、怠惰な現地の労働者をあまり使わず、アジアから連れて来た優秀な労働者を使ったという裏話もあるらしい。

浩志とワットは、プールサイド側の席に座り、ビールを頼んだ。

「ナイロビでは、何か新しい情報を得られたか」

ワットは、席に着くなり、真剣な顔で聞いてきた。

「ソマリア人のコミュニティーに接近することはできたが、彼らは特に目新しい情報を持っていなかった。だが、プントランドの族長を一人紹介してもらった」

「プントランドの族長？　ひょっとして海賊のボスの一人か」

「そうだ。海賊のことは海賊に聞くのが一番だろう」

浩志は、涼しい顔で答えた。プントランドは、一九九八年にソマリア北東部の氏族が自治政府として独立宣言をしているが、国家破綻したソマリアの一部であることに変わりはなく治安も悪い。

「プントランドまで行くつもりか。いくらあんたでも死にに行くようなものだ」

「まさか。ここから車で十分もあれば会える」

「どういうことだ」

「ケンピンスキーホテルに一週間前から、滞在しているそうだ」

「ケンピンスキー！　いつ会うんだ」

自分と同じホテルと聞かされて、ワットが目を丸くした。

「今晩、バーで会うことになっている」

「俺も一緒について行っていいか」

「だめだ。俺一人で会うことになっている」

「まあいいか。ホテルのバーはやたら広い。離れた場所で酒を飲んでいても怪しまれないだろう」

ワットは、いつものように太い首をカメのように引っ込めてみせた。

「ところで、俺に早く来るように急かしたのは、おまえだ。何か情報を摑んだのか」

「有力とまではいかない。モンバサの病院を襲撃した犯人の死体をジブチの基地に送ったのは、話しただろう。そこで、犯人の死体から、遺留品に至るまで徹底的に調べ上げた。だが、残念なことに犯人の身元は分からなかった。国際手配されているようなテロリストではなかった。また使用されていた武器の出所も不明、ありふれたＡＫ四七だったからな」

「話にならん。ワット、俺たちは、ここまでジェット機をチャーターしてきたんだぞ」

「最後まで聞けよ。基地に送った犯人の遺体は三つ。そのうちの二つから、おもしろい物が検出された」

ワットは、一枚のカラー写真をテーブルの上に置いた。

「これがどうした？」

写真は、奇妙な形をした木の写真だった。太い幹からうねるように天に突き出した枝から剣状の葉っぱが密集している。

「竜血樹の写真だ。乾燥地でも立派な大木になり、樹液が血のような褐色をしているからそう呼ばれるのだろう。カナリア諸島やソコトラ島、それに北アフリカの半乾燥地帯や沿岸部に自生している常緑高木だ。樹齢は数千年を超えるものもあるらしい。樹液はシナバルと呼ばれ、止血や抗炎作用があり、薬や塗料として使われる。みやげものとして売っている観光地もあるほどだ」

「止血や抗炎作用？……この樹液が、犯人の体から検出されたのか」

「二人の犯人には、首と腕に擦り傷があり、傷の上に塗布されていた。竜血樹は、希少種だが、分布している地域は広い。今、ＣＩＡが関係を調べているところだ」

「経過報告はしてくれ。俺は、晩飯を食べたら、パレス・ケンピンスキーホテルに行くつもりだ」

左腕の時計を見た。午後五時四十分になっていた。

四

ベージュの麻のジャケットにTシャツ、それにジーパン。ジャケットの下には、グロック一九を隠し持った。灼熱の国の五つ星ホテルに行く格好としては、それで充分だろう。

午後八時、タクシーでパレス・ケンピンスキーホテルの正面玄関に乗り付けた。真ん中に噴水がある広大な庭園を回廊のような三階建てのホテルが取り囲む形になっており、玄関は、中庭の一番奥にある。パレスと名付けるだけあって、アラブの王宮をイメージさせる作りだ。豪奢なエントランスに入ってすぐにライトアップされた噴水が目に入った。やたら広いロビーから、星形の噴水の横を通り、突き当たりのラウンジを右に折れると、指定されたバー〝グランド・バラ〟があった。

バーは、白と黒を基調とし、壁に様々な槍や盾が飾られている。アフリカの色々な部族から集めたものだろう。ワットの言った通り、ここもやたら広い。テーブル席は、ゆったりとしたソファーで部屋のあちこちに配置してあり、観光客やビジネスマンがグラスを片手に談笑している。カウンターバーは入口から一番離れた奥にあった。派手なカラーシャツを着たワットが二人の部下と一緒にカウンター席にちゃっかりと座っている。

約束したプントランドの氏族の族長は、アブドラル・モハムドという名で、年齢は五十一とまだ若い。探すまでもなく、カウンターの前のひと際大きいソファー席にドレスを着た黒人の美人を両脇にはべらせて座っていた。白いスーツにフリルのついたシャツを着て金と銀の混じったネクタイをしている。格好からすれば、一世代前のマフィアのボスのようだ。その奥と手前のソファーには、ダークスーツの屈強な黒人が、八人。用心深い男のようだ。

浩志がソファーの前で立ち止まると、二人の用心棒が前に立ちふさがった。

「ジャマーメのオマル・ジルデが言っていたミスター藤堂かね」

「そうだ」

右手に持ったワイングラスを優雅に動かし、アブドラルは自分の前に座るように勧めてきた。前に立っていた男たちは席に戻り、浩志はアブドラルの正面に座った。

「もっと、大きな男かと思っていたが、意外に小さいのだな」

浩志を上から下まで見て、アブドラルは感心してみせた。

「私は、用心深い人間でね。いくらクランの長からの紹介だからと言って、すぐに会うようなことは普通しないのだが、明日には、英国の別荘に行くので時間がない。そこで部下に君のことは調べさせた。ミスター藤堂、君は、裏社会じゃあ結構な有名人なんだな」

破綻国家だからといって、貧乏とは限らない。ソマリアでも、族長クラスはかなり裕福な暮らしをしているようだ。特に暫定政権の閣僚クラスは、別荘や自宅を英国に構えている者が大勢いると聞く。

「くだらん、自慢にもならない」

浩志はそっけなく答えた。女をはべらせているような男と話していること自体腹立たしさを覚える。用がなければさっさと帰るところだ。

「君は、自分の傭兵チームを率いて、これまでいくつも戦歴を重ねているそうだが、プントランドの軍隊を鍛える教官に就く気はないかな」

「悪いが、先約がある。五年先までは、予約で一杯だ」

うるさいと言いたいところだが、目の前の男が情報提供者であることを考えるとそうもいかない。

「残念だな。我が国で働けば、いい生活ができるぞ」

「海賊ビジネスでか」

「海賊は、ビジネスの一つに過ぎない。どうやら君は、我々に偏見を持っているようだな。イスラムの過激派を追い出せば、ソマリアは平定され、新しい国家体制でプントランドは中心的な役割を持つことになる。それまでは国力を保つために手段は選ばないつもりだ」

ソマリアの暫定政権の大統領にプントランドの前大統領が就任している。また、有力な氏族や軍閥の長などの指導者も入閣している。

「イスラムの過激派に金を流しているという噂がある」

「今は、出していない。彼らに金を払い、プントランドに来ないようにしていただけだ」

「それにしても、海賊ビジネスで、世界中を敵に回している。国家を再建しても国際社会は認めないぞ」

「確かにそれは心配している。特にロシアや米国、フランスもやっかいだ。だが、疲弊し、乱れきった国内では産業どころか農業もなりたたない。非合法な手段で金を得るしかないのだ。アフリカは、欧米の列強に何百年にもわたって蹂躙されてきた。今は、そのツケを少しずつ払ってもらっていると考えている。我々は、殺したり奴隷《どれい》にするようなことはしない。白人と違い紳士的に振る舞っているが、残念ながら、彼らにはそれが分からないらしい」

アブドラルの話は、詭弁《きべん》に過ぎないが、妙に説得力がある。

「いつまで続けられるかだな」

ロシアのように、理由をつけて襲撃してくる可能性は、これからもあるだろう。

「オマルに聞いたが、ロシア軍は、フウーマを海賊の村だといいがかりをつけて攻撃してきたらしいな」

「ロシア軍が襲撃したことは事実だが、村を占拠していた連中が、攻撃してきた連中とつるんでいたかどうかは、分からない」

「それじゃ、ミスター藤堂。これを見てもらうか」

浩志にキャビネサイズの写真をアブドラルは手渡してきた。夜間、赤外線モードで撮影されたものらしく、不鮮明で見にくい。被写体は船で、船首甲板に大きな荷物が置かれ、艦橋付近も部分的にシートで覆われている。

「艦橋のところをよく見てみろ」

アブドラルに言われてよく見ると、シートで覆われた部分が、大きな筒状になっている。

「……ミサイル発射装置？　この船はミサイル艦なのか。とすると、船首甲板にあるのは荷物じゃなくて、単装砲か機関砲にカバーがかけられているのだな」

言われてみればミサイル艦だと分かるが、あまりにも画質が悪いため、どこの艦船かまでは分からない。

「おそらくロシアのミサイル艦だ」

アブドラルは得意げに言って鼻を鳴らした。

ロシアは、ソマリアの海賊対策にバルト艦隊の巡洋艦、駆逐艦クラスの艦艇、ミサイル巡洋艦を派遣している。だが、ミサイル艦は、巡洋艦に比べて小さい。機動力があるので、海賊船相手にはいいのかもしれないが、インド洋まで派遣するとは思えない。

「このミサイル艦が、韓国船を撃沈させたのだ」

「断定できるのか。そもそもこの写真は、どこで撮影されたものなんだ」

「小型でチンピラが乗るような海賊船には無理だが、私の配下が乗る大型ダウ船や高速艇の船員にはなるべく赤外線モードを備えたデジタルカメラを持たせている。海上で遭遇した海軍の艦艇を撮影して後で分析するためのものだ。偶然にも韓国船が撃沈された時、たまたま付近を通りかかった高速艇の手下が撮影に成功した」

「船種記号は見なかったのか」

艦船の場合、船首に記された記号で識別できる。写真に写ってなくても、それさえ分かれば大きな手掛かりになる。

「汚れていたのか、上から何か塗られていたのかは分からないが、見えなかったそうだ。おそらく、先に沈められたウクライナ、ロシア船もこの船の仕業だろう。我々に罪をなすり付けるために、やっているに違いない。汚いやつらだ。捕まえたら、切り刻んで禿鷹の餌にしてやる」

アブドラルは拳を握り、激しい口調で罵った。

「ミサイル艦か……」

確かにミサイル艦に搭載された武器なら大きな商船でも簡単に撃沈できる。浩志は、ミャンマーでブラックナイトのエージェント王洋《おうよう》に、攻撃ヘリ〝アパッチ〟で襲撃されたことを思い出した。だが、ミサイル艦ともなれば、どこにでも隠せるような代物ではない。国際犯罪組織ブラックナイトも、それほどの武器を持っているかどうかは疑問だ。

「まだ疑っているのかね。これまで、撃沈されてきた船は、RPGで撃沈できるような小型船じゃないんだぞ。それとも、我々がミサイル艦を保有しているとでもいうのか」

苛立ち気味に、アブドラルは大げさにグラスを持った手を動かし、ワインをフローリングの床にこぼした。

「そうじゃない。この写真の画像データを解析したい。手に入るか」

「ようやく納得したのか」

アブドラルは指を鳴らして、近くにいる手下を呼び寄せ、耳元で指示を与えた。手下は、軽く一礼してバーを出て行った。

「シャンパンでも飲むかね。私が奢るよ」

「いや、自分で頼む」

浩志は、ボーイを呼んでターキーのストレートを頼んだ。

二十分ほどアブドラルの自慢話を聞いていると、先ほど出て行った手下が現われ、浩志に封筒を渡して来た。

「希望の品だ、持って行くがいい。今度英国の別荘にでも遊びに来てくれ」

「海賊から足を洗ったら、考えてやる」

浩志は、にやりと笑って席を立った。

アブドラルの手下が、眉間に皺を寄せて一斉に睨《にら》み付けてきた。

「口の減らない男だ」

そう言うと、アブドラルは、乾いた笑いをしてみせた。

浩志は、軽く手を上げ、バーを後にした。

五

パレス・ケンピンスキーホテルのバーを出てラウンジにある噴水の前を通りかかると、携帯が鳴った。

「コージ、収穫があったようだな」

ワットだった。ホテルにいる間は、アブドラル・モハムドの手下に見張られている可能性があるので、わざわざ携帯にかけてきたのだろう。

「画像データを貰った。これが、手掛かりになるかどうかは、これからだ。今の段階では役に立たない」

画像をなんらかの方法で解析しない限り、役には立たない。浩志の脳裏には、下北沢の傭兵代理店の天才的ハッカーであり、画像処理のエキスパートでもある土屋友恵の名が浮かんでいた。

「分かった。後で俺にもその画像のコピーをくれないか」

「メールで送っておく」

「サンキュー。気が利くね、兄弟。車で送って行こうか」

「タクシーで帰る」

浩志は携帯を切って、ロビーに出た。

首筋に冷たい視線を感じた。アブドラルの手下かもしれない。

気が付かない振りをして、玄関でタクシーに乗った。

ケンピンスキーホテルから、浩志の宿泊するホテル・ラ・シエスタまでは、およそ二・五キロ。車で十分もかからない。

「急にドライブがしたくなった。右折して港にやってくれ」

タクシーの後ろを一定の距離を保ちながらついてくる車が気になる。

浩志は、ジャケットの下に隠し持っているグロック一九をいつでも抜けるようにした。

「お客さん、危ないことはごめんですよ」

黒人の運転手がバックミラー越しに文句を言ってきた。浩志は、二千ジブチフラン札を二枚運転手に渡した。地元住民が行くようなレストランなら、物価が高いジブチでも四百ジブチフランも出せば一食、食べられる。

「私の運転、うまいから大丈夫ね」

途端に運転手の機嫌が良くなった。大抵のアフリカの国々では、こうした場合、金は万能薬だ。運転手は、交差点のラウンドアバウト（ロータリー）で右にハンドルを切った。後ろの車もついてきたが、距離は保っている。早い時間帯なので車の通りはある。偶然かもしれない。

「そこを左だ」

このまま行けば、港の脇を通り、堤防のように湾を仕切る直線道路に入る。街から離れるので、尾行しているとしたら、目立つ。港のガスタンクの横を通り、タクシーは、直線コースに入った。すると背後の車は、突然手前の交差点を左折していった。

「あれっ。後ろの車、街に戻って行きましたよ。どうします、お客さん」

尾行していた車は、浩志の意図に気が付いて諦めたのだろう。

「この先のラウンドアバウトでUターンしてくれ」

「それじゃ、すぐにホテルに着いちゃいますよ」

運転手が心配顔でバックミラーを覗き込んできた。

「さっきの金はとっておけ」

「ありがとうございます」

運転手に笑顔が戻った。

浩志は、ホテルに戻ると、すぐに瀬川の部屋を訪れた。

部屋には、退屈していたのだろう、瀬川と黒川がポーカーをしていた。

「瀬川、こいつのデータを友恵に送って、解析させてくれ。ついでにワットにも送っておいてくれ」

アブドラルから貰った封筒には、小指の先ほどの小さなUSBメモリーが入っていた。瀬川はさっそくパソコンに繋いで中から画像データを取り出し、メールに添付して友恵とワットに送った。時刻は、午後十時を少し過ぎた。日本は明け方の四時過ぎ、結果は明日になるだろう。

しばらくすると辰也と宮坂が部屋に入ってきた。

「藤堂さんを尾行していた車ですが、今、田中たちが見張っています。どうしますか、すぐ車は出せますよ」

辰也が、答えた。浩志を尾行していた車を二台の車で追跡していたようだ。車はジブチに来てすぐ借りていた。八人乗りのワンボックスを二台、どちらも使い込まれた日本車だった。頼んだわけじゃないが、浩志を陰ながら護衛していたようだ。ワンボックスには、田中と加藤と京介、それに新しく仲間になった鮫沼と村瀬が乗っている。瀬川と黒川は緊急連絡に備え、留守番をしていたようだ。

「場所は、どこだ」

「ホテル・ド・フランスです」

「ホテル・ド・フランス？」

浩志は首を捻った。アブドラル・モハムドの手下なら、ケンピンスキーホテルに泊まっているはずだ。

「辰也、そいつらを見たか」

「ばっちり見ましたよ。白人の男、人数は三人でした」

辰也は、白い歯を見せて笑った。

浩志は、ケンピンスキーホテルに宿泊しているアブドラル・モハムドに電話をかけ、白人に狙われているかもしれないと注意を促した。タイミングから言って、浩志を狙っていたというより、尾行していた連中の狙いは、アブドラル・モハムドの可能性も考えられるからだ。もし、考えているようにロシアの情報部か特殊部隊なら、海賊の長を殺害して、また海賊退治だと宣伝するかもしれない。

これで、アブドラルに借りはなくなった。

「それじゃ、見に行くか」

「そうこなくちゃ」

辰也の顔が弛《ゆる》んだ。しばらく様子を見るのもいいし、思い切って踏み込み、身元を確かめるのもいい。この街では殺人は日常生活のうち、何があってもおかしくない。浩志たちにとっても都合がいい場所だ。

灼熱の国の夜は、はじまったばかりだ。

六

ホテル・ド・フランスは、ジブチの中心街を南北に通るリパブリック通りの交差点の角に面しており、欧米の旅慣れた観光客や黒人のビジネスマンが利用する中堅のホテルだ。辰也の運転する車で、ホテル・ラ・シエスタを出た。ホテルで留守番をしていた瀬川と黒川も入れて五人、その中でも辰也と瀬川と宮坂は、一八〇を超す巨漢のため、八人乗りのワンボックスでも窮屈だ。

ホテル・ラ・シエスタから、ホテル・ド・フランスまでは一キロほどの距離で、リパブリック通りを南に進めば、すぐに着く。ジブチは南北に長い小さな半島に栄えた街なので、行動範囲は自ずと限られてくる。

「藤堂さん、連中がホテルを出るようです。田中からの連絡です」

インカムのヘッドセットを装着している辰也が、助手席に座っている浩志に言った。

浩志は、慌ててヘッドセットをした。

「リベンジャーだ。ヘリボーイ、どうなっている」

「ヘリボーイです。ホテル前の駐車場に停められた二台の乗用車に八人の男が乗り込むところです。一台は、グリーンの〇五年型ルノー・ルーテシア、もう一台は、グレーの八七年型ワーゲン・サンタナです」

機械オタクの田中らしい報告だ。

「車が、ホテルを出ます。リパブリック通りを北に向かいます」

インカムに入る無線は、ヘッドセットを着けている全員に流れる。

辰也は急ハンドルを切り、右折して脇道に入ったところで車を停めた。辰也はこの街に何度も来ているため、地理は熟知している。浩志は安心して運転を任せていた。

「ワンブロック北で、左折しました」

ジブチの中心街の道路は、片側一車線だが、やたら広く感じる。もっとも中央分離帯どころか車線や横断歩道もない。それに歩道が明確に区別されていないせいもある。車が両脇に停めてあっても問題なく通れるし、何気なく片道に二台走行していることもある。信号もないこの街で、人々は独自の交通ルールで運転しているようだ。

「ジェネバ通りを右折しました」

田中の報告に、辰也は車を発進させ、突き当たりの交差点を右折させた。

ジェネバ通りは、港を道路で仕切られた湖のような場所を周回する道路で、港を横切る道路にぶつかる。

「港に向かっているのかもしれませんね」

辰也は、独り言のように言って、突き当たりを左折し、港が見えるT字路の手前で車を停めた。五メートル先は、ジェネバ通りだ。

待つこともなく目の前をグリーンのルノーとグレーのワーゲンが通り過ぎ、二十メートルほど遅れて、田中の運転するワンボックスが走って行った。辰也も田中のすぐ後ろにつけるように右折し、ジェネバ通りに出た。

先頭を行く二台の車がジェネバ通りの突き当たりを左折した。直進すれば、港に入る。時刻は、十一時になろうとしている。街はこれから賑わいを見せるが、港はすでに眠っている。

「ヘリボーイ、港の入口で待機しろ」

「こちらヘリボーイ。了解しました」

浩志は、田中の車を港の入口近くで停車させた。車の通行がほとんどない時間のため、尾行に気づかれる可能性があるためだ。

港は、半島の西側にあり、大小の埠頭が海に突き出している。一番南にある埠頭は比較的小さく、漁船や個人所有のボート専用になっている。すぐ隣りにある小さな埠頭は、海軍と海上パトロール船などが専用に使用しており、その北側に日本ではよくキリンと呼ばれる巨大なクレーンを五基備えたコンテナ専用の埠頭がある。そして、一番北側にくの字に折れ曲がった細長い埠頭があり、大型のタンカーや客船を停泊させることができる。また、各国の大型艦船は、この埠頭に停泊しているのだ。

ルノーとワーゲンは、一番北の埠頭に入った。この埠頭への道は一本しかないため、中でUターンされても、入口で待機させた田中の車がすぐに対処できる。

埠頭は大きな倉庫が建ち並んでいるが、道路に障害物はなく見晴らしはいい。辰也は、ライトを消して、速度を落とした。外灯も満足にないため、相手に気づかれる心配はないだろう。

追跡している二台の車は、埠頭の中ほどに停車した。辰也は、右折させ倉庫の陰に車を停めた。

辰也を車に残し、浩志は瀬川と宮坂と黒川を伴い、倉庫の裏側から二台の車に近づいた。車から、誰も出てくる様子はない。埠頭に車を停めるということは、船を待っているのかもしれない。しかも、車が停車している前には、空の桟橋がある。この時間タグボートは使えないことから、来るとしたら小型の船なのだろう。

「船で逃げられたら、面倒ですね」

瀬川が、ささやくように言ってきた。そうなれば、モンバサの港の再現になる。

浩志は、ワットに携帯をかけた。現状を説明し、協力を求めたところ快く引き受けてくれた。これで、軍事衛星で港を監視できるはずだ。

「リベンジャーだ。ヘリボーイ、敵は船で逃走する恐れがある。なんとかならないか」

「ヘリボーイ、了解しました」

港だけにどこを見ても船だらけだ。浩志は、無断で借りられないかと打診したのだ。

二十分ほどすると監視している二台の車が動き出した。近くの倉庫の横に車を移動させ、男たちは車を降りた。八人の男たちは埠頭から突き出した桟橋に降りて行った。その内の一人が、足を引きずりながら歩いている。後ろ姿にも見覚えがあった。モンバサの病院を襲撃して来た集団を指揮していた男に違いない。あの時目出し帽を被っていたのは、一人だけ白人であることを隠すためだったのだろう。浩志は拳《こぶし》をぐっと握り締めた。

湾の暗闇から影絵のようにライトを消した船が姿を現わした。意外に大きい。全長五十メートル近くある船は速度を落としゆっくりと桟橋に近づいてくる。船の船首甲板には、七十六ミリ単装砲、艦橋の左右の側面には、二本の大きな筒状のミサイル発射装置。ミサイル艦だ。そして、舷には一〇一八と船種記号が書かれている。

「何……！」

アブドラル・モハムドの海賊の手下が韓国船を沈没させた船を撮影していた。不鮮明だったが、それもミサイル艦だった。

「藤堂さん、あれはロシアのミサイル艦ですよ」

ささやくような瀬川の声に動揺が感じられる。彼には、アブドラルから貰った画像の詳細を話してなかった。

「どうしますか」

瀬川が催促して来たが、どうしようもない。夜中とはいえ、ロシアの艦船として堂々と入港しているミサイル艦をどうにかできるものでもない。桟橋に立っている男たちにせよ、足を怪我している男が犯人に酷似しているからといって、襲撃することもできない。

「リベンジャーからヘリボーイ」

「こちらヘリボーイ。たった今、港で大型のプレジャーボートに乗り込んだところです」

「作戦を中止せよ。繰り返す。作戦は中止だ」

「了解しました」

浩志は、苦渋の選択をした。プレジャーボートで追ったところで、敵う相手ではない。むしろ、泳がせて彼らの目的地を突き止めた方がいいだろう。

艦船にしては小型だが、全長五十メートルはある船を桟橋にいとも簡単に横付けさせ、甲板から二名の乗組員が飛び降りて来て、船をロープで固定した。みごとな操船技術だ。

八人の男たちは次々にミサイル艦の船尾へ飛び移って行った。足を引きずっていた男も楽々と、ジャンプして乗り込んでいった。実に軽快な動きだ。桟橋に付けられていた時間はほんの一分ほど、ミサイル艦は、エンジンを切ることもなく離岸していった。

ジャケットの携帯が鳴った。

「コージ、もう船は来たか」

ワットの声だが、落ち着きがない。

「どうした、もう行っちまったぞ」

「シット！……すまん。この地域の軍事衛星が、イラクで使われていた。なんとか短時間だけ借りられないか交渉していたところだった」

「……いや、気にするな」

携帯を切った浩志は、右手で倉庫の壁を思いっきり殴った。

逃がした魚は大きい。特大の魚は、悠々と暗闇の外海へと消えて行った。

竜血樹

一

ロシアのミサイル艦を逃がした夜。浩志は、仲間とワットとその部下も交えて、ジブチの街で飲み明かした。

翌朝、睡眠不足の浩志は久しぶりに二日酔い気味だった。普段なら、ロードワークで体に残ったアルコールを汗と一緒に流すのだが、そんな気力はなかった。ホテルのプールサイドのテーブル席でコーヒーを頼んで座った。すると瀬川もボーイにコーヒーを頼んで、向かいの席に座ってきた。

「昨日飲みに行く前に、土屋に連絡をして目撃したミサイル艦について調べさせました」

「聞かせてくれ」

浩志も含めて仲間のほとんどが無精髭をはやしているのに、瀬川は、毎日ヒゲを剃ってさっぱりとしている。そういう意味では黒川も同じだ。長年自衛隊の中で規律正しく生きてきたという顔だ。だれている時、この男の顔をみると不思議と気がしまる。

「昨夜の一〇一八の船種記号を持つ船は、モールニア型大型ミサイル艦で、一九九五年に建造され、バルチック艦隊に所属しています。モールニア型では最後に建造されたものだそうです」

「バルチック艦隊？」

浩志は、船種記号が明記され、所属まで分かるような艦船が闇に乗じたとはいえ、商船を撃沈させるような大胆な行為をするのか疑問に思っていた。アブドラル・モハムドの手下の海賊が撮影した写真によれば、犯行時には、船首の武器や艦橋脇のミサイル発射装置にシートがかけられ、船種記号も隠されていたようだ。撃沈された船は、まさかミサイル艦に襲撃されているとは思ってもいなかっただろう。ミサイルを発射されはじめて気が付いた時には、すでに海の藻くずになっていたに違いない。だが、海賊に目撃されたように、レーダーに映らないような小型船に目撃される可能性はある。

「撃沈事件があった時、ミサイル艦がどこにいたのかまで分かるのか」

ミサイル艦の船足は速い。だが、速いと言っても車や鉄道より速く移動できるスピードでもない。事件があった日の位置がある程度分かれば、犯人と断定できる可能性もある。

「それが、一〇一八の船種記号を持つロシアのミサイル艦には、アリバイがありました」

「アリバイ？」

「先月から修理のため、ロシアのカリーニングラードで、ドック入りしています」

「馬鹿な、間違いじゃないのか」

「間違いないようですが、念のため、土屋に再度確認させています。もっとも彼女も納得していませんでしたが」

瀬川の言葉が終わらないうち、彼のジャケットの携帯が鳴った。

「土屋からです。出られますか」

「替わってくれ」

浩志は、瀬川の衛星携帯を受け取った。昔の馬鹿でかいサイズではなく、今時の衛星電話は普通の携帯電話と外見上は変わらない。

「藤堂さんですか、お久しぶりです。おもしろいことが分かりました。ひょっとしたら、藤堂さんが目撃したミサイル艦は、偽物かもしれません」

「偽物？　ハリボテで作ってあるわけじゃない。ミサイル艦だぞ」

「いえ、そういう意味ではなくて、船種記号が二重に使われている可能性があります」

「同じ艦が、二つあるという意味か」

「早い話そうです。ロシア海軍のサーバーを調べてみたら、一九九五年に建造された二隻のうち、一隻が二〇〇九年四月に退役しています」

友恵はロシア海軍のサーバーまでハッキングしたようだ。

「関係国にでも売られたのか」

「記録上は、新しい防空システムのミサイル艦と交代させるために廃棄処分になっています。モールニア型大型ミサイル艦は、その後に大型化された派生型よりひと回り小さいのですが、全長五十六メートル、速力は四十三ノット（約八十キロ）とシリーズでは最高速を誇っていましたので、ロシア海軍では同型の船はすべて防空システムを改修してまだ現役で使っています」

「にもかかわらず、一隻だけ廃棄処分か。ということは、廃棄処分になったミサイル艦が、現役の艦の船種記号を使っていると考えて間違いなさそうだな」

「ただ、このミサイル艦には弱点があります。航続距離が短いのです。十六ノットで千八百マイルです」

千八百マイルは、約二千九百キロ。韓国船が撃沈された海域までは、ジブチから、最短距離で二千百二十キロ、片道しか行けないことになる。しかも、高速で移動すれば、当然航続距離も短くなる。

「補給艦の支援があれば別だが、これまで撃沈した海域がソマリア沖のインド洋だったことから考えて、ジブチが基地ということは考えられないな」

「私もそう思います。お役にたてましたか」

「助かった」

浩志は、携帯を瀬川に返した。

「昨夜目撃した八人の男たちを回収するためにわざわざジブチまで来たのでしょうか」

瀬川は、電話のやりとりでおおよその内容は摑んだようだ。

「ミサイル艦は、船足が速い。連絡船のような役目もしているのかもしれない」

ミサイル艦に回収された男たちは、飛行機かなにかで一旦ジブチにやって来たのだろう。

「おい、俺は砂糖と言ったんだ。コーヒーに砂糖はつきものだろう」

突然二つ離れたテーブル席から、怒鳴り声が聞こえてきた。京介が黒人のボーイを相手に文句を言っている。京介が改めてシュガーというと、ボーイはなぜだか〝ソンコル〟と言って納得していた。京介の発音が悪いのは仕様がないにしても、ボーイが違う言葉で復唱しているのは笑える。まるで漫才のような掛け合いに、他の観光客の失笑を買っていた。

「ソマリアの周辺国は、ソマリア人が多いので、彼はソマリ語で復唱しているのでしょう」

瀬川も笑いながら、言った。

「ソンコル……？」

浩志は、はっとした。京介を相手にしているボーイを呼びつけた。

「あの男と何をもめていたんだ」

「あのお客様に最初にシガーと言われて、葉巻は売っていませんと答えたら、突然怒り出したので、びっくりしました」

やはり、京介の英語力の問題だった。

「ソンコルと言っていたが、ソマリ語でシュガーの意味だったな」

「よくご存知で、私は、英語の発音が聞き取れない時がありまして、先ほどのシュガーとシガーなんて、意味がまるで違うのに間違えることがあります」

浩志は、ボーイにチップを渡して帰した。そして、携帯を取り出し、ソマリアのジャマーメを拠点としているクランの長、オマル・ジルデにかけた。コールはしているが、なかなか出ない。

「くそっ！　早く出ろ」

三十分ほど粘って、やっと通じた。

「コージだったのか。今モガディシュにいるんだ。取り込み中で電話に出られなかったのだ。すまない」

オマルの携帯から、銃撃音とRPGと思われる爆発音が響いてくる。

「忙しいのに、すまない。あんたの部下のウサイム・ユスクと話がしたい」

「それは、残念だったな。一昨日、……彼は、〝ヘズラ・イスラム〟のテロリストに殺された」

「…………」

戦地で会った人間ほどあてにならない者はない。たとえ、一分前に笑顔で話していたとしても、次の瞬間、銃撃されて死んだというのはざらにある。

「私では、……役に立てないかね」

モガディシュはかなり激しい戦闘が続いているらしい。銃撃音は間断なく続き、電波も途切れがちだ。オマルが立てこもっている場所の通信状態が悪いのだろう。

「ウサイムに、村で助けたヌデレベという女の子のことで聞きたかったんだ」

「ヌデレベのことなら知っている。……彼女が、どうかしたのか」

「彼女は、村を襲撃してきた犯人の言葉を断片的に聞いていたようだ。〝ソンコル〟と〝行く〟という単語だ。〝ソンコル〟という単語に似た、ソマリ語で地名はないか」

これまで、様々な言語に置き換えて確かめてみたが、分からなかった。

「ないなあ。おそらく意味はないのだろう……。あの村は貧しい。あの子は幼い上に、満足に教育も受けていない。……字も書けない。聞き慣れない言葉を覚えられなくて、似ている言葉に置き換えているうちに、元の言葉を忘れてしまったのだろう」

「置き換えたのか。……それなら、ソマリア人にシナバルを使う習慣はあるのか」

犯人の体から竜血樹から作られたシナバルが湿布されていたと、ワットから聞いている。

「シナバルは、傷に効果があると聞くが、ソマリア人は貧乏だから、使わない。それにあれが流通しているのは北アフリカだ。……そういえば、ソコトラ島から、手に入るから北プントランド辺りのソマリア人なら使うかもしれないな」

「ソコトラ島から？」

「まてよ、ソコトラとソンコルは、似ているな。……ヌデレベは、聞き慣れない〝ソコトラ〟を〝ソンコル〟に置き換えて覚えたのじゃないのか」

オマルは笑いながら答えてきた。

「オマル、助かったぞ」

「こんなことで役にたったのか。……よかった。モガディシュに戦闘がなくなったら、ジャマーメの私の自宅に遊びに来てくれ。……俺は、生きているうちに、自分の街を観光地にして……金持ちの日本人を呼ぶつもりだ」

オマルは平和になったらとは一言も言わなかった。夢を語りながらも、現実は平和とはほど遠いことを彼が一番よく知っているのだろう。

「必ず行く」

浩志は、携帯を切って大きな溜息をついた。死と背中合わせの男と電波を通して語りながら、こっちはコーヒーに砂糖がついていないと騒ぐだけの平和がある。彼らはなぜ銃をとるのだろうか。それは、目の前に敵がいるからだ。こんな場面を日本でしたり顔の学者や政治家に見せてやりたい。彼らは、紛争地に必要なのは武力でなく民間の援助だとよく言う。言うのは簡単だ。だが、紛争地に援助物資を届けるにも、武装していかねばならない現実がある。それでも、武器はいらないと言うのだろうか。

「瀬川、海図を持って来てくれ」

待つこともなく瀬川は、偽装艦船〝みたけ〟でも使っていた海図を持って来た。海図には、作戦行動をした場所や、撃沈されたロシア、ウクライナ、そして韓国の商船の位置が記してある。

「ソコトラ島から韓国船が撃沈された場所までの距離を測ってくれ」

ソマリアの東北東に位置するイエメン領のソコトラ島は〝みたけ〟で任務に就いている時、何度も近くを航行している。

「直線距離で、千二百五十六キロです。……なるほど。もし、ここがミサイル艦の基地だとしたら、補給なしで往復できますよ」

瀬川も大きく頷いてみせた。

「全員にいつでも出発できるように連絡をしてくれ」

浩志はゆっくりと波打っていた体中の血が荒々しく流れ出したのを感じた。

二

イエメン領ソコトラ島は、ソマリア半島の突端アシル岬の東北東約二百四十キロのインド洋上にあり、周辺に小さな無人島を従えているため、ソコトラ諸島と呼ばれることもある。また、ソマリア沖の海賊で世界でも有数の難所となったアデン湾の入口に位置する。

ジブチから、飛行機で対岸のイエメンの沿岸都市であるアデンに移動し、フライト待ちで三日待機した後、ソコトラ島行きの国内線に乗った。途中、リヤンという小さな空港を経由するため、千キロの距離を二時間半かけてのフライトになった。

メンバーは、浩志とワット、それに加藤のたったの三人。バックパッカーを装うにはこれが限界だろう。団体観光客の振りをするにしても、屈強な男たちが十三人も揃ってはできるものではない。それに、二〇〇八年に世界遺産に登録されたとはいえ、観光客を大勢受け入れられる施設も整っていない。団体の観光客はそれでなくとも怪しまれる。

他の仲間とワットの部下は、米海軍の輸送揚陸艦〝グリーン・ベイ〟に乗り、ソコトラ島の北西百キロの海域で待機している。浩志とチームリベンジャーズは、再び米軍と契約を結んだのだ。もっとも、ソコトラ島にロシアの大型ミサイル艦が停泊していることを浩志が突き止め、証拠の衛星写真まで提出されては、浩志らを雇うというより協力という形というのが正しいだろう。

浩志らは、島の北側に位置する沿岸の街、ハディボウにホテルをとった。ソコトラ島は、六月から九月まで強い季節風が吹き荒れるため、観光客は少ないようだ。おかげで部屋数の少ないホテルに一人一部屋借りることができた。

「コージ、正直言って、今回の情報は、まだ腑に落ちない」

チェックインをすませた後、ワットはビールを片手に浩志の部屋にやって来た。

「実は、ロシアは、ソコトラ島に軍事基地をつくるという情報が以前入っていたが、それはガセと判断されていた。確かにここは、アデン湾を航行する上で軍事的な要衝となるが、ロシアは、リビアとの協定で海軍基地をリビアに作っている。今さらここに基地を作ったところで、意味はない。しかもここは、世界遺産に登録されたんだ。我々は、ソコトラ島をまったく無視していた」

ロシアは、リビアに対し、旧ソ連時代の四十五億ドルにも上る債務を帳消しにし、その代わり総額二十億ドル以上の武器を購入する契約を結ぶと同時に、リビア国内に海軍基地を開設するという契約まで結んでいた。

「俺は、ロシアが海軍基地を作っていると情報を入れた覚えはない。ブラックナイトに関係した商船を撃沈したミサイル艦の基地がある可能性が高いと言っただけだ」

浩志は、傭兵代理店の友恵にソコトラ島を調べさせた。彼女は、軍事衛星を使って、島の北側にある元イエメンの海軍基地跡の桟橋に停泊しているミサイル艦の撮影に成功した。ただそれだけの話で、詳しくは現地で調べるほかないのだ。

「確かに、軍でも改めて軍事衛星で確認した」

「だからこそ、バックパッカーに変装してここまで来たんだろう」

服装はもちろん、浩志は、ヒゲを伸ばしサングラスをかけた。ワットは、かつらを被ってまったくの別人になっている。驚いたことに特注品を持っていた。どうやらワットは、デルタフォースでもさらに特殊な任務を受けているチームの指揮官だったようだ。

「そうだが、確証が欲しいんだ。ミサイル艦はたまたま海が時化《しけ》ているため避難していた可能性も考えられる。それにミサイル艦が撃沈事件の犯人と同一なのかは、今のところ確認できてない」

プントランドの族長の一人であるアブドラル・モハムドから手下の海賊が撮影したという写真は、極めて解像度が悪かった。そのため、画像処理をしてみたが、船を特定できるほどの情報は得られなかった。

「ワット、殺された部下の仇を取りたい気持ちは分かるが、落ち着け。焦っては判断を鈍らせるだけだぞ」

浩志には、ワットのいらつきの原因が痛いほど分かった。ナイロビ空港で搭乗した飛行機が爆破され、十四人もの部下を一瞬にして失っている。彼らは、ほぼ全滅状態にさせられたロシアの特殊部隊〝スペツナズ〟の報復として、テロに遭ったに違いない。部下の遺留品から出て来たマトリューシュカがそれを物語っている。指揮官としてワットは、やりきれない日々を送っているに違いない。

「藤堂さん、いらっしゃいますか」

ドアが軽くノックされ、加藤が入って来た。頭から粉がふいたように砂を被っている。強風が砂塵《さじん》を巻き上げるために外出すると砂まみれになるのだ。

「日本製の四駆が借りられました。車はホテルの脇の空き地に停めてあります」

空港から、ホテルまではタクシーできている。それからすぐに加藤は、車を借りるために街に出ていた。今から三時間も前のことだ。ちゃんとした専門のレンタカーショップはないため、地元の小さな旅行代理店に借りたのだ。あらかじめアデンで手配してあったが、先方の手違いで持ち主を捜すのにたらい回しにされたようだ。

「お疲れ。食事前にシャワーでも浴びてくれ」

時刻は、もうすぐ午後五時になろうとしていた。

「コージ、食事前に海軍基地があった場所を見に行かないか」

ワットは、立ち上がってそわそわしている。

「行くか」

加藤をホテルに残し、浩志はワットと二人で出かけた。車は、日本製のランドクルーザーだ。故障が少ないため、中東やアフリカでは絶対的な信頼がある。目的地は、ハディボウから七キロ東の海岸線沿いにある元イエメンの海軍基地があった場所だ。

街の外れの荒れ地に竜血樹とバオバブの樹を見かけた。風が強く、乾燥した島だけに竜血樹は、荒れ地にしがみつくように生えている。こぶのある節くれだった幹から、太い枝が天に向かって伸びている。枝の先に申しわけ程度の尖った葉っぱが生えていた。おそらく原始の時代からその姿を変えていないのだろう。この竜血樹に呼び寄せられるようにこの島にやって来たのだと、浩志はその異形《いぎょう》の植物を見て思った。

海岸線沿いの道路は舗装してあるが、さえぎる物がないため海からの突風で、ハンドルを取られそうになりながらも目的地には十分で着いた。道路を挟んで南側にフェンスで囲まれたエリアがある。ガスタンクやいくつかの建物があるが、どれも大半が砂で埋もれていた。ここ何年も使われていないのは一目瞭然だった。

道路の北側の海岸線にコンクリート製の大きな桟橋がある。ミサイル艦の姿はなかった。軍事衛星で確認したのは、五日前のことだ。時化の合間をみて出港したのだろう。

「何もない……」

ワットは、大きな溜息をついて肩を落とした。

「ワット、ミサイル艦の現在地は分かっているのか」

「この島の九十キロ北北東の海上にロシアの艦隊が停泊している。その中に紛れ込んでいるはずだ。問題は、軍事衛星をミサイル艦にロックできないことだ。司令部の関心は常にイラクやアフガニスタンに潜むテロリストにあるからな」

「最後に確認したのは、いつのことだ」

「今日の午前中のことだ」

　ミサイル艦は、単に時化でソコトラ島に立ち寄っただけで、撃沈事件やナイロビ空港の爆破事件に関わっていた犯人をロシア艦隊に移送してしまったと、ワットは考えているのだろう。そうなれば、いくら捜査したところで犯人を見つけ出すことは不可能だ。

「撃沈事件を起こしたのが、ミサイル艦だとしたら、航続距離の問題で、この島を基地にするか、あるいは補給艦を従えた艦隊と合流していたのか、どちらかだ。この島が使われなかったのなら、可能性を完全に否定する証拠を集める必要がある。犯人を追いつめるなら、地道に調べるほかないんだぞ」

「そうだな、俺は根っからの軍人だ。あんたのように刑事の経験がない。だから、地道に捜査するのが、どうやら苦手のようだ」

　ワットは、力なく笑ってみせた。

「俺も、苦手だ」

　浩志は、筋肉で盛り上がったワットの肩を叩き、車をUターンさせた。

三

夜になって季節風が一段と強くなった。ホテルの窓ガラスを不気味な音を立てて揺さぶり立てては、少しの間だけ息を潜める。

午前二時、風の音に混じり、廊下に微かな足音がした。

浩志は、わざと寝息を立ててベッドで様子を窺った。

ドアの鍵が開けられ、ゆっくりと開く。殺気は感じられない。襲うつもりはないらしい。男がベッドの横に置いてある浩志のバックパックを音も立てずに持ち上げ、そのまま部屋から出て行った。

しばらくすると男は再び現われ、浩志のバックパックを元の位置に戻すとそのまま出て行った。バックパックには、下着と洗面用具の他には、地図やガイドブックが入れてあるだけだ。フライト待ちのアデンで買った使い古しのバックパックに古着も買って詰め込んでおいた。財布とパスポートは、枕の下に入れてある。もちろん銃は携帯していない。怪しまれる物は一切持っていなかった。

廊下に人の気配が消えると、浩志はゆっくりと起き上がり、廊下に出た。するとかつらを外したワットと加藤も部屋から出てきた。三人は頷き合い、階下へと降りて行った。

裏口からホテルを抜け出し、借り物の四駆に乗った。運転はトレーサーマンの加藤に任せ、浩志は助手席に、ワットは後ろの席に乗り込んだ。侵入者のものと思われる車のライトが街の東に遠ざかって行く。高いビルもなければ、外灯もない街だけにヘッドライトをつけて走ればすぐに分かる。

加藤は、ヘッドライトも点けずに走り出した。浩志も夜目は利くが、加藤は通常の人間の三倍近い視力を持っている。そのため、月明かりさえあれば、スピードを出して運転しても平気なのだろう。

「コージ、驚いたぜ。あんたの言っていた通りに、侵入者を撃退しなくてよかった。まさか夜中に持ち物検査をされるとは思わなかった。俺のバックパックにはテントまで入っていたから、連中まんまと騙されただろうぜ」

ワットは、低い声で笑った。

アデンの街で旅行代理店に顔を出してみた。するとソコトラ島でキャンプツアーというのを見つけた。申し込むと現地のガイドが島を案内し、キャンプの手伝いをしてくれるというものだ。世界遺産に登録されたソコトラ島は、〝インド洋のガラパゴス島〟とも呼ばれ、独自の進化を遂げた動植物で有名だ。自然を愛するツーリストがホテルにも泊まらず、野営するという。それを真似て、ワットはアデンでキャンプセットを一式揃えていた。

「ホテルで晩飯を食っている時に、視線を感じた。三人連れの外人が珍しいのかとも思ったが、そうでもなかったようだな」

浩志は経験したことはないが、アフリカでは日本人の旅行者が〝シネ〟とか〝チャイナ〟と罵られ、石をぶつけられることがあるらしい。いずれも中国人と間違えられてのことだ。中国は、いまやアフリカの最大の支援国になっている。しかし、それはアフリカの資源獲得、安価で粗悪な商品と大量の武器の輸出が条件になっている。ロシア同様、アフリカを混乱に陥れている中国の所業をアフリカ人は認識しているため、援助を受けても軽蔑するというわけだ。

三百メートル先に赤いテールランプが見える。スピードは、六十キロほどか。海岸線の道路は、舗装されており、直線のコースが多い。しかも草木のあまり生えていない見通しのいい荒れ地を走るため、これ以上車間を詰めることができない。

「海軍基地の跡を通り過ぎます」

加藤は、バスガイドのように言った。夕方ワットと見に来たポイントだ。やはりここには何もないのかもしれない。

やがて前方の車は、大きく右に描くカーブに入った。島の東の端にさしかかったようだ。ソコトラ島は、東西に約百三十キロ、南北に約四十キロ、空港は島の中央よりやや西側に位置し、浩志らのホテルがあるハディボウは、島のやや東寄りにある。島の東側の端は、波が穏やかなせいか小さな漁村が多い。そのため、海岸沿いを走る道路は、村を避けるために何度もカーブすることになり、道はやがて南に方角をとり、島の中央に横たわる山を越えるコースになる。

二つ目の大きなカーブを過ぎた地点で車は停まっていた。加藤は、ランドクルーザーを付近の岩陰に隠れるように海岸道路から荒れ地に乗り入れた。三人ともベージュのTシャツを着ている。砂漠仕様の戦闘服とまではいかないが、荒れ地では目立たないはずだ。今回の潜入は、イエメンの国内線を使っている。空港で取り調べを受けた場合のことを考え、武器はもちろん通信機も持って来なかった。

道路の南側は傾斜になっており、海岸が見下ろすことができる。大きな岩から岩へ走り抜けて、車を見下ろせる場所まで移動した。

海岸に幅広のエッジが丸い形をした中型の船が乗り上げていた。

「あれはロシアのズーブル型揚陸艦だ」

ワットが興奮気味に言った。

ホーバークラフトのようなエア・クッション型揚陸艦だ。沖合に母船となっている大型の揚陸艦が停泊しているはずだ。エア・クッション型はかなり騒音が激しいが、ソコトラ島特有の吹き荒れる風音に紛れている。揚陸艦から二台のトラックが降ろされた。大きなコンテナをいくつも積んでいる。トラックが砂浜から舗装された道に出ると、揚陸艦はU

ターンをして海面を滑るように波間に消えて行った。

ホテルに侵入して来た男たちは、この現場を見られないように、新たに島に来たバックパッカーが不審人物かどうか調べに来たのだろう。

コンテナを積載した二台のトラックと追跡していた車は、南の方角に走り去った。

「車で追いかけるか」

「いや、道路は一本道だ。敵に遭遇したら、隠れようがない」

今にも走り出しそうなワットを押さえ、浩志は加藤の肩を叩いた。

加藤は、頷くとすぐさま走り出した。彼は追跡のプロだ。並外れた体力と追跡するための知識と経験を持っている。たとえ徒歩だろうと決して獲物を逃がさない。

「いくらなんでも、車を走って追いかけるのは無理だろう」

「連中は、そんなに遠くまで行かないはずだ」

島には上陸可能な海岸は、いくらでもある。物資を隠密で運ぶにしても一番近くの海岸を選ぶはずだ。おそらく離れていたとしても、十数キロが限度だろう。

「俺たちは、どうすればいいんだ」

「ここで、待つしかないだろう」

浩志はワットを促し、車に戻った。眠るつもりはないが、シートのリクライニングを倒して横になった。車内の温度が高くて息苦しいが、強風で車内が砂だらけになるので我慢した。だが、結局背に腹はかえられずに、左右のウィンドウを少しずつ開けた。過ごしやすくはなったが、髪の毛に砂がたまるのがよく分かった。

一時間ほどで、加藤は帰ってきた。

「ここから九キロ登った山の上の方で、工事をしていました」

車に乗り込んで来た加藤によれば、道路脇の道を三十メートルほど入ったところにトラックが停められており、その奥で工事がされていたそうだ。基礎工事はすでに終わっており、コンテナを降ろす作業をしていた。おそらく工事は最終段階に入っているのだろう。

「これを見てください」

加藤は、浩志にデジカメを渡してきた。彼には、高感度のデジカメを持たせてあった。

「岩の形をしたドームも設置するようです。完成したら、上空からは識別することはできないかもしれません」

「まさか……」

ワットが、デジカメの画面を見て絶句した。

「どうした？」

「〝ケント〟だ……」

「〝ケント〟？」

画面には、中型のミサイルらしき弾頭が写っていた。武器に詳しい浩志も首を捻った。

「NATOコード〝AS一五ケント〟、ロシアでいう〝グラナート〟、巡航ミサイルだ。写真に写っているのは、〝グラナート〟の派生型らしい。俺も見るのははじめてだ」

米軍のトマホークと機能が似ているロシア製の巡航ミサイルは、射程が三千キロ、ターボファンエンジンで推進し、核弾頭も搭載できる。通常は、爆撃機や潜水艦に搭載されているが、車両に搭載できる地上発射型のものもある。

「ロシアは、新型の巡航ミサイルの発射装置を密かに関係国に置き、遠隔操作で世界中を射程に入れるシステムを構築しているという情報がある。ロシア国内にはすでに設置されているらしい。ソコトラ島に設置すれば、ロシア側から届かない南側を補うことができる。また、リビアに設置されたら、ヨーロッパ全域が射程に入る」

「大陸間弾道ミサイルと違い、目標物を正確に捕捉し、ピンポイント攻撃ができるというわけか。ワット、おまえの真の任務は、この発射装置を見つけることだったのか」

ロシアは、海賊船に扮したミサイル艦で武器の密輸船を撃破し、アフリカや南アラビア地区での闇の武器を枯渇させた。そして、ロシアからの正式な武器輸入を認めさせる一方で、ロシアの戦略システムの設置を強要していたのだろう。それをソマリア沖の海賊船騒ぎに紛れ込ませ、ロシアの艦船を海上に浮かべることで設置作業を隠蔽《いんぺい》しようとしている。いくつもの利権や戦略を組み合わせた作戦を、ロシアは展開しているに違いない。

「発射装置の情報は、真偽を問われていた。俺に与えられた任務は、前も話したようにあくまでもこの地域のロシアの軍事活動を事前に察知し、妨害することだ。これはえらい物を見つけたぞ」

ワットは、異常に興奮している。どうやら嘘ではなさそうだ。

浩志は、運転席を加藤に譲り、後部座席に座った。

「帰るぞ」

目標は絞られた。あとはどう攻略するかだ。

四

ソコトラ島に設置されようとしているロシアの巡航ミサイルの目的は、新たに核武装化を図っているインド、パキスタン、イラン、そしてイスラエルへの攻撃のためと最終的に米軍では判断した。いずれの国に対しても、射程圏内に収まるという地理的条件が揃うからだ。だが、それは逆に米国にとって現段階での危険性は極めて低いということになる。

彼らの分析はおそらく正しいだろう。中距離ミサイル技術を持つこれらの国がひとたび核弾頭を装備したミサイルをロシアに向けようものなら、彼らの背後から巡航ミサイルで叩かれることになる。ロシアは、爆撃機や艦隊を派遣することなくボタン一つで、瞬時に敵対国を潰すことができるのだ。

米国政府は、ロシア政府に対して非公式なルートで抗議するものの、それ以上干渉しないということになった。射程が短いことから、米国本土にはまったく影響しないという危機感のなさが背景にあるからだろう。

この結果に烈火のごとく怒ったのは、ワットだった。ロシアの武器輸出と戦略システム構築の作戦の陰で、彼の十四人の部下は犠牲になった。また同じく海自の吉井三等海佐も亡くなっている。見過ごせと言われてもできるものではない。ワットは、辞表を米国大統領に直接送ると言って上層部に抗議した。というより、恫喝した。この行動に驚いたのは、米軍首脳部だった。何と言ってもワットは、大統領を救った英雄だからだ。

浩志らがソコトラ島の巡航ミサイル発射システムを発見して、三日経っていた。その間、昼は、観光客の振りをして、夜は発射システムの監視を続けた。システムは後二日もあれば完成するだろう。彼らも、灼熱の炎天下での作業は、目立つ上に効率が悪いため、夜間しか作業をしていない。ただし、完成後は無人のシステムとして厳重な警戒システムが稼働することが予想され、破壊するには爆撃するほかなくなるだろう。なんとしても、完成前に破壊する必要があった。だが、昼夜を問わずに工事現場の周辺では、AKS七四Uサブマシンガンを構えた兵士が十人近く警備にあたっている。これまで何度となく、浩志らと接触してきた特殊部隊〝スペツナズ〟に違いない。

午前零時、ソコトラ島の南部の〝白砂海岸〟を見下ろす道路に浩志とワットは立っていた。加藤は、道路脇に停めたランドクルーザーの運転席にいる。

まもなく海上から、季節風に紛れて独特の風切り音が響いてきた。米海軍のエア・クッション型揚陸艦が姿を現わし、方向転換すると船首を沖に向けて白砂海岸の砂浜に乗り上げてきた。そして、船尾の渡し板を倒して、中から日本製のランドクルーザーが二台、浜辺に降り立った。揚陸艦は、すぐさま渡し板を仕舞い込み、暗い海へと戻って行った。

ランドクルーザーは砂浜を走り、荒れ地を越えて、浩志らのランドクルーザーの後ろに停車した。すぐ後ろの車から、〝ヘリボーイ〟こと田中と〝コマンド一〟こと瀬川、それに新たに仲間になった元特別警備隊員である〝サメ雄〟こと鮫沼が降りてきた。彼らは自分の武器と浩志らの武器も抱え、加藤が乗っているランドクルーザーに乗り込んだ。これで一台目は、イーグルチームになったわけだ。

しんがりとなる三台目の車には、パンサーチームのリーダーで〝爆弾グマ〟の辰也と〝針の穴〟の宮坂、〝クレイジーモンキー〟と呼ばれる京介、〝コマンド二〟の黒川、それに元特別警備隊員である〝ハリケーン〟の村瀬が、すでに乗り込んでいる。

ワットは、うれしそうな顔をして、真ん中の二台目のランドクルーザーに乗り込んだ。ワットと行動をともにしたために難を逃れた、部下であるアンディー・ロドリゲスとマリアノ・ウイリアムスが乗っていたからだ。ちなみにワットのチームは、〝ワーロック〟というコードネームにした。

浩志は、ワットが車に乗り込んだのを見届け、一台目の助手席に乗り込んだ。

米軍は、ワットに対し、結局正式な作戦の許可を与えなかった。ロシアが秘密裏に巡航ミサイルの発射システムを設置していたとしても、イエメン政府との裏取引きで行なっている以上、破壊工作は、イエメンに対しての内政干渉であり、侵略行為にもなりかねない。また、ロシアとは下手をすれば局地戦になる可能性も考えられた。その代わり、米軍は、輸送手段と資金だけ提供し、ワットの行動に対して一切責任を負わない。よく言えば黙認することになった。

ワットは、三たび浩志のチームと契約した。浩志はすぐさまロシア製の武器をナイロビの傭兵代理店から仕入れ、ジブチに取り寄せていた。ジブチに戻った米海軍の輸送揚陸艦〝グリーン・ベイ〟は、エア・クッション型揚陸艦に二台のランドクルーザーと浩志が仕入れた武器を積み込み、再びソコトラ島に向けて出港したというわけだ。

三台のランドクルーザーは、ソコトラ島の南の海岸から標高千五百メートルの山を越える道を北に辿った。三十キロほど進めば道は下り坂になり、さらに五キロ下れば、巡航ミサイルの発射システムの工事現場がある。現場は、山道から引き込まれる形で細い道があり、その先に三百平米ほどの平らな土地で行なわれている。標高が高く涼しいために別荘用に整地してあった場所らしい。もっともイギリスの植民地時代の話だそうだ。

工事現場の一キロ手前で三台の車は停車した。後ろの二台から、パンサーとワーロックチームが降りて装備を点検している。彼らは、工事現場の南と東から、浩志らイーグルチームは、道路伝いに西の正面から攻撃することになっている。攻撃する人数の問題もあるが、北側は、切り立った崖になっているため、無視することにした。

アサルトライフルは、敵のサブマシンガンと同じシリーズのAKS七四で、折りたたみ式の銃床になっているため携行しやすい。ハンドガンは、各自が持っているグロック一九、手榴弾は、不良品が多いロシア製は不人気で、ナイロビの傭兵代理店の社長であるサタジット・カプールも勧めなかった。そこで仕方なく米国製のM六七通称〝アップル〟を一人三個ずつ購入した。また、辰也と京介には、C四爆弾と起爆装置を大量に携帯させた。さらに局地戦では威力があるRPG七を一丁、イーグルチームは正面攻撃するため、瀬川に持たせてある。

浩志は、車から降りて仲間のところに行った。

「この仕事が終わったら、日本に帰りますか」

点検を終えた辰也が何気なく聞いてきた。

「まだ、考えてない」

浩志はそっけなく答えた。事実何も考えてない。

「日本でなくてもいいんですが、約束のステーキと豚カツ食べさせてくださいよ」

辰也は、右手をさし出した。

「まだ覚えていたのか」

「食べ物のことは忘れませんから」

「分かった、食わせてやるよ」

浩志は、辰也の右手を叩いた。

辰也とワットのチームは、まるでピクニックにでも出かけるようにAKS七四を肩にかけ、右手の岩山に消えて行った。

五

大気を揺るがすように季節風が吹き荒れている。時おり、砂に混じり小石が飛んでくる。口をしっかり閉じているようでも、いつのまにか砂を嚙んでいることがある。

辰也率いるパンサーチームとワットのワーロックチームが、岩山に消えてから三十分近くたつ。足場が悪い上に敵に悟られないように細心の注意を払わねばならない。距離的には、一キロほどだが、移動に苦労しているのだろう。

時刻は、午前一時。浩志らも車を停車させたところから徒歩で山道を下り、工事現場の引き込み道路のすぐ近くで待機していた。

「こちら爆弾グマ。リベンジャー応答願います」

沈黙を保っていたヘッドセットのイヤホンから辰也の声が聞こえてきた。

「リベンジャーだ」

「現場を見下ろす崖の上に着きました。距離は、百六十メートルありますが、ナイトビジョンを装備した敵がいるため、これ以上近づけません」

「敵の配置は？」

「中央に四メートル四方の鉄骨や足場が組まれており、その中に作業員がいると思いますが、ここからは確認できません。足場の四方に一人ずつ、兵士がいます。周囲には、西の引き込み道路側に二名、南側に二名、北側に二名、東側に二名の兵士が立っています。外側の兵士は、全員ナイトビジョンを装着しています。武器は、ＡＫＳ七四Ｕです。また兵士の前に金属製の盾のような物が立てられています。防弾盾と思われます」

「分かった、連絡を待て」

警戒にあたっている敵兵は、この二日間監視してきた配置のままのようだ。だが、昨日まではただ立っているだけで防弾盾など置いてなかった。

「こちら、ピッカリだ。現在位置は、工事現場の東百メートル、これ以上は近づけない」

五分ほど遅れてワットから連絡が入った。

「リベンジャー、了解。兵士に狙いは付けられるか」

「東側は、目標より低い位置になる。当たるとは思えない。それに金属製の盾がじゃまになる」

ワットは正直に答えてきた。

普段使い慣れた銃ではない。それにサイトスコープもついていない。普段いたれりつくせりの豪華な装備を支給されているデルタフォースにとって、頑丈がとりえのシンプルなロシア製の武器など使い辛いのだろう。だが、もし襲撃後、現場にこちらの武器が残されるようなことがあったとしても、米国の匂いを残したくなかった。あわよくばイスラム系のテロリストの犯行に見せかけたいのだ。

「パンサーチーム、二人で一人を狙え。針の穴は、北側の兵士を狙撃できるか」

「できます」

「ピッカリ、狙撃態勢に入れ」

「了解」

奇襲攻撃は、最初のアタックで敵にどれだけ打撃を与えられるかが鍵になる。確実に敵の数を減らすことを考えるべきだ。現場の南と東側から銃撃して、その間に浩志らは西側から突撃する。単純だが、二方向に敵を集中させ、逆の側面から時間差で攻撃をかければ効果的だ。

浩志らイーグルチームは、引き込み道路の手前にある岩の陰に隠れた。道路は、現場まで三十メートル続き、緩い右に曲がるカーブを描いている。そのため、外の道路からは工事現場は見えない。

一旦道路に入れば、数メートルで敵の視界に入ってしまうが、道の両側に身を隠せるほどの巨石が点在する。味方の援護射撃を受けながら敵に近づくことができれば、後は手榴弾で敵を粉砕することも可能だ。浩志を先頭に匍匐《ほふく》前進で道路の右側を進み、敵の視界ぎりぎりのところに着いた。

「リベンジャーだ。位置についた。パンサー、ワーロック、攻撃せよ」

浩志の命令で、一斉に銃撃がはじまった。

「こちら爆弾グマ。南の敵、一名倒しました」

「針の穴、北側一名倒しました」

「ピッカリ、東の敵、一名狙撃」

続々と戦果が報告されてくる。

浩志は中腰になり、いつでも銃を膝撃ちできるように構えた。そして、前方を見て足を進めた。

「ん……？」

浩志は慌てて拳を握り、姿勢を低くした。足下に黒い線が見えたからだ。よく見たら、鋼線だ。道の端から端まで張ってあり、鋼線の先は、石が組まれた中に消えている。

「くそっ！」

ブービートラップか、対人地雷が仕掛けてあるようだ。浩志は、タクティカルベストのポケットから目印用の白い布を取り出し、鋼線の上に置いた。そして、後ろにいる瀬川にハンドシグナルで鋼線を示し、道路の先を見るように合図をした。

瀬川は、すぐに自分のポーチからナイトビジョンを取り出し、道路を覗いた。

「三メートル先に一、七メートル先に一。その先は確認できません」

およそ三メートル置きにトラップが仕掛けてあるようだ。これでは一気に敵の陣地に攻め込むことはできない。

「リベンジャーだ。全員に告ぐ。移動する際は、足下に注意しろ。敵は、ブービートラップを仕掛けた可能性がある」

銃声は断続的に続いている。三名の敵を狙撃した報告以降、何も入っていない。このままでは膠着《こうちゃく》状態になり、敵は攻撃ヘリなどの応援を呼ぶ可能性もある。

浩志は、鋼線を跨ぎ三メートル前進した。途端に前方から銃撃された。さすがに敵のサブマシンガンAKS七四Uは、弾をバラまくにはもってこいの銃だ。激しい銃撃に思わず頭を抱えた。

六

敵は、ロシア陸軍が誇る最強の特殊部隊〝スペッツナズ〟なのか。敵を三名倒し、奇襲が成功したかに見えて、浩志らは逆に苦戦を強いられた。

浩志の読み通りに、工事現場を取り囲む岩山の至る所に対人地雷やブービートラップがしかけてあった。しかも、警備をしていた兵士は、頑丈な金属製の防弾盾の陰に隠れ、周囲からの攻撃を防いでいる。

浩志は、アップルの安全ピンを抜き、四メートル先の道路上を爆破した。すると続けて大きな爆発があった。思惑通りに道の先に仕掛けてあったブービートラップを誘爆させることに成功した。

「援護してくれ」

後方にいた仲間が一斉に銃撃を開始し、その弾幕を潜って浩志は、三メートル対角線上の岩陰まで走った。走り抜ける際に敵の位置は確認した。二人の兵士が現場入口から突出していた。

「リベンジャーだ。コマンド一、アップルで敵を倒せ。おまえの位置から一時方向、距離二十六メートル先だ。トレーサーマンと同時に投げろ」

「コマンド一、了解」

「トレーサーマン、十二時方向、距離二十四メートルだ」

「トレーサーマン、了解」

浩志が後ろを振り向くと、瀬川と加藤が大きく振りかぶって同時にアップルを投げた。アップルが二発続けて爆破し、二人の敵兵の体が宙に投げ出されるのが見えた。

浩志は、それでも後続の仲間を待機させ、一人で小走りに走った。思った通り、さらに三メートル先にもトラップがあった。浩志は、岩陰に隠れ、鋼線の先を銃撃し、トラップを爆破させた。

「イーグル、五メートル、前進！」

浩志は、現場の入口まで十数メートルの距離まで進んだ。

南側を守っていた兵士が浩志に気づき、入口近くに置いてあるコンテナの陰から銃撃してきた。

たちまち近くにあった岩陰に釘付けになった。しかも、足下に金属製の小さな物体が転がってきた。ロシア製の手榴弾だ。

「くそっ！」

浩志は、振り向いて走り、頭から滑り込むようにジャンプした。途端に手榴弾は爆発した。手榴弾からは、逃れることができたが道のど真ん中で敵の銃弾にさらされるはめになった。幸い浩志のいる場所は、窪んでいるため敵の弾は当たらないが、立ち上がることができなくなった。

「コマンド一、現場の入口に置いてあるコンテナにRPGを当てられるか」

「やってみます。リベンジャー、起き上がらないでくださいよ。頭が吹っ飛びますから」

瀬川が二メートル前に出れば、敵は狙えないが、ぎりぎりコンテナは狙えるはずだ。

「外すなよ。外せば、ワットの方に飛んで行くぞ」

「大丈夫です」

頭を少し上げ、後ろの様子を見た。

瀬川が二歩前進し、RPG七を右肩に担いで跪いた。そして、狙いを定めようとした瞬間、仰向けに倒れた。

「リベンジャー、コマンド一が撃たれました！」

「敵は、どこだ！」

後方から、一斉に左前方に銃撃が集中した。北側を守っていた兵士が、回り込んできたようだ。浩志は、敵を確認することができなかった。

「トレーサーマンです。コマンド一は、左肩に二発くらいました」

「コマンド一、大丈夫か！」

「こちら爆弾グマ。ハリケーン負傷」

「コマンド一です。大丈夫です」

「針の穴、負傷。右腕を負傷しました」

「爆弾グマ、トラップで身動きできません。このままでは標的になります」

無線が錯綜《さくそう》した。浩志が身動きとれないうえに、仲間が次々と負傷したためにチームが浮き足立っている。

「ヘリボーイです。RPGを替わります」

田中の声だ。

「ヘリボーイを援護しろ!」

浩志は叫ぶように命令した。

「リベンジャー、頭を下げてください」

頭を下げた。田中が担いだRPG七が炎を上げ、数十センチ頭上をロケット弾が飛んで行った。

背後でコンテナが爆発した。

銃撃音が減った。

「爆弾グマです。敵が北側の崖から逃走します」

辰也の声が弾んでいた。RPG七の攻撃で敵は敗走したらしい。

浩志は起き上がり、銃を構えて工事現場に踏み込んだ。

現場周辺に六つの敵兵の死体があった。

北の崖を覗くと、何本ものロープが崖下に落ちていた。彼らは、あらかじめ攻撃されにくい北側の崖を逃走ルートとして、確保していたのだろう。浩志は加藤を呼んだ。

「敵を追ってくれ」

加藤は頷くと、北側の崖に残されたロープを使って下まで降りて行った。

散乱した足場や鉄骨を乗り越え、シートの隙間から現場を覗くと、大きな穴が開いていた。直径四メートル近くあり、剝き出しの鉄骨にコンクリートが吹き付けられていた。深さは三メートル近くある。穴の底に巡航ミサイルと発射台が設置されており、その周りで四人の作業員が途方に暮れている。作業空間に怪我人はいないようだ。

「全員、マスク着用」

浩志は、顔をみられないように仲間に特殊部隊が使う樹脂製のマスクを着用するように命じた。

改めて穴を覗き、手招きで作業員に外に出るように合図をした。

外に出て来た作業員は、いずれもロシア人らしいが、ひとことも口をきかない。全員にプラスチック製の手錠をかけ、現場の外に連れ出した。

「辰也、頼んだぞ」

辰也は頷き、京介とともに作業場となっている穴の下に降りて行った。京介は、辰也にかなり厳しく仕込まれたために一人前の爆弾のプロに育っている。

「コージ、手強かったな。怪我人は大丈夫か」

ワットは、東の崖下から登ってきた。東の崖にもトラップが何ヶ所もあったようで、登るのに一苦労したようだ。だが、ワットの部下のマリアノ・ウイリアムスがアンディー・ロドリゲスの肩を借りて足を引きずっている。

「大丈夫か？　こっちは三人撃たれたが、命に別状ない」

負傷者は、瀬川が左肩、宮坂が右腕、村瀬が右の腿を撃たれた。幸いすぐに手術を必要とするような怪我人はいない。だが、ワットの部下も入れて四人も負傷者を出してしまった。できるだけ早く米軍に回収された方がいいだろう。

辰也と京介が、穴から這い上がってきた。

「無線でなく、タイマーにしました。十分です」

「撤収！」

浩志は、仲間にランドクルーザーに向かうように指示をした。

野望を砕く

一

太古の昔、大陸移動の過程でソコトラ島はゴンドワナ大陸から分離され、アラビア半島とは異なる生態系を形成したといわれる。世界遺産にも登録され、イエメンでは新たな観光資源として注目されているが、厳しい自然はリゾートという言葉とはほど遠く、観光客に二の足を踏ませるには充分だ。

砂嵐のような風が吹き荒れる中、巡航ミサイルシステムの工事現場を襲撃した浩志らは、手傷を負いながらも勝利を収めた。負傷者を連れてランドクルーザーに戻ったところで、工事現場は大爆発を起こし、火山のような火柱を夜空に上げた。拘束した四人の技術者は、目隠しと手錠をかけ、現場から離れた場所に放置しておいた。彼らの前では一言も口をきいていない。襲撃者の見当もつかないだろう。巡航ミサイルに誘爆したのか、夜空に火花を上げながら海上まで飛んで行く物体があった。翌朝、ロシアの巡航ミサイルの残骸が浜辺に打ち上げられているかもしれない。さぞかし大きなニュースになるだろう。ロシア政府の対応が楽しみだ。

襲撃のために上陸させた二台のランドクルーザーを、黒川章とワットの部下のアンディー・ロドリゲスに運転させ、負傷した瀬川里見、宮坂大伍、村瀬政人、それにマリアノ・ウィリアムスを乗せた。ランドクルーザーは、Uターンし、島の南側、白砂海岸を目指す。米海軍のエア・クッション型揚陸艦に回収されるのだ。回収地点には、十数分で着くだろう。合図を送れば、揚陸艦は海岸まで五分で到着することになっている。

浩志をはじめとした残りのメンバーは、街で借りたランドクルーザーに乗り、島の北へ向かった。工事現場からは、六人の敵が逃走している。それを追って行ったトレーサーマンこと加藤豪二からの連絡は、未だにない。山間のため通信状態が悪いことも考えられる。現場の北側の崖から降りて行ったことから考えて、島の北東の海岸で彼らは、揚陸艦かあるいは、輸送ヘリに回収される可能性が高い。

ワットが〝グリーン・ベイ〟に連絡をとったところ、島の九十キロ北北東の海上に停泊していたロシア艦隊が、戦闘の開始と同時に一斉に移動をはじめ、現在では六十キロの海域まで近づいているそうだ。もし、高速艇なら、あと二十分前後、ヘリならもう到着してもいいころだ。

季節風の音に混じり、ヘリの爆音が聞こえてきた。予想通り、回収するのにヘリを送ってきたようだ。

ランドクルーザーは、三列席があり、八人乗ることができる。その真ん中の席に座っている辰也が、ウインドウを開け、身を乗り出して夜空を見上げた。

「馬鹿な、アリゲーターだ」

「何！」

辰也の言葉に誰しも驚きの声を上げた。

夜空に響く爆音は、てっきり、敵兵を回収するための輸送ヘリだとばかり思っていただけに度肝を抜かれた。

浩志も助手席の窓から身を乗り出して、攻撃ヘリを確認した。ホバリングしながら、サーチライトを照らし、ミサイルの工事現場周辺を探っているようだ。あの位置なら回収地点である南の海岸に走る二台のランドクルーザーを発見されかねない。

「田中、戻れ！　ヘリを攻撃するぞ」

〝アリゲーター〟の気を引かねばならない。負傷者を乗せたランドクルーザーはもちろんのこと揚陸艦の存在も知られてはまずい。

ヘリとの距離は、およそ一キロ、銃の射程距離ではない。

「バックしますよ！」

田中は、急ブレーキをかけ、ランドクルーザーをバックで山道を登りはじめた。カーブが少ないとはいえ、五十キロ近いスピードで坂を登っているのだ。オペレーターのプロ、あだ名の〝ヘリボーイ〟は伊達ではない。その運転技術には今さらながら、驚かされる。

「田中、もういい。停めろ！」

距離は、三百メートルまで縮まった。〝アリゲーター〟は、浩志たちに気づいていない。

車から全員降りた。

「辰也、RPGだ」

辰也は、RPG七を撃たせたら右に出る者はいない。

「RPGを撃って、〝アリゲーター〟に存在を気づかせた後、俺はランドクルーザーでできるだけあいつを引きつける。みんなは徒歩でロシアの揚陸艦が上陸した海岸に急行してくれ、同じ場所にまた上陸する可能性がある」

「だめだ、自殺行為だ」

ワットが真っ先に反対をしてきた。

「時間がない。辰也、やるんだ。これは命令だ。他の者は、岩陰に隠れろ！」

浩志は辰也に有無を言わせずにRPG七を構えさせ、車の運転席に乗った。するとワットが助手席に座ってきた。

「降りろ！　ワット」

「俺は、あんたの部下じゃない。勝手にさせてもらう。それに歩いて山道を降りるのはごめんだ。前もいっただろ、走るのは苦手なんだ」

ワットは、笑って肩をすくめて見せた。

「そんなに死にたいのか」

「まさか。死ぬつもりはないぜ、兄弟。運転は大丈夫だろうな」

田中ほどではないが、自信はある。だが、時速三百キロ近いスピードで飛ぶことができる攻撃ヘリに勝てるとは思わない。

「勝手にしろ。辰也、撃て！」

浩志は、運転席から大声で叫んだ。

辰也の構えたRPG七が火を吹いた。ロケット弾は、白煙をたなびかせ一条の筋となって〝アリゲーター〟にまっすぐ飛んで行った。そして、みごとに右側面に当たり爆発した。一瞬、〝アリゲーター〟は、空中でバランスを崩したが、すぐに持ち直した。どうやら機体ではなく三十ミリ機関砲に当たったらしい。

〝アリゲーター〟は浩志らを睨みつけるように機首を旋回させた。

「逃げるぞ！」

浩志は、ヘッドライトをハイビームにして、アクセルを床まで踏んだ。

二

辰也が撃ち込んだRPG七のロケット弾は、攻撃戦闘ヘリ〝アリゲーター〟を撃ち落とすことはできなかったが、機動力のある三十ミリ機関砲は破壊できたようだ。おかげで〝アリゲーター〟は、左右の四十連発八十ミリロケットランチャーで攻撃してくる。むろん破壊力は、ロケットランチャーの方が格段に上だ。

坂道を転げ落ちるように疾走するランドクルーザーの脇を何発もロケット弾がすり抜け、その度に車の前方の道路や荒れ地に当たり、爆発する。まるで映画のスタントでも撮っているように目の前の爆発を避けながらジグザグに走った。

すでに山道は終わり、大きなカーブを描く平地に入っている。道の両側は、岩が剝き出しの荒れ地になっていた。車は、やがて海岸沿いを走る。ヘリの飛行を妨げる岩山もなくなってきた。だが、今のところ、〝アリゲーター〟が撃ち込んでくるロケット弾は命中していない。上空を荒れ狂う季節風が味方しているに違いない。

「ワット！　この先は、直線道路になる。すぐにロックオンされる。スピードを落とすから飛び降りろ！」

ここまでは緩いカーブが断続的に続いていた。だが、直線になれば、季節風ももはや役に立たないだろう。

「分かった！」

前方に砂浜が大きく陸地に侵入している荒れ地が見えてきた。道は一キロほどまっすぐ続き、漁村の手前で大きく左にカーブする。

ブレーキをかけ、速度を落とした。

「今だ！」

ワットが、助手席から飛び降りた。

浩志も、運転席の扉を開け、飛び降りようとしたが、その前にロケット弾がランドクルーザーのケツに当たった。車は、後方から一回転した。浩志は空中で投げ出され、砂丘のような荒れ地に背中から叩き付けられた。ランドクルーザーは天井から道路に激突し、荒れ地を三回転してようやく止まった。

遠くでヘリの爆音がする。

なぜかとても眠い。背中の荒れ地がベッドのように心地いいせいか、ヘリの爆音も気にならなくなった。どうやら、今日はここで寝てもいいらしい。

「コージ、しっかりしろ！」

無粋な男の声がする。しかも英語だ。

「コージ、大丈夫か。逃げるんだ」

腕を強引に引っ張られ、無理矢理立たされた。目の前の光景が霞《かす》んでいる。

「走れ！　ムーブ、ムーブ」

偉そうに命令してくる。腕を引っ張られ、わけが分からず、走った。足がもつれて何度も転んだ。近くで大きな爆発音が二度、三度した。最後の爆発音はすぐ後ろで聞こえた。爆風で、どっと頭から荒れ地に突っ込んだ。ショックで眼前の光景にピントが合ってきた。

「立て、コージ！」

「ワット？……ワットか」

浩志は、ようやく自分の腕を引っ張っているのがワットだと分かった。どうやら車から投げ出された時に、頭を打って、軽い脳震盪《しんとう》を起こしていたようだ。

上空の爆音に気が付いた。〝アリゲーター〟がホバリングしながら、サーチライトを目まぐるしく動かしている。夜間攻撃に優れた〝アリゲーター〟は、赤外線センサーで、浩志たちを探しているに違いない。

浩志は、ハンドガン以外何も持っていないことに気が付いた。投げ出された時にＡＫＳ七四は、車に置き忘れたのだろう。頭を打ったせいで、よく覚えていない。ワットも持っていないようだ。もっともＡＫＳ七四を持っていたところで、敵う相手ではない。

「ワット、一人で逃げろ！」

視界ははっきりしてきたが、まだ頭はふらつく。浩志は、ワットを突き飛ばした。

「馬鹿野郎！　一緒に来い」

ワットは、再び浩志の腕を掴んだ。その時、まるで天上界から呼ばれたように、浩志とワットは、〝アリゲーター〟の目映い光の帯に照らし出された。辺りは、一面の砂混じりの荒れ地で、見通しが利く。少なくとも一キロは全力で走らなければ、隠れる場所など何もない。三十ミリ機関砲と違い、破壊力はあるが対人兵器としては不向きなロケットランチャーでもさすがに外すことはないだろう。

「逃げられそうにないな」

ワットは、笑ってヘリに手を振ってみせた。途端に〝アリゲーター〟の八十ミリロケットランチャーが火を噴いて、ロケット弾が二人の頭上をかすめるように飛んで行き、三十メートル後方で爆発した。

「やつら、戦車しか狙ったことがないんじゃないのか」

「当たらないかもな」

ワットは、笑って答えてきた。

二人は、三メートル横に移動した。

ランチャーがまた火を吹き、ロケット弾が、左に逸れ十五メートル後方で爆発した。背中を叩かれるような爆風に煽られた。

「へたくそ！」

「よく見て当てろ！」

二人は、肩を組んで拳を振り上げ罵声を飛ばした。

ふいに五十メートルほど南で何かが光った。

頭上の〝アリゲーター〟のローターが爆発し、壊れたコマのように機体を回転させながら、浩志らに向かって落下してきた。

「やばい、逃げろ！」

浩志とワットは咄嗟に落下してくる〝アリゲーター〟に向かって走った。機体が頭上をかすめるように飛んで行った。二人が、体を投げ出すようにジャンプするのと同時に〝アリゲーター〟が派手に地面に激突して爆発した。

「大丈夫か、ワット」

「死ぬかと思ったぜ」

ワットが、砂にまみれた顔で笑って答えた。

「二人とも、大丈夫ですか！」

聞き覚えのある声に我が耳を疑った。

辰也が撃ったRPG七が命中したのだ。光の洪水のようなサーチライトを浴びて、浩志とワットの視界は閉ざされていたために、辰也が近くにいることに気が付かなかったようだ。しかも負傷者を乗せ、回収地点である島の南側の海岸に向かったはずのランドクルーザーが一台停まっていた。

車から、山で置き去りにしてきた仲間と、黒川が降りてきた。

「山頂に〝アリゲーター〟が飛来してきたのを見たので、瀬川らを降ろして、もう一台のランクルを運転していたアンディーに任せて、戻ったのです。少しでも、怪我人が揚陸艦に回収される時間を稼ぎたかったのですが、まさか浅岡さんたちを拾うとは思いませんでした」

黒川は笑ってみせた。

普段は命令に忠実な黒川の機転に助けられた。

「助かったぞ、ありがとう」

浩志の言葉に黒川ははにかむように頭をかいてみせた。

「すげえぜ。おまえのチームは」

ワットは、黒川らにハイタッチをして喜びを表現していた。

「ワット、銃を拾え。まだ終わってないぞ」

浩志は、破壊されたランドクルーザーの近くに落ちていた自分のＡＫＳ七四を拾い上げた。逃走犯を摑まえるまで作戦は終わってはいない。

三

浩志らは、巡航ミサイルのコンテナを積載したトラックを降ろしたロシアのズーブル型揚陸艦が上陸した海岸で、息を潜めて待ち構えていた。ミサイル発射システムの工事現場から逃走した六人の敵兵が回収されるとしたら、現場から近いこの海岸という可能性が高いからだ。彼らは、これまでロシア、ウクライナ、韓国の商船の撃沈やケニアのモンバサ中央病院襲撃、それにソマリアの漁村フウーマ襲撃、いずれの事件にも関わっているはずだ。彼らを拘束し、事件の真相を追究しなければならない。

「こちら、トレーサーマン。応答願います」

逃亡した敵兵を追っていた加藤からの連絡だ。

「リベンジャーだ」

「よかった、ご無事で。私は、逃走した敵兵から百五十メートルの距離をおいて追跡中です。彼らは一旦進路を西に取り、西北西に四キロ移動し山越えをしました。その後三キロ西北に移動し、現在休息しているのか、停止して五分経過しています。このまま進めば緩やかな傾斜が続く荒れ地に出ます。荒れ地では見通しがいいので、距離をさらに拡げます」

「分かった。連中との距離は充分取れ」

浩志は、首を捻った。彼らは西北に進路を取っている。街に出るのなら山沿いをさらに西に移動した方が夜間とはいえ目立たないはずだ。荒れ地は、見通しが利くため、ナイトビジョンを装着しなくても、月明かりだけで充分目視できる。

「トレーサーマン、敵兵から海軍基地跡の桟橋までの距離は?」

「北におよそ二千六百メートルです」

「田中、運転してくれ。全員車に乗るんだ!」

浩志は、助手席に乗り込んだ。辰也は、ハッチバックを開け、最後尾の座席の後ろに腰掛けた。

「海岸道路を西に行ってくれ。急げ! 辰也、振り落とされるなよ」

カーブでサイドミラーに車体からはみ出した辰也の足が映るほど、田中の運転は、ラリーでもするかのように海岸道路を猛スピードで走らせた。島の東から南へと移る大きなカーブにさしかかった。ここまでの距離はおよそ六キロ。五分とかかっていない。

「停めろ!」

浩志は、ランドクルーザーをイエメンの海軍基地跡の手前一キロで停車させた。そして、車を海辺の窪地に移動させた。

「黒川、この先の海岸線に桟橋がある。ナイトビジョンで確かめてくれ」

黒川は波打ち際まで歩いて行き、自分のナイトビジョンを西南の方角に向けて覗いた。

「何も停泊していません」

「勘が狂ったか？」

浩志は、独り言を言って首を捻った。

この島は、小さな入り江は多いが遠浅で、地元の漁村でも砂浜から船を海に出す。唯一の桟橋は、イエメンの海軍基地跡にあり、不定期だが、イエメンからの船はここに停泊する。数日前にロシアのミサイル艦が停泊していたのも、時化待ちだったのかもしれないが、島の北側で停泊させるにはここしかなかったからだろう。

逃走した兵士を回収する方法が、ヘリでも揚陸艦でもないとしたら、残るは、船足が速いミサイル艦しかない。

「こちら、トレーサーマンです。敵兵が動きました。まっすぐ北西の方角に走っています」

彼らの進行方向の先に、目の前の桟橋がある。やはり、船で脱出するつもりか。

「沖合から小型艦船が接近しています。……ロシアのミサイル艦です！」

ナイトビジョンで監視を続けていた黒川が声を上げた。

「船種記号は！」

「一〇一八です！」

浩志の予測は当たった。

敵兵が動き出したのは、ミサイル艦から到着の連絡を受けてのことだろう。

浩志は、桟橋の周りに仲間を配置させた。

「辰也、まだC四は残っているか」

浩志は、あえて辰也を配置に就けなかった。

「やはり、ミサイル艦を爆破するんですか」

辰也も分かっていたようだ。逃亡してきた敵兵を捕まえるために銃撃戦になれば、またミサイル艦に逃げられるだろう。それにミサイル艦がなくなれば、敵兵の逃走手段も絶たれることになる。

「船底に穴を開けるだけでいい」

「それなら、大丈夫です。ただし、船内に仕掛けないとだめです」

「よし、俺と一緒に来てくれ」

「了解」

辰也は、拳を握って答えてきた。

「ヘリボーイ、リベンジャーだ。爆弾グマとミサイル艦に潜入する。桟橋に向かって来る敵兵の迎撃の指揮を執ってくれ」

「ヘリボーイ、了解」

浩志と、辰也は、波打ち際をしばらく歩き、しぶきを上げる海に入った。波が高いため、体が異常に重く感じられる。

五十メートルほど海岸線に沿って泳ぎ、コンクリート製の桟橋に辿り着いた。桟橋は、二メートルの幅で二百メートル近い長さがあり、海岸から北西の方角に突き出し、先端は金槌《かなづち》のような形をしている。

二人は、桟橋沿いに泳ぎ、先端の少し手前の海中で待った。

ミサイル艦がゆっくりと桟橋に接岸され、甲板から二人の乗組員が同時に飛び降りてきてロープで桟橋の杭に固定した。乗組員はすぐに離岸するためだろう、船に戻らず杭の前に立ち、陸地を睨んでいる。

四

ミサイル艦は、海中で待機していた浩志と辰也に船尾を向ける形で桟橋の突端に接岸された。船をロープで固定するために降りて来た敵兵をまずは倒さねばならない。

「こちらヘリボーイ。敵兵接近、六人確認。足に照準を合わせろ」

まさに桟橋に上がろうとした途端、田中から無線が入った。巡航ミサイル発射システムの工事現場から逃走した敵兵は、移動スピードが思いの外速かった。できれば、ミサイル艦に爆薬を仕掛けてから、捕獲するつもりだったが、思惑が外れた。

「撃て！」

田中の合図で、桟橋付近に身を隠していた仲間が一斉に銃を撃った。

走っていた敵兵で前を走っていた三人が倒れ、後ろの三人は体を投げ出すように身を伏せて銃弾を避けた。すると、桟橋に待機していた乗組員は、慌てて杭のロープを解きはじめた。

浩志と辰也は、桟橋に上がり乗組員の背後から襲いかかり昏倒させた。その時、信じられないことが起こった。ミサイル艦の船首甲板に備え付けられている七十六ミリ単装砲が、陸地に向かって火を噴いた。しかも、目標は、浩志の仲間ではなく逃走してきた六人の兵士だった。

ミサイル艦に搭載されている単装砲は、七十六ミリ六十二口径の艦載砲で、発射速度が速く、しかも給弾も回転式弾倉により八十発の砲弾を全自動で発射できる。対空、対艦両用で、射程は一万六千三百メートルもある。そのため、砲弾を浴びせられた兵士たちは、瞬く間に肉片と化した。

「何てことを！」

眼前が赤く染まり、怒りで拳が震えた。

ふいに海中から銃を持った男が現われた。

「ワット！」

栈橋の上に上がったワットは、ミサイル艦に向かって、AKS七四を連射させた。浩志も振り向きざまに、ミサイル艦の甲板に現われた乗組員をAKS七四で撃った。

ミサイル艦のエンジン音が高くなった。

「コージ、俺も行くぞ」

「先に行け！」

浩志は、AKS七四で甲板上の敵に向かって掃射し、ワットと辰也の援護をした。二人は、ミサイル艦の船尾に次々と飛び乗った。

「コージ！」

ワットが代わって援護射撃しながら叫んだ。

ミサイル艦が、栈橋から離れはじめた。

浩志は、AKS七四を肩に担ぎ、助走をつけ甲板目がけてジャンプした。だが、予測よりもはやく甲板は移動していた。両手を伸ばしたが、左手がすべり右腕だけでなんとか船縁にぶら下がった。

ミサイル艦は完全に栈橋を離れ、一挙にスピードを上げた。波を切る衝撃で船が大きく上下に弾んだ。

体が一瞬宙に浮き、浩志の右手が引きはがされるように外れた。

「くそっ！」

だが、海に落下するはずの体が空中で静止した。

「藤堂さん！」

浩志の右腕を辰也がしっかりと掴まえていた。

「コージ！」

ワットが、浩志の奥襟《おくえり》を掴んで一気に甲板に引き上げた。

息をつく暇もなく、艦橋のすぐ後ろからＡＫＳ七四Ｕを持った数名の兵士が現われ、発砲してきた。

浩志らは、船尾の船室の陰に隠れ、応戦した。

「やばいぞ。このままロシアの艦隊に突っ込まれたら、生きて帰れなくなる」

ワットは、しかめっ面をしてみせた。

「その前に沈めればいいんだ。辰也、あれをやってやれ」

浩志がいたずらっぽく言うと、辰也はにやりと笑って頷いた。

辰也は、ポケットから二個の〝アップル〟を取り出し浩志に渡してきた。そして後ろ向きにしゃがみ、両手を差し出した。ワットは、それを見てきょとんとしている。

「距離は、十八メートルだ」

辰也は頷き、ワットにウインクしてみせた。

浩志は、すばやく二つの〝アップル〟の安全ピンを外し、辰也の掌の上に置いた。すると辰也は、二秒ほど間を置いて後ろ向きのまま二つの〝アップル〟を同時に後方に投げた。〝アップル〟は二つとも正確に敵の頭上近くで爆発した。物陰に隠れたままで手榴弾を投げるという辰也独特の投法だが、誰にでもできるというものでもない。

敵の攻撃は止んだ。

「行くぞ！」

浩志は目を白黒させているワットを促した。

艦橋の側面にあるハッチに手をかけたが、中からしっかりロックされていた。他のハッチも同じだった。ステレス性を高めたこの種の船は、窓ガラスもほとんどなく、中からロックされたら、容易に侵入することはできなくなる。

「どうしますか」

「いぶり出すしかないだろう」

浩志は、辰也に艦橋の上部のレーダーや通信システムを爆破するように命じた。

「いや、待て、辰也。レーダーや通信システムを破壊しても、航行は可能だ。それに外側を壊されても恐怖感はない。それよりいっそのこと、ブリッジを破壊すれば、否が応でも外に出てくるはずだ」

三人は、艦橋の上に登った。

辰也は、持っているC四を半分に分け、艦橋上部の覗き窓のような小さな窓ガラスの上に貼り付け、起爆装置をセットした。作業をブリッジにいる人間は見ているはずだ。そして、ブリッジの外から窓用の鋼製のハッチを閉め、ボルトできつく締めた。こうすれば、爆発の威力はさらに強くなる。爆弾グマと呼ばれるだけあって、辰也の作業は早かった。

「起爆装置は、中から見えるようにデジタル式のものを使いました。三分にセットしましたので、残り二分十秒です」

辰也は得意そうに話してきた。

三人は、艦橋から船室の屋根伝いに船尾まで走り、船尾甲板に腹這いになった。

すると、艦橋近くのハッチから、十人近い乗組員が、海に救命ボートを投げて次々と海中に飛び込んでいった。ほぼ同時に艦橋の上部が大爆発を起こし、巨大な炎に包まれた。

「いくぞ！」

浩志らは、開かれたハッチから船内に突入した。

五

辰也の仕掛けた爆薬は、思いの外効果的だった。ブリッジが炎に包まれている以上、ミサイル艦は、もはや航行不能な状態だ。

煙が立ちこめた船内から、我先に乗組員が脱出を図っている。

浩志たちはAKS七四を構え、脱出する乗組員とすれ違った。煙が充満して視界が悪いせいもあるが、パニック状態の彼らは見知らぬ兵士が脇を通り抜けても気が付かないようだ。中には、銃を構えている兵士もいたが、容赦なく銃弾を浴びせた。

機関室に行きたいのだが、船内の表示はどれもロシア語でまったく分からない。

「コージ、機関室はこっちだ」

ワットは、船尾側の通路の扉を見て言った。

「ロシア語が分かるのか」

「ロシアは、未だに敵国として想定されている。日常会話ぐらいはできるぜ」

スキンヘッドの男は、見かけによらず優秀のようだ。

「艦内は、俺が案内しよう。付いて来い」

ワットは、機関室の扉を開け、階段を降りて行った。

浩志と辰也は頷き合い、ワットの後に続いた。

階下に人の気配はないが、機関室は工場のようにうるさい。巡航用ガスタービンエンジン二基、ブースト用ガスタービンエンジン二基を搭載した機関室ならではの騒音だ。

「爆薬を仕掛けるなら、機関室の一番後ろがいい」

ワットは振り向いて、得意げに説明してきた。その瞬間、ワットの右胸から血しぶきが飛んできた。

浩志は、呆然とするワットを押し倒すようにその場に寝かせ、引きずって物陰に隠れた。ワットは、右胸と右肩を撃たれていた。どちらも弾丸は貫通している。

辰也は近くの配管に隠れ、ＡＫＳ七四で反撃している。

迂闊だった。人の気配はおろか銃声も機関室の騒音に紛れて聞こえなかった。

「ちくしょう！　こういう場所こそ注意しなければならないのに、ドジったぜ」

ワットは、吐き捨てるように言って、咳《せ》き込んだ。

「話すな」

不思議と傷口は小さい。口径の小さい銃で撃たれたに違いない。だが射出口からして右の肺を貫通している。貫通力が高いフルメタルジャケットの銃弾を使用しているようだ。

「藤堂さん。敵は二名、機関室の奥にいます。まだアップル持っていますか」

確かにアップルなら確実に相手を殲滅できるが、機関室は天井が低く、距離も、十五メートルほどしかない。物陰に隠れても、機械類が誘爆し、逆に被害を受ける可能性が高い。

「だめだ、危険だ」

それに、ワットを撃ったやつには直接弾丸をぶち込みたかった。

「辰也、援護しろ」

機関室は、奥行き二十メートル、幅九メートルほどで、大きなエンジンの周りにいくつもの細い通路がある。現在位置は、機関室の入口とでも言うべきところで、左端の手前にいる。

浩志は、AKS七四をワットの近くに置き、グロック一九を抜いた。機関室は、配管やバルブがいたるところから飛び出している。銃身が長いAKS七四では、いざというとき、ひっかかる危険性があるのだ。

ハンドシグナルで辰也に銃撃で気を引くように指示をし、その隙に回り込んで敵の背後を突くべく、一番右奥の通路に入った。

エンジン音がうるさく、敵の気配を感じることができない。辰也の撃つAKS七四の銃声がやっと聞き分けられる程度だ。これでは、まるで聴覚を失ったのと同じだ。

何かが十一時方角の通路で動いた気がした。

浩志は、身を屈《かが》めて進んだ。

機械と配管の隙間からベージュの服が一瞬見えた。敵は、浩志に気づいていないようだ。

距離を詰める。配管の隙間から敵の背中が見えた。配管が邪魔だ。ゆっくりと近づいてくる。AKS七四を撃っている辰也を狙っているのだろう。

浩志は、グロック一九を敵の背中の高さに持ち上げた。次に配管の隙間から見えたら、撃つもりだ。敵は、無防備にも背中を向けたまま近づいてくる。

(無防備過ぎる!)

視界の端で何かが動いた。浩志は、とっさにしゃがんだ。右肩に激痛が走った。銃弾が肩をかすめたのだ。反射的に銃弾が飛んできた右方向にグロックを連射していた。通路の右奥から飛び出してきた敵兵に数発弾丸が命中した。

背を向けていた男が、配管を飛び越えて襲いかかって来た。

撃たれた右腕を強打され、激痛に思わずグロックを放してしまった。だが、同時に敵の銃を持った右腕を左手で摑んで押さえた。

男は、左手で浩志の右顎にパンチを入れてきた。近接しているため、威力は半減されるはずだが、一瞬意識が飛んだ。

浩志は距離を離さないように膝蹴りを男の鳩尾《みぞおち》に入れ、左手で男の右手を捻りながら近くのバルブに打ちつけ、銃をはじき飛ばした。

男は浩志の鳩尾に前蹴りを入れてきた。浩志は、男の踵《かかと》を押さえ、体を回転させながら投げ飛ばした。背中から通路に倒れた男は機敏に起き上がり、腰のサバイバルナイフを抜いてみせた。

スラブ系のあくの強い白人、身長は一八〇センチほど、ベージュの戦闘服を着ている。そし配管の下に落ちている男の銃は、〝PSM〟、特殊部隊が使う小型ハンドガンだった。そして、男はわずかに右足を引きずりながら、身構えた。

「貴様か！」

浩志は、思わず声を張り上げた。この男をこれまで二度取り逃がしていた。一度は、吉井三等海佐が殺されたモンバサの港で、二度目は、ジブチの港でまんまと逃げられた。てっきりこれまでの戦闘で死んだものと思っていたが、足を負傷しているためにその後の作戦に参加してなかったのだろう。

男は、無言でナイフを振り回してきた。鋭い動きだ。左腕を浅く斬られた。浩志は、右にかわしながら自分のナイフを抜き、男の左腕を斬りつけた。男は顔色一つ変えずにナイフを伸ばしてきた。浩志は左手の甲で敵の手首を打ちつけ、右のミドルキックを決めたが、体をスエーバックさせるような妙な動きで防御され、逆に相手の強烈なキックを右手にくらいナイフを飛ばされた。これまで闘ったことがあるどの格闘技でもない動きをする。ロシアの特殊部隊〝スペツナズ〟が得意とする〝システマ〟だ。

男はにやりと笑い、左のローキックを浩志の右腿に浴びせ、ナイフを心臓に突き入れてきた。浩志は自ら敵の懐に飛び込み、右掌底を顎に決めていた。敵がたまらずのけぞったところを浩志は相手の右手を捉《とら》えて捻りを入れて投げ、男が背中から倒れるのと同時に相手が握り締めているナイフで、男の頸動脈を断ち切った。鮮血がほとばしり、床に広がって行く。二度ほど大きく痙攣《けいれん》して、男は動かなくなった。

　浩志は、じっとその様子を見ていた。この男も一介の兵士として働いていたに過ぎない。この男が死んだところで、吉井三等海佐は戻ってはこない。そう思うとむなしい闘いをしてきたと言わざるを得ない。だが、少なくともこの作戦を妨害したことにより、指揮をしている軍の上層部に愚かしさを教えることはできるかもしれない。

「ちくしょう！」

　辰也が機関室の奥で大声を張り上げてきた。

「どうした！」

　浩志は急いで辰也の元に駆けた。

「これです」

　辰也の指差すところに、五十センチ四方の黒い箱があった。箱には、小さな窓があり、赤い数字が点滅している。

「何！」

　機関室の奥の床に時限爆弾がセットしてあり、残りのタイマーは五分を切っていた。潜んでいた二人の敵兵は、浩志たちを待ち受けていたのではなく、この船もろとも証拠を消すために爆弾をセットしていたのだ。

「逃げるぞ！」

　機関室の非常階段まで行くと、ワットが立ち上がっていた。

「ワット、歩けるか」

「大丈夫だ。……蚊に刺されたようなものだ」

ワットは、咳き込みながら答えた。だが、口元を押さえた手から血が滲んでいた。

浩志を先頭に階段を駆け上がり、甲板まで出た。船はもぬけの殻だった。

「飛び込め！」

三人は、海中に飛び込んだ。

「ワット、無理をするな」

浩志と辰也は、ワットを背中から引っ張るように泳いで船から離れた。百メートルも泳がないうちにミサイル艦の船尾が爆発し、あっという間に海に沈んで行った。

六

どこまでも続く暗闇、そしてうねる波。

爆発寸前のミサイル艦から危機一髪で脱出した浩志らは、波に翻弄《ほんろう》されていた。船が爆発した際、樹脂状の船の破片が飛んで来たことが唯一の救いだった。怪我をしているワットに掴まらせて体力の消耗《しょうもう》を防いでいる。

ミサイル艦が沈没してから、一時間近くたった。

「コージ、これを持っていてくれ」

ワットは、タクティカルベストから小さな箱のようなものを渡してきた。

「発信器だ。……すでにスイッチは押してある。……うまくいけば、救助される」

ワットは、胸が苦しいらしく咳き込みが激しくなっている。

「助かる時は三人一緒だ。おまえが持っていろ」

浩志は、ワットのタクティカルベストに戻した。

「コージ……何年も軍人として生きて来たが、……おまえといる時が……一番楽しかった」

「ワット、口をきくな」

「……勝手にさせてくれ。俺は……礼をいいたいだけだ」

ワットは、咳をするだけでなく、次第に話すスピードも落ちてきた。致命傷の傷ではなかったが、海に漂っている状況では、体力が失われて行く。このままでは確実にワットは、死神にさらわれてしまう。

「コージ、眠くなってきた。……俺にかまうな」

ふいにワットは、船の破片を離し、目の前から消えた。

浩志と辰也は、慌てて海に潜り、ワットを引き上げた。

「藤堂さん、ワットは、もう限界です。一緒にいたら、我々も体力を消耗しますよ」

「すまん、辰也。もう少し、付き合ってくれ」

戦場では負傷した傭兵は置き去りにされる。また、プロの傭兵なら、負傷し身動きが取れなくなった時点で仲間を危険にさらさないように死を決意する。

「俺は、自分のことを言っているんじゃない。藤堂さんに生きてもらいたいから言っているんです。ワットもそのつもりで、発信器を渡して来たんですよ」

「たとえ、そうだとしても、俺は、何がなんでもおまえたちと生きて帰るつもりだ」

時刻は、午前四時になろうとしている。一時間もすれば、夜は明ける。明るくなれば、救助される可能性も出てくる。

三十分近く経過した。ワットは、気絶したまま意識を戻さない。

「おい、聞こえたか。辰也」

遠くから、独特の空気をかき混ぜる音がする。

「……ひょっとして」

風の音に混じり、ヘリの爆音が響いてきた。サーチライトを照らしながら、近づいて来る。だがまだ一、二キロの距離がある。

「やったぞ、きっと米軍のヘリですよ。おーい」

辰也は、海面からジャンプするように両手を上げた。

「ロシア軍かもしれない。確認してからだ」

沈没したのはロシアのミサイル艦だ。ロシア海軍が救助に現われたとしても不思議ではない。だが、真っ暗闇に目映いサーチライトが見えるだけで、ヘリを特定できない。

「構いませんよ。ロシア軍でも助けてもらえればいいじゃないですか」

「ロシア軍に捕まったら、テロリストとして処刑されるだけだぞ」

「……確かに」

辰也は、声を落とした。

次第にヘリは、近づいてきた。位置をある程度特定しているのは、ワットの持っている発信器の電波を追っているせいかもしれない。

逆光だが、ヘリのシルエットが見えた。ライトグレーの機体に、USの文字。

「シーホークだ！」

浩志は、思わず拳を振り上げ叫んだ。米国海軍の多目的艦載ヘリ〝シーホーク〟だった。

「おーい、ここだ！」

辰也が大声で叫んだが、聞こえるものではない。

距離は、まだ三百メートル近くある。

「辰也、トーチライトだ。早くしろ！」

ブラックジャックで負けた辰也に、浩志は、自分のミリタリーウォッチ〝ブラックフォーク〟を渡していた。一マイル先まで届くトーチライトを搭載した軍用ウォッチだ。

「トーチライト？　そうか」

辰也は、慌てて左腕にはめている〝ブラックフォーク〟のライトボタンを二度押した。

すると盤面からオレンジ色のＬＥＤの強力な光が、上空へと伸びて行った。

渋谷、午後十時

イエメン領のソコトラ島で起きた事件は、浩志の期待を裏切り一切ニュースに流れることはなかった。だが、オフシーズンのソコトラ島に来ていた観光客から、島で火山が爆発したという妙な噂話が流れ、一時バックパッカーのブログを賑わした。

一方、ロシアでは、直後にちょっとした怪事件が起きた。就任して間もないロシア連邦軍参謀次長であるユーリー・セルジュコフが突如解任され、その二週間後、モスクワ郊外の自宅で死体となって発見されたのだ。

ロシアの一部報道機関では、死体の髪の毛が抜け落ち、皮膚がただれていたことから、セルジュコフは、被爆していたと報じられた。ロシア政府は、ただちに報道規制を強め、セルジュコフはただの病死だったと発表した。だが、放射性物質を投与して殺す手口は、ロシア政府特有の見せしめ暗殺の常套《じょうとう》手段である。

セルジュコフが暗殺されたことにより、事件の真相はすべて闇に葬られた。米国政府は、ロシアの強引な幕引きにあえて沈黙した。ただし、中国とインドに密かに情報を流し、関係を強化したことは言うまでもない。

浩志は、一年ぶりにミスティックの看板の前に立っていた。というより前回いつここに来たのかも覚えていない。いざ足を運んでみると、地下の店に通じる階段を降りるのに気後れを感じた。帰ろうか迷っていると、店の扉がいきなり開いた。

「いらっしゃい」

美香が顔をのぞかせ、いつもの笑顔を浮かべた。

浩志は、右手を軽く上げ、階段を降りた。

店から出てきた美香は、後ろ手で店のドアを閉めた。

「どこかに監視カメラがあるのか」

「なんとなく分かったの」

はにかんだようにそう言うと、美香は、ぶつかるように勢いよく浩志の胸に飛び込み、キスをしてきた。柔らかく、熟れた果実のような甘い唇。グッチの香水、エンヴィの気品ある香りが今日は情熱的に鼻孔を刺激した。

浩志は、抱き上げるように美香をきつく抱きしめ、唇を吸った。地球上のすべての憂さを忘れる瞬間だ。

背後で誰かが、咳払いをしてきた。

美香に夢中になっているとはいえ、まったく人の気配は感じなかった。

「おまえは……」

振り返った浩志は、絶句してしまった。

階段の中ほどにスキンヘッドのいかつい男が立っていた。

「いつ日本に来たんだ」

米陸軍特殊部隊デルタフォースのヘンリー・ワット中佐だ。

一月前、イエメン領ソコトラ島沖で米海軍のヘリに救助された浩志と辰也、それに右胸と右肩を撃たれて昏睡《こんすい》状態だったワットは、輸送揚陸艦〝グリーン・ベイ〟に回収された。ワットは、艦内で緊急手術を受けて、一命をとりとめた。その後、ジブチに寄港した〝グリーン・ベイ〟から浩志と辰也は下船し、マレーシアのランカウイ島に向かった。ソコトラ島から引き上げてきた仲間と大佐ことマジェール佐藤の自宅で合流することになっていたからだ。浩志も日本に帰って来たのは、二日前のことだった。ワットとはジブチで下船してからは会っていなかった。

「今朝、成田に着いた。それより、コージ、そのとびっきりの美人を紹介しろ。フィアンセか」

ワットは、にこりと笑って美香にウインクをして見せた。

「美香、森です。よろしく。浩志のお友達？」

美香は、フィアンセという言葉に鋭く反応して浩志を押し退けるようにしてワットに挨拶をしてみせた。

「ヘンリー・ワットです。美香と呼んでいいか。コージからは何も聞かされてないが」

「あら、変ね。ワットさん」

「イッ……！」

美香は、右手を浩志の脇腹にまわし、強烈につねってきた。

「俺のことは、ピッカリと呼んでくれ。浩志の友人が、ピッカリは、日本語で勇者の印だと教えてくれたんだ」

辰也が付けたあだ名をワットが気に入っている理由がこれで分かった。

「……とにかく、二人ともお店に入って、通行妨害よ」

美香は、口元を手で押さえながら、手招きをしてみせた。

怪訝そうな顔をしているワットの背中を押して、浩志は店に入った。

「いらっしゃいませ。お久しぶりです」

店の看板娘、沙也加が目を丸くして挨拶をしてきた。少し痩せたのか、しばらく見ないうちに大人の雰囲気に変わっていた。

浩志が中央のカウンター席に座ると、ワットは左隣りの席に座った。

「いつものでいいわね」

カウンターに入った美香がショットグラスを出しながら聞いてきた。頷いてみせると、ターキーをグラスになみなみと注ぎ、チェイサーの入ったグラスを脇に置いた。

「ワットさん……ピッカリは、どうしますか」

美香は、言い換えてまた吹き出しそうになった。

「テキーラは、あるかい」

ワットは、美香につられてにこにこと笑っている。

「クエルボのレポサドなら、置いてあるけど、いいかしら」

「レポサド！　いいね」

「チェイサーはどうされますか。あいにくメキシカンビールは置いてないの」

美香は、ショットグラスにレポサドを注ぎながら聞いた。他の酒と違い、テキーラを好む者は、チェイサーを水でなくメキシカンビールにして、テキーラと交互に飲むことが多いからだ。

「ビールなら、なんでもいい」

美香は、ワットの答えににこりと笑って日本のライトビールを出した。

「ワット、休暇でもとったのか」

浩志は、グラスを持った。

「いや、退役した。さんざん引き止められたがな」

ワットもグラスを持った。

「…………」

浩志は、口を閉ざした。ワットは、ナイロビ空港のテロで十四人の部下を一度に亡くしている。予想はしていた。

「さっきまで、下北沢の丸池屋に行っていた」

「何！」

「傭兵の登録をしてきた。米国にも沢山代理店はあるが、日本で登録したかったんだ」

しばらく沈黙が流れた。

「チームに入れてくれる約束だったな」

「クレイジーが、一人増えたか」

浩志は、笑ってグラスを前に出した。

ワットもグラスを出し、二人は同時にショットグラスを空けた。

この作品はフィクションであり、登場する人物および
団体はすべて実在するものといっさい関係ありません。

謀略の海域

一〇〇字書評

切り取り線

購買動機（新聞、雑誌名を記入するか、あるいは○をつけてください）	
□（　　　　　　　　　　）の広告を見て	
□（　　　　　　　　　　）の書評を見て	
□ 知人のすすめで	□ タイトルに惹かれて
□ カバーが良かったから	□ 内容が面白そうだから
□ 好きな作家だから	□ 好きな分野の本だから

・最近、最も感銘を受けた作品名をお書き下さい

・あなたのお好きな作家名をお書き下さい

・その他、ご要望がありましたらお書き下さい

住所	〒				
氏名		職業		年齢	
Eメール	※携帯には配信できません	新刊情報等のメール配信を 希望する・しない			

この本の感想を、編集部までお寄せいただけたらありがたく存じます。今後の企画の参考にさせていただきます。Eメールでも結構です。

いただいた「一〇〇字書評」は、新聞・雑誌等に紹介させていただくことがあります。その場合はお礼として特製図書カードを差し上げます。

前ページの原稿用紙に書評をお書きの上、切り取り、左記までお送り下さい。宛先の住所は不要です。

なお、ご記入いただいたお名前、ご住所等は、書評紹介の事前了解、謝礼のお届けのためだけに利用し、そのほかの目的のために利用することはありません。

〒一〇一－八七〇一
祥伝社文庫編集長　坂口芳和
電話　〇三（三二六五）二〇八〇

祥伝社ホームページの「ブックレビュー」からも、書き込めます。
www.shodensha.co.jp/
bookreview

祥伝社文庫

謀略《ぼうりゃく》の海域《かいいき》　傭兵代理店《ようへいだいりてん》

平成21年 9月 5日　初版第1刷発行
令和 3年 6月10日　　　第7刷発行

著　者　渡辺裕之《わたなべひろゆき》
発行者　辻　浩明
発行所　祥伝社《しょうでんしゃ》
東京都千代田区神田神保町 3-3
〒101-8701
電話　03（3265）2081（販売部）
電話　03（3265）2080（編集部）
電話　03（3265）3622（業務部）
www.shodensha.co.jp

印刷所　堀内印刷
製本所　ナショナル製本

Printed in Japan ©2009, Hiroyuki Watanabe ISBN978-4-396-33526-7 C0193